徳間文庫

闇が呼んでいる

赤川次郎

徳間書店

目次

1　中断

「今日はいやに静かだな」

講義の途中で、教授がそう言うと、教室に笑いが起った。

教授はホワイトボードから机の方へ戻りながら、

「携帯電話も鳴らんし、途中で堂々と出て行ったりもしない。——そうか。今日はあの四人組が休みなんだな」

百人ほど入る教室に三十人ほどの学生。三分の二が女子学生である。

前の方に座っていた女子学生が、

「先生、寂しい？」

と言って、また笑いを取った。

「誰が寂しいもんか。——しかし、四人揃《そろ》って風邪引いたのか。仲のいいことだな」

教室の、ほぼ真中の机に、いつもその四人の女子大生は座っている。ミネラルウォーターやアルカリイオン水のペットボトルを机の上に置いて、あたかも弦楽四重奏団のようにおしゃべりが続くのである。

「——よし、それじゃはかどるときにどんどん進んでおこう。次のページを開いて」

と、教授が言ったとき、教室のドアが音をたてて開いた。

一瞬誰もが、例の四人組が遅れて来たのかと一斉に目をやる。

しかし、立っていたのは、どう見ても学生とは言えない、パッとしない中年男が二人。

「何か用かね」

と、教授は言った。

「失礼」

と、二人は中へ入って来ると、「ここに、西川勇吉《にしかわゆうきち》という学生が？」

「あんたたちは？」

「警察の者です」

男の一人が手帳を覗《のぞ》かせた。

教室の中がざわつく。

「静かに！」

と、教授は言って、「――西川。いるか？」

そろそろと立ち上ったのは、奥の隅の席にいた男子学生で、

「はい……」

と、蚊の鳴くような声を出した。

「君が西川か。——刑事さん、何のご用か知らんが、講義が終るまで待っていてもらえんかな」

「それはちょっと……」

教授は肩をすくめて、

「西川。ちょっと来い」

と手招きした。

西川という学生は、しかし動かなかった。

「——おい、西川!」

と、教授が苛々《いらいら》と、「早くしろ!」

西川は、机に出していたノートやペンをゆっくりと片付け始めた。どう見ても、わざとゆっくりやっているとしか思えない。

「早くしないと、こっちから行くぞ」

と、刑事の一人が脅すように言った。

すると、さっき教授に「寂しい?」と訊《き》いた女子学生が、

「そんな言い方、ひどいわ」

と言った。「西川君が何をしたっていうんですか」

刑事が冷ややかに笑って、

「聞いたら腰を抜かすよ」

教室の中は水を打ったように静まり返った。全員の視線が西川勇吉の方へ向いている。

西川は、やっと自分のバッグを肩にかけて、教室の前の方へ歩いて来た。

「——お前、一体何をやったんだ?」

と、教授が言った。

「何もしてません」

西川はちょっと教授を見ると、
と、少し震える声で言った。

「訊きたいことがある。一緒に来てくれ」

と、刑事が促す。

二人の刑事に挟まれるようにして、西川は教室から出て行った。

ドアが閉ると、教授は、

「——じゃ、授業に戻るぞ」

と言った。

「先生!」

と、あの女子学生が立ち上った。

「何だ？」

「西川君は逮捕されたわけではありません。それなのに、『何をやったんだ』って言い方はないと思います」

女子学生は教授をしっかりとにらんで、「あとで逮捕されても、判決が出るまではただの容疑者じゃないですか。それなのに、先生が頭から学生を疑ってかかるような言い方をするのは、間違っています！」

と、厳しい口調で言った。

教授の顔が紅潮した。

「——でも、あいつ、変ってるもんな」

と、男の学生が言った。

女子学生は振り返って、

「変ってるってことが何の証拠になるの？　年中サボってる学生の方が、見方によっちゃよっぽど変ってるんじゃない？」

「待て」

と、教授は遮《さえぎ》って、「君……名前は何だ？」

「馬場百合香《ばばゆりか》です」

「馬場君か。——君の言う通りだ。僕が悪かった」

教授は他の学生たちを見回すと、「このことで、勝手な臆測《おくそく》や噂《うわさ》を流さないこと。分ったな」

「先生、ありがとう」

と言って、馬場百合香は着席した。

「西川か……。いつも、ちゃんとノートを取ってるな。名前は知らなかったが」

と、教授はひとり言のように言った。「何でもないといいな……」

そして、教授は講義に戻った。

――西川勇吉は、結局この講義に戻って来ることはなかった。

「大臣――」

と、呼ぶ声で田渕弥一《たぶちやいち》は目を開けた。

「何だ。眠ってるわけじゃないぞ」

と、外務大臣は秘書の加東《かとう》へ言った。「目をつぶってただけだ」

実際のところはウトウトしていた。六十近くにもなると、前の日の疲れはすぐに消えない。

加東は田渕の秘書として、まだ一年ほどだが、一体いつ眠るのかと思うほどよく駆け回る。三十になったばかりの独身青年である。

会議中に田渕が眠っていると、よく起しに来るので、今もてっきりそれかと思ったのだ。

「これを」

加東が青ざめている。――よほどのことだ。

田渕はメモを見た。血圧の高い、いつもの赤ら顔から一瞬の内に血の気がひいた。

「――総理」

と、田渕は立ち上って、「申しわけありません。ちょっと身内に事件が……」

誰もが戸惑って田渕を見ている。

「どうぞ」

と、総理大臣が肯《うなず》いた。「大丈夫か?」

「はあ。――では失礼します」

田渕は、椅子《いす》を倒しそうな勢いで、部屋を出た。

車に乗るまで、何も言わなかった。

車が走り出すと、加東は運転席との仕切りを閉めた。

「――どういうことだ」

田渕の声は震えていた。「美香《みか》は……」

「ご無事です。いえ――けがをされたとか、そういうことはありません」

加東は言葉を選んで、「警察から連絡があって、すぐ駆けつけましたが、ご本人にはお会いできませんでした」

「どういうことだ？」

「つまり、ご本人がショックを受けていて、誰にも会いたくないと……」

「そうか」

田渕はメモを見直して、「これには『友人と一緒にいる所を襲われた』とあるが……」

「詳細は分りませんが、お嬢様はS大のいつも一緒の仲間と遊びに出ていたようです」

「ああ、この前ハワイへ行った四人組だな」

「そうです。四人だからと安心して遊んでおられたんでしょう。夜、六本木の辺りへ出ておられたようです」

「誰もついていなかったのか！」

「ボディガードつきでは窮屈というのも分ります。大学のサークルの集りだというので大丈夫と……」

「それで――『襲われた』というのは？　具体的にはどういうことだ」

田渕の問いに、加東は少しの間答えなかった。

「――今は、はっきりしたことが分っていません」

と、加東はやっと口を開いて、「直接、捜査担当者からお聞き下さい」

田渕のメモを持つ手が震えた。

「分った」

と肯いて、窓の外へ目をやる。「分った。――加東」

「はあ」

「マスコミの方を頼む。美香が傷ものになった、とでも書かれたら……」

「手は打ちました。警視総監に直接連絡して、一切公にしないように念を押しました」

「そうか」

「しかし……大学の中などで、多少の噂が流れるのは避けられません」

「いざとなれば、S大から海外へ留学させる」

「それがよろしいかもしれません」

「ともかく……無事な顔を見たい」

と、田渕は言った。

車は、順調に流れにのって走っていた。

「――加東」

「はあ」

「犯人は分ってるのか」

一人、椅子にポツンと座った西川は、いつも以上に小柄に見えた。

「西川勇吉、二十一歳」

と、刑事は言った。「あの男に間違いありませんか」

照明を落とした部屋から、ハーフミラーを通して西川を見ていた田渕美香は肯いた。

「間違いありません」

低い声だが、はっきりと言った。

心細げな西川は、何かすがれるものを見付けようとするかのように、顔を上げて部屋の中を見回した。

西川の目が自分を見たような気がして、美香は思わず後ずさった。

「大丈夫ですか?」

「ええ……。向うからは見えないんですよね」

「見えません。ハーフミラーですからね。それに向うは明るくて、こっちは暗い」

「声は? 聞こえません?」

「大丈夫ですよ。普通にしゃべっている分には、全く聞こえていませんから」

2　誓い

　ドアが開くと、三人は一斉に振り向いた。

　美香は中へ入ってドアを閉めると、この小部屋に「鏡」がないことを確認していた。

「どうだった?」

　と、一人が訊《き》いた。

　美香は空《あ》いていた椅子を引いて座ると、

「西川君がいたわ」

　と言った。

　他の三人が、顔を見合せる。

「――どんな様子だった?　怒ってたでしょうね」

「そりゃそうよね、何もしてないのに、突然引張って来られて――」

「何言ってるの!」

　と、美香が一声、鋭く叩《たた》きつけるように言うと、三人がギクリとして椅子から飛び上りそうになる。

「よく聞いて」

と、美香は三人の顔を一つ一つしっかりと見回して、「私たちは決めたのよ。今さら、『あれは勘違いでした』なんて言えないの。分る?」

「分るけど……」

「犯人は西川勇吉。──四人が一致してそう言い張れば、誰も疑いやしないわ」

「もし、西川君にアリバイがあったら?」

「その可能性はないと思うわ」

と、美香は言った。「もし、アリバイがあれば、西川君はすぐに主張するでしょう。でも、少なくとも今は何も言ってない」

「でも……どこからも西川君の指紋一つ出ないわ。刑事さんがおかしいと思わないかしら?」

「私たちの証言よ、何よりも」

と、美香は言った。「一人ならともかく、四人が口を揃えて、私たちに薬をのませて暴行したのが西川勇吉だって言えば、誰だって疑うもんですか。それに今、うちの父がこっちへ向ってるわ」

「外務大臣のお嬢さんの言葉なら、信用されるか」

「ともかく、私たちが迷わないこと。分った?」

美香の言葉に、三人はためらいながら肯《うなず》いた。

「――西川君、可哀《かわい》そう」

ポツリと一人が言った。

「それを考えちゃだめよ！」

と、美香はくり返して、「いい？　『西川君』と『君』づけで呼ぶのはやめるの」

「どうして？」

「自分に薬をのませて乱暴した獣のような男なのよ。『君』なんてつけて呼んだら不自然でしょ」

「そうか」

「決めたのよ、もう」

と、美香は念を押すように言った。「分った？　西川勇吉が犯人なの。自分にもそう信じ込ませるの」

重苦しい沈黙があって、ドアのノックの音がそれを破った。

「コーヒーをお持ちしました」

と、女性の声がした。

「私、頼んだの」

と、美香は立ち上って、ドアを開けた。

「失礼します」

ウエイトレスの制服の若い女の子が、ポットとコーヒーカップを運んで来た。

コーヒーの匂《にお》いが小部屋の中をすぐに一杯に充《み》たすと、何となくこわばっていた空気がホッと緩んだ感じがした。

「すみません、サインいただけますか」

と、ウエイトレスが、コーヒーを注ぎ終ると伝票を出した。

「はい」

美香がつい気軽にサインして、ウエイトレスが出て行くと、「――あれ？　私がサインしたってしょうがないんだよね」

四人は一緒に笑った。

「――今の子、いくつだろ？」

「高校生ぐらいじゃない？　バイトよ、きっと」

「若いっていうか」

「初々しいよ」

「ねえ」

口々に、気軽な会話が弾み、コーヒーを飲む。

そう。これでいい。

美香は、他の三人を見ながら思った。

たとえ、自分が無実の人間を罪に陥れたからといって、コーヒーの味がしなくなるわけじゃない。香りも消えはしない。

むしろ、自分が刑務所へ入れば、こんなコーヒーはもう飲めなくなる。それがどんなに辛《つら》いことか、想像もつかないが……。

そう。――これでいい。

私たち四人は変らない。

そのために、一人、運の悪い男が辛い目に遭《あ》ってくれるのだ。でも、一人で四人が救われるのなら、それは「いいこと」じゃないの……。

だから、私はやめた方がいいって言ったのに。

でも、美香は私の言うことなんか聞きやしない。いつでも私が美香の言うなりにして来た。

でも、今度は――今度こそは私の方が正しかった。ね、そうでしょ？

美香は、そんなこと認めやしないわ。

危《い》いってことで有名だった六本木の店に私たちを連れてったのも美香。

アメリカ人らしい男の子三人連れに誘われて、どこかの小さな部屋へ行き、マリファナを喫《す》った。

初めてじゃなかったけど、あれは何か薬がしみ込ませてあったんじゃないかしら？　妙な匂いがした。

でも、ともかくビールやカクテルを飲んでて、みんな気が大きくなってたし、他の子の前で臆病《おくびょう》な所は見せたくないので、平気な顔をして喫った。

それから……。どうなったんだろう？

——池内小百合《いけうちさゆり》は、この三人の中では一番美香との付合いが長い。小学生からの友だちである。

といっても、いつも美香が小百合を「従えて」いるのだった。二十一になった今も、基本的には変らない。

美香が「こうしよう」と言えば、いつもそうして来た。慣れてしまうと、美香のご機嫌を取りながら、同時に自分も得をするのは悪くなかった。

でも——今度ばかりは……。

小百合は西川のことを心配しているわけではない。ただ、本当のことが分ったときどうなるか。——それを考えると、恐ろしいのだ。

でも、どうせ美香の言う通りにするしかない。

分ってるんだ……。

池内小百合は半ば安堵《あんど》しながら、それでも不安が消えてなくならないことに苛々していた。

一生忘れないだろう。

あの瞬間のことは。——息苦しいような、淀《よど》んだ空気の中で目がさめたとき……。

体の芯までこごえるような、あの寒さ。

どうしたの？　私、どうしてこんなに寒いの？

起き上ろうとして、自分が裸だと気付いたときの、底知れない穴へ落ちていくような感覚。

あの狭苦しい部屋で、四人とも裸で寝ていた。一人はベッドの上で、一人は小さなソファで、そして淳子《あつこ》ともう一人は床で……。

淳子は自分の声が震えているのがはっきり分っていた。「起きて！　小百合！　さとみ！」

「——美香！」

何があったのか——。

混乱した頭でも、断片の記憶だけで、それを理解するのは容易だった。

あの三人のアメリカ人らしい男の子たちに何か薬をのまされ、何が何だか分らなくなって……。

それでも、すりむいた膝《ひざ》や肘《ひじ》、そして鈍く痛むあざを見れば、体が思い出してくる。

「何……どうしたの……」

小百合が寝ぼけた声を出す。

「美香！」

淳子は、美香を揺ぶって起した。

そしてさとみが、

「いやだ、こんな格好して……」

と、夢でも見ているのかという顔で起き上った。

四人は、それきりどれだけ呆然《ぼうぜん》としていただろう。

「──今、何時？」

美香が部屋の中を見回して、自分のバッグや服が投げ出されているのを急いで拾った。

腕時計を見て、

「十時だ……。朝だね」

「どうしたの、私たち？」

小百合が、まだよく分っていない様子。

「やられたのよ」

と、淳子は言った。「あの三人に」

「——お金もそのまま残ってる」

美香は、バッグの中を調べて、「みんな、何も盗《と》られてない？」

——ショックはすぐにはやって来ない。

ともかく、今、その寒さと、裸でいるのを何とかしなきゃ。それが第一だった。

「ここ、どこ？」

と、小百合が言った。

「あのクラブの上のフロアよ」

美香が言った。「それぐらい憶《おぼ》えてるでしょ？　ここへ来たときは少し酔っ払ってるくらいだった」

「——見て」

さとみが言った。

下着が切り裂かれている。——他の三人も同様だった。

でも、ブラウスやスカートは無事で、ともかく四人は着られるものを身につけた。

「あいつら、許せない！」

やっと、さとみが言った。

しかし、怒りよりも恐怖の方が大きかった。——これが知れたら。

轟《とどろき》淳子は、まず「絶対に親に知られたくない」と思った。

「──ともかく、ここから出よう」

と、美香が言った。

ドアを開けると、美香は廊下を見回して、

「大丈夫。──もう誰もいないわ」

四人は、廊下へ出ると、まるで山の頂上にでも来たかのように深呼吸した。

小部屋の中は、マリファナの匂いがこもっていたのだ。

「あの三人、まだいるのかしら」

と、黒沼《くろぬま》さとみは言った。

「もういないでしょ、朝よ」

と、小百合が言った。

「──頭が痛い」

淳子が顔をしかめる。

「ともかく、外へ出よう」

美香が階段の方へ歩き出したときだった。

突然、下の方で何かドシンという大きな音がしたと思うと、急に悲鳴や怒鳴《どな》り声が聞こえて来た。

「警察だ！　静かにしろ！」

という声。

さとみは青ざめて、思わず淳子の手を握った。

「家宅捜索する！　みんな動くな！」

足音がいくつも入り乱れて、階段を駆け上って来るのも何人かいる。

「――どうしよう！」

と、小百合が泣き出しそうになる。

「逃げられない？」

「無理よ！　窓も何もないのに」

――四人は、固まって立ちすくんでいた。

ゆうべは日曜日だった。おそらく、このクラブのあちこちで、麻薬を使ったパーティらしいものが開かれていたのだ。

「美香――」

と、さとみは言った。「このまま見付かったら……」

「捕まるわね。もう二十一だもの。私たち」

「どうしよう？」

「待って。――待って」

美香が、こんなときでも必死に逃げ道を考えていることに、さとみは感心した。

「部屋の中へ戻るのよ！」

と、美香が言った。「急いで！」

他の三人は、わけも分らず、ともかく美香に促されるまま、小部屋の中へ戻った。

「――聞いて」

と、美香は言った。「ここで捕まったら、薬をやってたことも分っちゃうわ。退学はもちろん、成人だから刑務所よ」

「そんなのってひどい！」

と、淳子は悲痛な声を出した。「私たち、あの男の子たちにやられたのよ！」

「それよ」

と、美香が言った。「私たちは被害者なの。分る？　騙《だま》されて薬で眠らされ、ここで気が付いた。それで通すの」

「でも……」

「相手は誰かって訊かれたら？」

と、さとみは言った。

美香が考え込む。

そのとき、バタバタと足音がして、階段を誰かが上ってくる。

突然、美香がドアを開けて廊下へ飛び出したと思うと、

「助けて！　誰か助けて！」

と、大声を上げた……。

――黒沼さとみは、美香の熱演に、感心するより唖然《あぜん》としてしまった。

刑事が小部屋を覗《のぞ》いて、

「君たちだけか？」

三人が肯く。

「よし。もう大丈夫だ。心配するな」

三人は廊下へおずおずと出て行った。

刑事が部屋の中を見回している間に、美香は小声で言った。

「いい？　私たちは被害者よ」

刑事は、厳しい顔で出てくると、

「犯人はどんな奴だった？　憶えてるか」

と訊いた。

分りません、とさとみが言いかけたとき、

「知ってる男です」

と、美香が言った。「同じ大学の――男子学生です」

「同じ大学の？」

「はい。三年生で、よく知ってます。だから、まさかこんなことになるなんて……」

美香が声を詰らせる。

「分るよ。――そいつらの名前は？」

「『そいつら』じゃないんです。一人です、やったのは。西川勇吉って男です」

美香の言葉に、他の三人は言葉もなかった……。

3　容疑者

「それで？」

と、真野《まの》は言った。「どうなんだ？」

西川は、机の表面をじっと見つめているかのようだったが、その実、何も見てはいなかった。

「――はい」

間があってから西川が肯《うなず》いたので、真野刑事は当惑した。

「やったのか？　お前がやったと認めるのか？」

西川はぼんやりと顔を上げて、

「何ですか？」

「今、『はい』と言ったじゃないか」

「あ……四人とも知ってるかと訊《き》かれたので、『はい』って答えたんですけど……」

「十分も前の質問に、今ごろ返事するな！」

真野は苛々《いらいら》していた。

この半月、かかり切りだった事件が、何とも後味の悪い形で終り、がっくりしているところへ、

「おい、こいつ、見てくれ」

と、ポンと肩を叩かれたのが、この暴行事件だ。

西川勇吉。——S大の学生にしては垢抜《あか》けない、パッとしない男の子だ。

S大といえば、「金持の子の行く大学」というイメージが、真野などにはある。

被害者の四人の女子学生は、正にそんなイメージにぴったりのS大生だ。しかも一人は外務大臣の娘。

「四人は知ってる、と」

「同じ講義取ってますから」

「付合いは？」

西川が少し迷って、

「あの……」

「何だ、はっきり言え!」

「田渕美香さんとは……少しお付合いしたことがあります」

こいつが大臣の娘と?

真野の目には、どう考えても成立しない組合せだ。

「どれくらい付合ってたんだ?」

「半年……足らずです」

「半年で――何回デートした?」

「五回です」

「ためらわずに答えるな。憶えてるのか」

「もちろんです」

自分が置かれている立場など忘れてしまった様子で、西川は、一瞬、その楽しかった日々を追想して微笑《ほほえ》んだらしかった。

その付合った相手が、西川を告発しているのだ。

「結局、喧嘩《けんか》別れか。いつごろ別れた?」

「もう……一年以上前です。喧嘩なんかしてません。僕は美香さんに逆らうなんて、考えたこともありません」

　初めてスラスラと言葉が出て来た。

「恨《うら》んでたか」

「美香さんを？――まさか」

「しかし――振られたわけだな」

「だって当然じゃないですか」

　真野は淡々と話すこの西川という大学生をふしぎな親近感を持って眺めていた。

「しかし、あくまでやってない、と言うんだな」

「僕、何もしてません」

「ゆうべはどこにいた？」

　西川は少し考えて、

「自分のアパートに」

　と答えた。

「誰かと一緒だったのか？」

「いいえ」

「一人？　ずっと？」

「そうです」

「何してたんだ?」

西川は少し首をかしげて、

「ゲームやったり、TV見たり……。ビデオを見てました」

「レンタルビデオ? 借りに行ったのか?」

ビデオ屋の人間が、もし西川を憶えていれば、時間によってはアリバイになる。真野は身をのり出した。

だが西川は、

「前から借りてたんです。──あれ、まだ返してないな」

と、気が付いた様子で、「期限が切れちゃうんですけど、返しておいてもらえますか」

真野は呆《あき》れて、何とも返事ができなかった。

「──おい、本当にあいつがやったのか?」

真野は、一旦《いったん》自分の席に戻ると、同僚の刑事に言った。

「女子学生たちがそう言ってる」

「しかしな……。俺《おれ》には、とてもそんなことをやりそうな奴に見えない」

「芝居じゃないのか?」

真野はムッとして、

「おい、俺を何だと思ってる、あんな若造が俺の目をごまかせるとでも？」

と、顔をしかめた。「よく調べた方がいい。こいつは何だか、見かけ通りの事件じゃないと思うぜ」

そのとき、署内がざわついた。

「——署長だ」

と、誰かが言った。「あれ、大臣じゃないか」

真野は、田渕とかいう（よく憶えていなかった）大臣が、署長を引き連れてやって来るのを見て、いやな予感がした。

「おい、大臣のお嬢さんの事件は？」

と、署長が見回す。

真野は仕方なく、

「私が……」

と、立ち上った。

田渕が大股《おおまた》に近寄ってくると、

「そいつはどこだ」

と言った。

「そいつ、とおっしゃいますと?」

「犯人だ!」

「容疑者でしたら、今、取調中ですが」

「会わせろ」

「そういうわけには――」

「大臣」

署長が取りなすように、「お嬢様がお待ちです。そちらへ、ぜひ」

「ああ……。西川とかいったな」

「一応、取調中ですので――」

「娘がはっきりそいつのことを犯人だと言っとるんだろう。だったら間違いないじゃないか」

「ですが、一応証拠が必要ですので――」

「早く揃えて、奴を刑務所へぶち込め!」

田渕は怒りに声を震わせた。「何をのんびりしてる!」

真野は頭に来ていた。

「お言葉ですが――」

やめとけ、という署長の目配せを無視して、真野は言った。「その前に裁判という手続きがございまして」

　田渕はジロリと真野を見て、

「そんなことぐらい、分っとる！」

「だったらよろしいんですが」

　真野は澄まして言った。

「大臣、お嬢様が――」

　田渕が振り向くと、美香がやってくるところだった。

「美香！」

　田渕も急いで迎えるように両手を広げた。

　美香は父親の腕の中へ飛び込んだ。

「お父さん……」

「もう大丈夫だ。もう心配することはないぞ。いいから泣くな」

　田渕は娘を抱いて、目を潤ませていた。

「ごめんなさい……。こんなことになるなんて思わなかった」

　と、美香はしゃくり上げた。

「分ってるとも。お前は何も悪くない」

　――やれやれ、と真野はため息をついた。

何も悪くない、か……。あの辺は、物騒な所がいくつもある。S大の学生が、そんなことを知らないわけがない。

「もう何も心配することはないぞ」

田渕は娘の肩を抱いて、「犯人は捕まえてある。もう何もできんのだからな」

「うん……」

美香が涙を拭《ふ》きながら、「叱《しか》らないでね、他の子たちも。みんなひどい目に遭ったんだから」

「分ってるとも！」

署長が、

「大臣……」

と、おずおずと声をかける。「どうぞ、奥の方でごゆっくり……」

「ありがとう。――しっかり頼むぞ」

「は、恐れ入ります」

「どうも、やる気のない奴もいるようだからな」

田渕が真野の方を見て、聞こえよがしに言った。真野も、いちいちそんなことで腹を立てはしない。

「お父さん！」

と、美香が父親にすがりつくようにして、「もし、あの男が釈放されたりしたら……。私たち、今度は皆殺しにされるわ」

「心配するな。そんなことにはさせん」

田渕は娘の肩を叩いて、奥へと姿を消した。

「――やれやれ」

真野はため息をついて、「署長がどうしてああペコペコしてなきゃいけないんだ？」

「まあ、落ちつけ」

「俺は落ちついてる。――なあ、いいか」

「何だい？」

「賭けてもいい。西川は犯人じゃない」

と、真野は言った。

4　対話

車のそばに、秘書の加東が立っていた。

「お嬢様。ご無事で安心しました」

と、美香へ言うと、

「ありがとう」

美香は素気なく言って、「今度からはあなたを連れて出かけるわ」

「何でも申しつけて下さい」

「加東、前に乗ってくれ」

と、田渕が言った。「自宅へ美香を送ってから、官邸へ行く」

「分りました」

加東が助手席に、田渕と美香は後部席にかけて、仕切りを閉めた。

車が動き出すと、

「美香」

「何?」

「病院で詳しく検査を受けろ。目立たないように手を打っておく」

「ええ。――それじゃ、他の子たちも一緒に」

「いいとも。早い方がいいだろう。明日の午後、みんなを迎えに行くと言っておけ」

「分った」

美香は、さっき父親の胸にすがって泣いたのとは別人のようで、「――でも、心配しないで。相手も、エイズとか心配してたんでしょうね、ちゃんとつけてたわよ。妊娠の心配はないわ」

田渕はちょっと顔をしかめて、

「初めてじゃなかったんだな」

と言った。

美香が、呆《あき》れたように笑って、

「二十一よ。そんな子が今の大学にいると思ってるの?」

「まあいい。しかし、下手に遊んだりするから、逆恨みされるんだ。もっと相手を選べ」

「お父さんに言われたくないわね」

と、美香は言い返した。

「口のへらない奴だ」

と、田渕は苦笑いした。

そして、娘の手を握った。

「――よしてよ、気持悪い」

「本当に心配したんだ。これでも親だからな」

美香は目を伏せて、

「ごめんなさい」

と言った。「あんな所へ行くんじゃなかったわ」

田渕は、握った娘の手を軽く振って、

「お前が謝るのを聞いたのは何十年ぶりかな」

「私、まだ二十一よ」

「じゃ、生れて初めてかもしれん」

「ひどいわ」

父と娘は、顔を見合せて笑った。

それこそ、何年ぶりのことだったか。

「——あの男を、どうする？」

「裁判で有罪になるかしら」

「させるとも。必ず。——しかし、殺人ってわけじゃない。何十年も入っちゃいないぞ」

「怖いわ。出て来てから仕返しに来るかも」

「刑期まではどうしようもないが……」

田渕は少し考えて、「任せろ。俺があいつを叩き潰してやる」

「本当？」

「ああ。——二度と立ち上れないように、徹底的にやるんだ。安心してろ。奴はたとえ無事に刑期を終えても、出て来たときは廃人同様だ」

「それなら安心ね」

「ああ。何も心配ない」

「お父さん」

「何だ？」

「ありがとう」

何年ぶりかの言葉が飛び交う日だった。


「おい、弁当食うの、付合え」

と、真野は西川に言った。

「――はあ？」

「腹減ったんだ。一人で食ってもうまくない。一緒に食おう。――いやか？」

「いいですけど……」

「何がいい？　この近くの弁当屋は結構いけるぞ」

西川は少し考えていたが、

「取調べのときって、カツ丼食べるって決ってるのかと思いました」

と言った。

真野は笑って、

「TVの刑事物の見すぎだ」

と言うと、タバコを取り出し、「一本どうだ？」

「僕はやりません」

と、首を振って、「外で喫《す》っていただけませんか。肺ガンになるのはいやです」

真野は、急いでタバコをしまうと、

「いや、俺もそんなに喫いたいわけじゃないんだ」

と言うと、立って行って、弁当を買って来てくれと頼んだ。

真野が席に戻ると、

「——美香さんたち、どうしました」

と、西川が訊《き》いた。

「各々、親が迎えに来て、家へ帰ったよ」

「そうですか。——良かった」

西川は淡々と言った。

真野は椅子に座り直すと、

「——な、君もちゃんと言うべきことを言え。そうしないと犯人に仕立て上げられるぞ」

と、身をのり出した。

「でも、何もしてないんです。言うことがありません」

「確かにな。——見当はついてる。あの四人、ヤクで捕まるのが怖くて、君にやられたと嘘《うそ》をついたんだ」

「そんなひどいことを——」

「するとも！　自分が何年も刑務所に入るくらいなら、嘘の証言ぐらいするさ！　君がそのせいで刑務所へ入っても、痛くもかゆくもない」

「でも……一応友だちです」

「甘い！　このままじゃ、君は有罪になるぞ」

「でも——」

「俺《い》は反対する。証拠が何もない。君の指紋も出ない。あるのはあの四人の証言だけ。しかしな、俺一人が抵抗しても、逮捕、起訴は止められない。裁判になると、証人の言葉だけで有罪なんて、山ほどある」

「じゃ、どうすれば？」

「君には何もできないな。——しかし、少なくとも、無実だと訴え続けろ。あの四人がでたらめを言ってるんだと」

「喧嘩になります」

「刑務所へ入りたいのか？」

「じゃ、あの四人と殴り合いでもやる覚悟を決めろ」

「まさか」

少し考えて、

「分りました」

と、西川は肯《うなず》いた。

「よし！」

「一つ、お願いが」

「何だ？」

「田舎の両親にこのことを話しておきたいんです。TVのニュースで突然僕の写真なんか見たら、ショックで死んじゃうかもしれません。その前に、僕が事情を話して、何もやっていないと説明します」

「分った。それがいい」

真野は上着のポケットを探って、「これを使え」

と、PHSを渡した。

「ありがとう！」

と手に取ってボタンを押したが、「――刑事さん、電池が切れてます」

「すまん！　つい面倒でな」

真野は立ち上って、「今、コードレスの受話器を取って来てやる」

と、取調室を出た。

席へ戻ると、

「おい！　ＴＶを見ろ」

と、誰かが声をかけた。

「何だ？」

「あいつのことをやってる」

──西川の写真が、ＴＶの画面に出ていた。

「どうしてだ！　逮捕もしてないぞ！」

と、真野はあわててＴＶの前へ駆けつけた。

「──四人の女子大生を薬で眠らせ、次々にレイプしたという恐るべき犯罪です」

と、ニュースキャスターが言った。

「あいつだ」

と、真野は呟《つぶや》いた。「田渕の奴、手を回したな！」

真野は、急いで取調室へと戻って、

「おい、早く家へ電話しろ！」

と、受話器を西川へと放《ほう》り投げたのだった……。

5　閃光

真野は苦々しい表情でTVの画面を見つめていた。

「――西川勇吉容疑者の実家は、ひっそりと静まり返っています。もう辺りは暗くなっているのに、明りが灯《とも》る気配もありません」

カメラに向って、マイクを握っているのはワイドショーの女性リポーターだ。

背景は西川勇吉の家。――両親が中にいるはずだが、出ては来ない。

「西川容疑者の両親は、外出した様子がないので、おそらく中にいると思われます。インターホンで呼んでみましょう」

カメラがリポーターについて、玄関のチャイムを鳴らしている手もとをアップにする。

リポーターは、四回も五回もチャイムを鳴らしてから、

「出ませんね……」

と言った。

「当り前だ」

と、真野は呟《つぶや》いた。

出て、何を言うんだ？　どうせ訊《き》かれるのは、

「息子さんが四人の女子大生をレイプしたとして訴えられていますが、親ごさんとしては、どんなお気持ですか？」

といったところだろう。

どう答えられるというんだ？　当の息子と話さえしていない。

西川勇吉は、何度も両親の所へ電話したが、出なかった。その内、いつかけても「お話し中」の状態になった。

真野はTVの前から離れた。つい、足は署長室へ向く。

「――何か用か」

署長は、渋い顔で真野を見上げた。

「あれはひどいですよ」

と、真野は言った。

「何のことだ」

分っているくせに、署長はとぼけた。いや、とぼけるには良心がとがめている。

「分ってるじゃありませんか。西川勇吉のことを、あんなにマスコミが取り上げるのはまともじゃない」

「俺は何も知らん」

「両親の家に、何時間とたたずにTVカメラが押しかけたのは、誰かが住所を洩《も》らしたからでしょう」

「俺じゃない！」

と、つい怒鳴ってしまうのが、やましいところのある証拠だ。

「あの大臣の差し金だってことは分っています。しかし、俺の見たところ、西川はやっちゃいませんよ」

署長はジロリと真野を見上げて、

「俺の知ったことか！」

と、声を荒らげた。

しかし、すぐに言い過ぎたと思ったのか、

「ともかく……今だけのことだ。すぐにTVは飽きる」

と、自分へ言いわけしているかのよう。

「西川に、せめて両親と電話で話をさせてやりたいんです。電話番号もマスコミに知れているので、かけてもつながりません」

「だからって、どうしようというんだ」

「現地の警察へ依頼して、警官をあの家へやって下さい。両親の方からこっちへ電話するように伝えてほしいんです」

真野は署長の机に手をついて、じっと見つめながら、「当人から『やっていない』と聞けば、両親も救われた気分になるでしょう。ともかく今のままじゃ、両親は外へも出られない。飢え死にしちまいますよ」

署長は息をついて、

「──お前の言うことは分る」

と言った。「糸を引いてるのは田渕大臣だろう。しかし、わざわざ容疑者の家へ人をやるなんてことは……。TV局だって何ごとかと思って騒ぐぞ」

真野は失望した。──何をエサにされているのか、少しでも田渕ににらまれるのが怖いのだ。

「分りました」

と、真野は言った。「一日休暇を下さい」

「どうするんだ」

「休みの日にどこへ行こうが、署長の責任じゃありません」

署長はしばらく真野を見ていたが、

「──分った」

と、少しホッとした様子で肯《うなず》いた。

「ご心配なく。どこかのソバ屋の出前という格好で行きます」

「そうか。――じゃ、何か食べるものも届けてやれ」

「そうします」

真野は腕時計を見て、「今車で出れば、夜には着けるでしょう。じゃ、失礼します」

出て行こうとした真野へ、署長は、

「何を訊かれてもTVカメラに返事するなよ」

と言った。

自分の部屋でTVを見ていた美香は、電話が鳴り出したので、手を伸して取った。

「――もしもし」

「美香？　淳子よ」

「ああ、どうしてる？」

「どうって……。家にいるわ」

轟淳子は不安げに、「ね、美香、どうしよう」

「何を？」

「だってTVで……ずっとやってるよ」

「知ってるわ。私も見てる」

「でも、西川君のご両親まで、あんな風に……。あれじゃひどすぎるわ」

轟淳子は、真面目《まじめ》すぎる。美香は、他の三人の内で、もし「本当のこと」を話すと言い出す子が出て来るとすれば、淳子だと思っていた。

「私に任せて」

「でも……」

「淳子。——今さら戻れないのよ。分ってる？　もう私たちは、引き返せないの」

「分ってるわ」

「じゃ、気にしないことよ」

「でも……今のやり方じゃ……」

「私はよく分ってるのよ。マスコミだって、四人の名前は出さない。私が止めてるからよ」

「分ってるわ」

「一人の名前だけ洩らすことだって、できるのよ」

と、美香は言った。「そうなったら、淳子だって、もう大学へ出られないでしょ」

向うはしばらく黙ってしまった。

美香は待った。——充分に時間はある。

「美香……」

と、淳子が言った。「分った。もう何も言わないわ」

「それでいいのよ」

と、美香は肯いた。「私に任せて、淳子はゆっくり眠ってればいいの」

「うん……」

「西川がどうなるかなんて、気にしちゃだめよ！」

「分った」

——美香は、淳子が何もかも捨ててまで、自分に逆らって来るとは思っていなかった。

淳子にも彼氏がいる。その彼との仲をだめにしてまで、本当のことをしゃべりはしない、と思っていた。

美香は、夜のニュースの時間で、チャンネルを替えて待った。

あの家が画面に出る。——西川の両親の住む家である。

現地のリポーターが、相変らずのコメントをして、それで終る——はずだった。

何か騒ぎが起っている。

「お待ち下さい！」

リポーターが駆け出した。カメラがそれを追う。

「——出前を取ったようです」

白い上っぱりの男が、出前の岡持をさげて、玄関へ向うところである。

「あの男……」

と、美香は呟いた。

カメラが前へ回って、男を映し出す。

美香は、その男をどこかで見たという気がした。

リポーターたちに何か言われても、黙って首を振るだけ。

「――そうだ」

と、美香は思わず言った。

あの刑事だ！　余計なことして！

美香は、現地の警官が、家の敷地に入る報道陣を押し返すのを見ていた。

何をするつもりだろう？

美香は、リモコンで音量を上げた。


「――西川さん」

真野は玄関のドアを叩いて、呼んだ。「西川さん！　息子さんのことでお話が。

――開けて下さい」

ふと思い付いて、ドアのノブをつかむ。

鍵がかかってない！

いやな気分だった。

「西川さん……」

家の中は静かだった。真野は上り込んで、明りをつけた。

外でマスコミの連中が騒いでいるのが聞こえてくる。

真野は、もう一度、大きい声で、

「西川さん！」

と呼んだ。「警察の者です！――息子さんのことでお話が……」

部屋を覗いた。

茶の間は空っぽだ。廊下を奥へ入って行くと、正面の襖《ふすま》が半分開いていた。

「西川さん？」

と、襖を開ける。

明りをつける前から目に入っていた。

スイッチを押す手が震える。――やめてくれ！　こんなことは……。

布団が敷かれて、母親がその上で血に染っていた。喉《のど》を突いたのだろう。包丁が傍に置かれている。

父親は、首を吊《つ》っていた。手が血で汚れているのは、妻を殺してから首を吊ったためだろう。

真野はしばらく動悸《どうき》がおさまるまで壁にもたれて立っていた。

しっかりしろ！　刑事のくせに！

二人が死んでいることを確かめる。——何時間かたっていると思えた。

これ以上は手をつけられない。ここの警察に任せなくてはならない。

真野は玄関へ戻って、ドアを開けると、マスコミを整理していた警官を手招きして、小声で事態を説明した。

「えらいことですな……」

と、その警官は呆然としている。「とんでもないことだ」

「知らせて下さい」

「分りました」

「マスコミの連中にはまだ言わないで下さい。入って来られても困る」

「承知しました！」

わざわざ敬礼して駆け出して行く。

真野は茶の間へ戻ると、二通の封書を見付けた。一通は〈皆様へ〉とあり、もう一通は〈勇吉へ〉とある。

真野は、少し考えていたが、西川勇吉宛の一通を取ってポケットへ入れた。

宛名の字は滑らかできれいな草書である。母親の手だろう。落ちついた文字で、乱れている気配はない。

真野は、茶の間の古風な電話を手にした。通じている。死ぬときに、ちゃんと戻したのだろう。

署長の自宅へかけた。

「――奥さんですか。真野です。ごぶさたして。――お帰りですか」

「いえ、今夜は遅くなると……」

「そうですか。まだ署ですかね」

「いえ、何だか今夜はどなたか偉い方と食事だと申してましたけど」

偉い方……。真野には分った。

「分りました。結構です」

電話を切ると、真野は急に体の力が抜けてしまうような気がして、茶の間を出た。

ドドド、という音が近付いて来たと思うと、玄関のドアが開いた。

「両親が自殺したって、本当ですか！」

という声がいくつも飛んで来て、真野は立ちすくんだ。

カメラが真野に向いて、一斉にシャッターが切られる。まぶしいフラッシュの光に、真野は思わず手を上げて光をよけると、顔をそむけた。

しかし、カメラのシャッター音が雨のように降り続け、閃光《せんこう》が真野を白い光で染め上げていた……。

6　始末

ハイヤーが夜の道へ消えると、加東はホッと息をついて、料亭の中へ戻った。

座敷へ入ると、田渕が一人で酒を飲んでいる。

「先生、誰か呼びましょう」

「いらん。自分でやっている方が気楽だ」

座敷には、酔った息づかいの名残《なご》りが充満していた。

「署長は帰ったか」

「はい」

「ちゃんと手みやげは渡したな」

「間違いなく。しっかり受け取りましたよ」

「後で返すと言われても受け取るなよ」

「承知しています。そのために、一切こちらの名は入れてないのですから」

「まあ、分っているだろう、中身のことぐらいは。——加東、お前も飲め」

「はあ……」

加東は田渕の注ぐ酒をお猪口《ちょこ》に受けて、一気に流し込んだ。

「この接待を受けてるんだ。品物だけ受け取らんということはない」

「そうですね」

「現金は古い札だな」

「はい。一千万円、使った札で用意してあります。番号もちろん続いていませんが、一応控えてあります」

「よし」

と、田渕は肯《うなず》いた。

加東はあぐらをかくと、

「お嬢様はいかがです」

と訊《き》いた。

「至って平然としている。——あいつは何を考えているか分らん奴だからな」

と、田渕が苦笑して、「こっちがどれだけ苦労してるか……」

「いえ、直接おっしゃらないだけで、内心は感謝しておいでですよ」

と加東は言って、部屋の電話が鳴り出したので、急いで立って行った。

「——はい。——そうです。——私は秘書ですが」

加東は田渕の方を見た。「——いつですか？——間違いないんですね。——分りました。ありがとう」

田渕は加東のこわばった表情をじっと見つめて、

「どうした？」

「西川勇吉の両親が、自殺しました」

田渕は、ゆっくりと肯いた。

「――そうか」

「マスコミが家の前で張っていましたからね。今、大騒ぎのようです」

田渕は少しの間目をつぶっていたが、すぐに張りつめた声で、

「両親が死んだことを、西川勇吉へ知らせるんだ」

と言った。

「私がですか？」

「署長を呼び出せ。ハイヤーへ電話すればいい」

「分りました」

加東はハイヤー会社へ電話して、署長の乗った車の電話番号を聞くと、すぐにかけた。

「出たら、俺が代る」

と、田渕は言った。

「美香、TV、見た？」

初めに電話して来たのは池内小百合だった。

「うん」

自分の部屋で、ベッドに腰をおろして美香はTVを見ていた。

「死んじゃったって、西川君の両親……」

「知ってるわよ。『西川君』じゃなくて『西川』でしょ。そう決めたでしょ」

「あ……ごめん」

「何を怖がってるの？」

「だって……化《ば》けて出ないかな、私たちの所に」

小百合は本気で怯《おび》えていた。

美香は小百合を小さいころから知っている。昔から怖がりで、いつも美香にくっついて歩いていた。

はた目には、美香が小百合を子分にしているように見えただろう。確かに、そういう面もあった。しかし、実際には小百合の方がついて来たのだ。

美香にいばられ、何かと「おつかい」に行かされながら、小百合は美香に守ってもらってもいた。その点、美香は本当に小百合の「お姉ちゃん」役として、この「妹」

を守って来た。

頼りない妹を。

「小百合、今までだって、いつも私が何とかして来たでしょ？　今度だって大丈夫。私に任せておいて。いいわね？」

「うん……」

いつもなら、これで安心してしまう小百合だが、今日ばかりはかなり参っているようだ。

「――ね、この件が落ちついたら、私たち四人で海外旅行でもしようか。もちろん費用は私がもつから」

「海外旅行なんて……」

「いやなことを忘れるのには、時間だけじゃなくて、空間的にも離れるといいのよ。十日も行ってくれれば、何もかも忘れてる。――世間の方もね」

「そうかな……」

「心配することないって。西川は留置場の中よ。仕返ししたくたって、できやしないわ」

西川君……。

可哀そうな西川君。――美香は、自分の中では「君」をつけて呼んでいた。

四人の中で、西川勇吉をよく知っていたのは美香だけである。少なくとも四、五回はデートしたことがあった。

いや、今の基準で言えば——ということは、美香の基準でも——とてもデートなどと呼べたものじゃなかった。

でも、西川はそれで充分に幸せそうだった。美香と一緒にいられて、「手の届く所に憧《あこが》れの彼女がいる」というだけで、西川は満足していたのだ。

西川君。あなたは今、私の役に立ってるのよ。

幸せでしょ？「何でも、君の役に立てればいい」って言ってたんですもの。

私は、西川君を陥れたわけじゃない。「西川勇吉」に罪を着せ、「西川君」を幸せにしたはずだ。

他の三人には分らないのだ。私のことを、「冷酷で怖い女」だと思っている。

そうじゃない。——そうじゃないのよ。

「でも……どこへ行くの？」

しばらくして、小百合が言った。

「どこ、って？」

美香がちょっと戸惑うと、

「海外って——パリとかローマに連れてってくれる？」

怯えて、ふくれっつらをして、そのままで海外旅行の話をしているのだ。

美香は、

「もちろんよ。向うでうんとブランド品を仕入れて来ようね」

と言いながら、笑い出したくなるのを必死でこらえていた……。


今は、個人としてのあんたに礼を言ってるんだ。

——田渕はそう言った。

うまいことを言うものだ。そんな言い分が通用しないことぐらい、お互いに百も承知である。

しかし、その一方で、それが通用すると「信じたがっている」自分がいる。

田渕は、人の心理に通じている。——あるいは、俺が単純すぎるのか？

この手みやげ。漬物か何かの包装だが、中身はおそらくそうではない。

恐ろしくもあり、同時に期待してもいた。

とんでもないことだ。署長としては、許されないことである。

個人として。——個人として、か。

そっと、その「手みやげ」の包みを、なでてみる。

ハイヤーの電話が鳴って、運転手が出た。

「――お待ち下さい」

少しスピードを落として、「お電話です」

「ああ……」

何ごとだ？　忘れものでもしたかな。

「はい」

「間に合って良かった！」

田渕が言った。「あんたに、もう一つ頼みたいことができた」

「何ごとです？」

「西川勇吉の両親が自殺した。聞いたかね」

不意打ちだった。却《かえ》って、驚くこともできなかった。

「知りませんでした」

「そうか。今、ＴＶで大騒ぎをしている」

真野の奴が行っているはずだ。――何をしてたんだ、あいつは？

「あんたにもう一つの頼みというのはな、そのことなんだ」

と、田渕は言った。

「そのこと、というと？」

田渕は、さっき料亭で言ったセリフをくり返した。

「これは、あんた個人に頼むんだ。――署長としてのあんたに頼むのなら、署長を辞めた時点で、その縁は切れる。しかし、そうでなくて、個人としてのあんたに頼む、ということは、いつまでもあんたの恩を忘れないということなんだ」

「何をしろとおっしゃるんですか。はっきりおっしゃって下さい」

田渕の言葉に心を動かされそうになっているのは署長でなく、個人としての山科昭《やましなあき》治《はる》なのだ。

山科昭治。――それが「署長」の名である。


深夜の三時近かったが、ともかく真野は署へ戻った。

とても、そのまま自宅へ戻る気になれない。

なぜわざわざ両親の家を訪ねたのか、地元の警察に説明しなくてはならなかった。

幸い、マスコミは本当に出前に来た店員が両親の死を発見したと思っている。今ごろは、

「あれはどの店の出前だったのか」

と、あちこち必死になって訊き回っているだろう。

「――やあ」

残っていた同僚が顔を上げた。「どこへ行ってたんだ?」

「ちょっと遠出を」

と、真野は欠伸《あくび》をした。

疲れが一気に出た。今日は色んなことがありすぎた。早く帰って寝たい。

しかし——西川の両親の死に様が目に浮んで、やはりこのままでは帰れない、と思い直す。

長い話はできないが、あの両親の手紙を、せめて宛名の当人に開封させ、読ませたい。

「大変だぜ、西川の親が死んで」

「うん」

「知ってたのか」

真野は少し迷って、

「車のラジオで聞いた」

と、出まかせを言った。「署長はいないだろ？」

いるわけがないと思いつつ、念のために訊く。

「ああ、いない。——夕方から出かけてたみたいだな」

「そうか」

却ってホッとした。会えば自分が何を言い出すか分らない。

「でも、一度戻って来たけどな」

と、同僚が思い出したように、「十一時過ぎだったかな。何だか落ちつかない様子だった」

真野は足を止めて、

「どうして戻って来たか、言ってたか？」

「いいや。こっちも訊かなかった。またじきに帰ってったよ」

真野の中に不安がふくれ上った。――十一時。その時間には、既にニュースが流れていただろう。

「まさか」

と、真野は呟いた。「いくら何でも……」

そんなことはないよな。そんなひどいことは。

まさか。――まさか。

真野は立ちすくんで、しばし動けなかった。

怖かったのだ。

自分がこれから見るかもしれないものが、怖かったのだ。

「何してるんだ？」

同僚が、ふしぎそうに声をかけた。

7　悪夢を逃れて

美香は、重苦しい眠りからさめた。

だが、次第に意識ははっきりして来るのに、体がいうことを聞かないのだ。

手も足も、びくともしない。——どうしたの？　金しばりになんか、あったことないのに。

やっと分った。

美香は椅子に座っていて、両手両足を、椅子の背もたれと脚に縛りつけられていたのだ。

どうしたの？——どうしてこんなことになってるの？

「目がさめたかい？」

その声。——顔を見る前に、美香には分っていた。

「西川君……」

殺風景な、コンクリートの壁に囲まれた空間。天井には色々な太さのパイプが走り、シューシュー、ゴトゴトと、どこからともなく機械的な雑音が聞こえている。

「ここはどこ？」

と、美香は言った。

西川が、美香の前に回って来た。

手にロープを持っている。

「西川君……。どういうこと？　あなたがこんなことをしたの？」

「うん」

西川は、いつもの遠慮がちな口調で言った。

「少し辛《つら》いだろうけど、我慢してくれよ」

「私をどうするつもり？」

恐怖はなかった。——ふしぎなくらい、美香は西川を恐れてはいなかった。

考えてみれば、美香の嘘のせいで、西川の両親は自殺したのだ。西川が美香を恨んで、仕返ししようとしてもふしぎではない。

けれども、今目の前にいる西川からは、少しも美香への敵意らしいものが感じられないのである。

「ここはね、ビルの地下」

と、西川は言った。

「どこのビル？」

と訊《き》くと、西川は、めったに見せたことのない、いたずらっ子のような笑みを浮かべた。

「どこだと思う？　当ててごらん」

「分らないわよ」

美香は少し苛立《いらだ》った。

自分の知らないことを訊かれる。それが美香は大嫌いだ。相手に優越感を与えるのが我慢できないのである。

西川は、数少ない美香とのデートの中で、避けなければいけないことを理解していた。

だからすぐに、

「ここは君のお父さんの持っている会社の一つだよ」

「父の？」

「そう。地下二階は、機械室しかないんだ。君がここにいるなんて、誰も思ってもみないだろ」

「西川君……」

「大声を出しても聞こえないよ。何しろ、今は大したことないけど、そのドアを開けると、機械の雑音が凄《すご》くやかましいんだ」

「お願い。この縄をといてよ」

必死で手足を動かそうとしてみるが、むだだった。縄は手首にますます食い込んで痛かった。

「西川君、私を恨んでるんでしょ。分るわ。でも、まさかあんなことになるなんて……」

西川は、手にしていたロープで輪を作ると、天井のパイプめがけて投げ上げた。

「――西川君、何してるの？」

初めて、美香は恐怖を覚えた。西川の父親が、母親を殺して首を吊っていた、という話を思い出した。

西川は、なかなかロープがうまくパイプに引っかからないので、顔を真赤にしてくり返した。

その内、やっとロープの端がパイプの上をくぐって、ダラリと下って来た。

「やった！」

西川が嬉《うれ》しそうに言った。「本当に僕って無器用だな。ねえ？」

こんな状態で同意を求められても、美香には返事ができない。ただ黙って、ひきつったような微笑を浮べただけだった。

西川は、ロープの輪を適当な高さまで下ろすと、ロープのもう一片の端を、部屋の排気口らしい部分の金具に結びつけた。

そして、西川は美香の後ろへ回った。

美香はゾッとして汗が背中を伝い落ちるのを感じた。

ガタガタと音がして、西川が椅子を引きずるように持って、ロープの方へ運んで行く。縛られている美香には見えない所に、もう一脚の椅子があったのだ。

「これでよし、と」

西川は椅子と、ロープの高さの加減を見て肯《うなず》いた。そして、美香の方へと真直《まっす》ぐ進んで来たのである。

「西川君、やめて。私を殺さないで」

言うつもりはないのに、つい言葉が出てしまった。自分の非を認めたくないというよりは、西川に馬鹿にされるのが何より我慢ならなかったのだ。

「君を殺す？」

西川がけげんな顔で、「まさか。――僕がそんなことするわけないじゃないか」

と言った。

「じゃあ……あのロープで何するの？」

「僕が首を吊るのさ」

美香は絶句した。

「――心配しなくていいよ」

と、西川は言った。「君は、僕が君のことを恨んでると思ってるんだろ」

西川の顔が、ふと冷ややかな仮面のようになった。初めて見る西川の「もう一つの顔」だ。

「確かに恨んでいるよ。でも、君を殺したりしない。僕に人殺しなんかできないことは、君もよく知ってるじゃないか」

と、西川は言って、「女の子に暴行するなんてこともね」

と付け加えた。

美香は何とも言えなかった。

「僕の君への仕返しは、君に僕が死ぬところを見ていてもらうことだ。これから君の目の前で首を吊る。苦しみ、もがいて、やがて死に、体が腐っていくのを、君はそこでずっと見続けるんだ」

美香は総毛立った。

「やめて。――お願い、やめてよ。あなたを死なせようなんてつもり、なかったわ」

「今さらやめてくれ。笑って眺めていてくれよ。その方がずっと君らしい」

西川は手をのばすと、そっと指先を美香の頬《ほお》に触れさせた。その指は、もう死人のもののように冷たい。

「じゃあ……。僕の死に様を、忘れないでくれ」

ためらいも、思い切りもない。

西川は椅子へ大股に歩み寄ると、上に上り、ロープの輪を首にかけて軽く締め、そのまま間髪を入れず椅子をけった。

「やめて！」

と、美香が叫んだとき、もうロープの先で西川の体は重く左右へ揺れていた。

やめて！——やめて、西川君！

「やめて！」

確かに声に出して言ったらしい。

ハッと起きると、

「大丈夫ですか？」

運転席の加東が、バックミラーの中で美香を見ている。

明るい晩秋の日射《ひざ》しが、車の中へ射し入っていた。

「何でもないわ」

美香は外を見て、「——今、どの辺り？」

「もう成田まで二十分ほどです。早めに着きますよ」

美香は座り直した。

汗がじっとりと肌ににじんでいる。――夢にしては生々しいあの光景。

しかし、夢なのだ。もう西川は生きていない。美香の所へ、仕返しに来ることはない。

――しっかりして！

美香は、自分を叱りつけた。

池内小百合、轟淳子、黒沼さとみの三人と共にヨーロッパへ旅立つ。――いわば、あの出来事を忘れるための、「厄落《やくお》とし」というわけだ。

父も快く費用をもってくれた。

確かに、西川の両親の自殺と、それを聞いての西川自身の自殺は、色々臆測を呼んだ。

警察から情報が洩《も》れたという批判もあったが、やがて忘れられていくだろう。

何といっても、容疑者の西川自身が死んでしまったので、捜査も打ち切られた。

美香にとって、事態は正に理想的な形で収束したのである。

西川の死を聞いたときは、さすがに胸が痛んだ。

西川は、留置場の毛布のカバーを細く裂いて紐《ひも》にし、窓の格子から下げて首を吊ったのだ。

あの夢は、その出来事と、美香自身の中の罪の意識が生み出したものだろう。

気にしないことだ。後は時間がすべてを解決する。

――美香は、これからのヨーロッパ旅行のことだけを考えようと努めた。

「間もなく空港です」

と、加東が言った。

車の電話が鳴り、加東が取ると、

「――お嬢様。先生からです」

「ありがとう。――もしもし」

「どうだ、間に合いそうか」

父の、少し皮肉めいた声を聞いて、美香はなぜかホッとした。

「もう着くよ」

「そうか。気を付けて行って来い。向うでの世話は頼んであるからな」

「うん、ありがとう」

「パスポートは持ってるか」

「もちろんよ！」

美香は、普通の親のようなことを言う父に、つい笑ってしまった。

「それから……。美香、例のことは、何か人に訊かれても、答えるんじゃないぞ」

「例のことって――西川君のこと？」

「そうだ。まあ、何もないだろうが」

「それを忘れるための旅だもの。――うんとぜいたくして、カードの払いでお父さんが目を回すかもしれないよ」

「城でも一つ買って来い」

と、田渕は笑って言った。

「じゃ、行って来ます」

「ああ。加東に代ってくれ」

――美香は、行く手に、思いがけないほどの近さでジャンボジェットが離陸して行くのを見て、胸のときめくのを覚えた。


「美香！」

一番のりは、池内小百合だった。

神経質で心配性なので、待ち合せるといつも一番早い。

美香が待ち合せのカウンター前に着くと、小百合が待っていて、轟淳子がじきにやって来た。

「――またさとみがラスト」

と、小百合が言った。

「いつものことよ」

淳子が言って、「売店で買うものがあるんだ。あんまりすれすれでないといいけど」

黒沼さとみは、遅刻の常習犯なのである。

淳子に言わせると、

「可愛《かわい》い子は、いくら遅れても許してくれるからよ」

ということになる。

しかし、さすがに今日は少し特別だったらしい。

さとみも十分ほどの遅れでやって来た。

ただし、呆れるほど巨大なスーツケースを必死で押しながら……。

「──ごめん！　これが重くて」

と、息を切らしている。

「何を持って来たの？　ＴＶでも入ってるの？」

と、淳子が言った。

「違うわよ。何だか服ごとに合うバッグとか靴とか入れたら、こんなになっちゃった」

加東が、チェックインの手続きをしてくれる。

重いスーツケースを預けてやっと身軽になると、四人は加東から航空券を受け取った。

「――では、お気を付けて」

と、加東が見送ってくれる。

四人は、ファーストクラスの客専用のラウンジへと向った。

中年のスーツの男が駆けて来て、

「田渕先生のお嬢様でいらっしゃいますか」

「そうです」

「M航空の成田支社長でございます。先生から、間違いなくお乗せするようにと言われておりまして」

「どうも。――ラウンジで少し休みたいんですが」

「時間は充分にございます。ご案内いたしますので」

四人の「小さなVIPたち」は、もう、半ば外国へ片足を踏み入れたような気分で、その支社長の後について行った。

旅を前にしての、たかぶった気分が四人を捉《とら》えていた。

もし、西川の幽霊がそばに立っていても、四人はきっと気付かなかっただろう。

離陸していくジェット機の爆音が、四人の耳に響いて来た……。

8　出会い

何かあったらしい。

――池内小百合は、カウンターの所で、航空会社の人が顔を寄せ合って話しているのを見て、不安になった。

どうしたんだろう？　何か事故でもあったのかしら？

心配性の小百合は、悪い方へは大いに想像力が働く。

これから四人が乗ろうとしている便に、何か問題が起ったのかもしれない。機体に故障でも？

しかし、航空会社の方は、

「構わないから飛ばせ」

ということになり、飛び立ったものの、途中でエンジンが火を噴く。

そして……私たちはみんな死んでしまうんだ。そう、それが正しいことなんだわ。

西川君と両親を死なせたのは私たちなんだもの。その償いをさせられる。――当然の報いだわ。

「今相談しました」

と、カウンターで男の人が電話をかけている。「ファーストにちょうどキャンセルが。——そうです。こちらへその客を回して下さい。名前は？——清水《しみず》様、ですね」

何だ……。

ダブルブッキング、という奴だ。予約がダブって、席がない客が出てしまった。その客をファーストクラスへ回すということ。——よくある話だ。

拍子《ひょうし》抜けがして、小百合はぬるくなった紅茶を飲んだ。

出発までまだ時間がある。

美香が、

「売店、ちょっと覗いてくるわ」

と立って、淳子とさとみも一緒に行くことになった。

「小百合、みんなの荷物、見っててね」

美香に言われると、

「うん」

としか言えない小百合である。

というわけで、小百合はファーストクラス用ラウンジで、一人、留守番をしていた。

美香やさとみと違って、小百合は海外旅行にそう慣れていない。ましてや、ファーストクラスで行くなんて……。

それを考えただけで、ワクワクするよりも不安になってしまう小百合だった。

他の客に笑われるんじゃないだろうか。

「ファーストクラス、初めてなのね、あの子」

と、指さされたりして……。

でも、誰だって初めてってことはあるんだわ。そうよ。

自分にそう言い聞かせているのが情ないようでもある。

ガラガラと自動扉が開いて、美香たちが戻って来たのかとホッとした（出発時間が迫っても三人が戻って来なかったらどうしよう、というのも心配の種）小百合だが、入って来たのが、リュックをかついだ若い男の人と知ってがっかりした。

「――清水様でいらっしゃいますね」

と、受付の女性が言うと、その男はギョッとした様子で、

「そうですけど……」

「大変ご迷惑をおかけしました」

「いえ、そんな――」

「どうぞ、こちらでお休み下さい。搭乗の際はご案内いたします」

「はあ。すみません」

「恐れ入りますが、搭乗券をお預りしてよろしいでしょうか」

「あ、はい……。ちょっと待って下さい!」

あわててリュックの口を開けようとして、逆さにしてしまい、中から洗面道具だのカメラだのがドカドカ落ちて来た。

「す、すみません!」

あわてて落ちた物を拾い集めている。

――結構ドジな人なんだわ。

小百合はこういう人を見ると安心する。

小百合の足下に、何やら転って来たものがあった。その男のリュックから落ちた何かの薬のケースらしい。

男はそれを落としたことも気付いていなかったようで、やっと搭乗券を渡し、ホッと息をつくと、

「あの――どこへ座れば?」

「どちらでも空いたお席へどうぞ」

「そうですか……」

空いた席はいくつもあるので、却って困っているらしい。散々ウロウロした挙句《あげく》、やっと奥の方の目立たない席に座った。

小百合は立ち上ると、その男の所へ行って、

「あの、これ――落とされましたよね」

と、薬のケースを差し出した。

「あ！――すみません！」

と、わざわざ立って頭を下げている。

「いえ、いいんです」

小百合の方が照れてしまう。

自分の席へ戻っていると、少しして、その男がおずおずとやって来た。

「あの……」

「は？」

「ここの飲み物……いくらなんでしょう？」

「あ……。それは全部無料なんですよ」

「そうですか！」

と、男はホッとした様子で、「すみません、初めてなんで、こんな所」

「そうですか……」

と、小百合は笑顔で言った。

私も初めてなんです、と言おうとしたが、何となく言いそびれてしまう。

初めてでも、ここへ入ったのは三十分も早いわ。そうよ。

「じゃ……何か飲まないと損ですね」

と、清水という男は真剣な顔で言った。

小百合は何だかおかしくなった。

「私も、もう一杯飲もうと思っていたんです」

と、一緒に立って行く。

仲間ができてホッとした様子で、

「コーヒーがこれか。——これは?」

「お湯。そこのティーバッグで紅茶か緑茶をいれるんです」

「あ、そうか。このスナックもタダ?」

「ええ」

「凄い!」

清水はほとんど感動している。「エコノミーのはずだったのに」

「外れて運が良かったわね」

「本当だ」

清水はカップにコーヒーを注いで、「飛行機の中じゃ眠らないぞ」

「どうして?」

「一生に一度のファーストクラスで、眠ったりしちゃもったいない!」

本気で言っているのが面白い。

「あなた……大学生？」

「ええ。――K音大の四年生。清水真也《しんや》です」

「私、池内小百合。S大の三年生」

「ああ、じゃ一年下なんだ」

と、少し安心した様子。「でも――凄い荷物だね」

「え？」

振り向いて、小百合は四人分の荷物に囲まれていたことに気付いた。

「全部、君の？」

「違うわよ！――あれ、四人分」

と、小百合は笑ってしまった。

「何だ！　ファーストクラスの人は、みんなあれくらい荷物を持ってるのかと思った」

「友だちの分、見てるの。他の三人は買物に出てるから」

「大学生だけ、四人で？　遊び？」

「まあね。――座らない？」

どうせ、美香たちはまだ戻って来ない。

清水が隣に座って、

「僕は向うの音楽大学に行くんだ」

「まあ、凄い」

「どうなるんだか、見当もつかないけどね」

「何を弾くの？」

「ピアノ。――K音大でついてたドイツ人の先生が、向うへ帰っちゃってね。来ないかって呼んでくれたんだ」

「じゃ、優秀なんだ」

「どうかな。いくらでも上手《うま》い奴はいるからね」

と、清水は言った。「正直、ピアノよりもドイツ語の方が心配だよ」

「分るわ。――私、とても留学なんてできないし」

「何しに行くの？」

「買物」

あまりに明快な答に、清水は笑ってしまった。

「――でも、S大生じゃ、お宅だってお金持だろ？」

「そんなことないわ。一部の子だけよ。――この子はお嬢様だけど」

と、美香のルイ・ヴィトンのバッグを軽く叩いた。「田渕美香っていって、田渕外務大臣の娘よ」

「そうか……。じゃ、安心だ」

「そうね」

穏やかな笑顔、少し童顔で、可愛《かわい》い顔立ち。——とても四年生には見えない。

小百合は自分でもびっくりしていた。

男の子と、こんなに短い時間で打ちとけて話せるなんて！

きっと、どっちも気が小さくて心配性、といったところが似ているのだろう。

「あのね」

と、小百合は言いかけた。「本当は私もファーストクラスって——」

ガラッと自動扉が開くと、美香の明るい笑い声が聞こえた。

「ごめんね、小百合。一人で番させて……」

美香は足を止めて、小百合が見知らぬ男の子と話をしているのを見た。

「早かったのね」

と、小百合は急いで言った。「欲しいもの、あった？」

「うん」

「じゃ、どうも」

と、清水が立ち上って、美香たちの方へ会釈した。

清水が一番奥の席へ行ってしまうと、

「――あの人、何なの？」

と、美香は訊《き》いた。

小百合が説明すると、

「へえ」

美香は珍しそうに清水を眺め、「びっくりしたわ。小百合がこっそり彼氏でも呼んでたのかと思って」

「まさか」

「小百合は何か欲しいものない？　荷物、見ててあげるわよ」

「私、いいわ」

小百合が何だかいやに明るくなっているのを、美香はちゃんと見てとっていた。

あの男の子のせい？――美香は、自分も飲み物を取りに行って、そっと奥の席の清水という男の子を見た。

清水は、どことなく西川を連想させた。おとなしく、穏やかな感じ。

もう忘れようと思ってるのに！

美香はコーヒーをカップに注いで、自分のソファに座った。

「ねえねえ、ここ、行こうよ」

と、淳子がガイドブックを開けて、「面白そうだよ」

「どれ？」

さとみと小百合がそれを覗く。

美香は少し離れて座っていた。

ヨーロッパも、もう何度も行って慣れている。小百合や、あの清水という若者のように緊張することもない。

ゆっくりコーヒーを飲んでいると、

「失礼いたします」

と、年輩の紳士がやって来た。「J旅行社の社長でございます。この度はご利用いただきまして」

「どうも……」

「できる限り、お手伝いさせていただきますので、何でもお申しつけ下さい」

「ありがとうございます」

「大臣には、いつもお世話になっておりまして……」

こういうとき、大人の笑顔で応《こた》えるのは、美香の得意とするところだ。

その社長は何回も頭を下げて出て行った。——もちろん内心は、「小娘のくせにファーストクラスか」と舌打ちしているのだろう。

世の中なんて、そんなものだ。

美香は、ラウンジの中の客たちがみんな自分の方を見ているのを感じていた。——大臣？　どの大臣の娘だ？

囁《ささや》き合っているのがいくつか耳に届いてくる。それは快感だった。

しかし、清水は美香の方を見た。清水にも今の話は聞こえているだろう。

——美香は、清水は美香のことを全然見ようとしていなかった。——開いているのは、ラウンジに置いてある旅行パンフレットで、退屈そうにめくって見ている。

美香は、大方小百合が父のことを清水に話したのだろうと察した。

ふと美香は立ち上ると、奥の清水の席へと真直ぐ歩いて行った。

清水の目の前に立つと、彼が顔を上げるのを待った。——気が付いて、あわてるはずだ。

清水は顔を上げた。

「すみません」

と、清水は言った。「手もとが暗くなるんで、ちょっとどいてもらえませんか」

「——お待たせいたしました」

と、受付の女性が立ち上って言った。「フランクフルト行き、７０３便ご搭乗のお客様、21番搭乗口にてご案内申し上げます」

美香は振り返った。

9　白い華

「お待たせいたしました」

——美香は振り返った。

「式場へご案内いたします」

美香は、姿見の前に立った。

純白の美香がそこにいた。ウエディングドレス。白い滝のように床へ流れ落ちて広がるレース。

「どうぞ」

式場の係の女性が促すと、美香は深く息をついて、歩き出した。

——清水真也との結婚の儀式へと。

「結局、ものにならなかったんでしょ」

と、黒沼さとみが言った。

「でも、いいじゃない。美香を射止めりゃ、上出来よ」

と、淳子は言った。「でも、よくあの貧乏学生と結婚する気になったわね」

「美香の方が惚《ほ》れたのよ。だって、週末ごとにドイツまで会いに行ってたっていうんだから。それも三か月、毎週続けたって」

「あの美香がね……」

あの美香が――。

美香が。――美香。

池内小百合は、結婚式場のチャペルに、さとみ、淳子と並んで座っていた。

「小百合。――私、清水君と結婚することになったの。式に出てね」

美香からの電話があったのは一か月前。

美香は知っていた。小百合が清水にあてて手紙を書き、誕生日に何をプレゼントしようかと悩んでいるのを。

何しろ、

「何がいいと思う？」

と、美香に相談したくらいだ。

でも、そのころ、美香は毎週ドイツへ通っていた。

そして――一か月前の電話。

何の遠慮も気がねもない。

少しでも後ろめたいとか、気が咎《とが》めるのなら、ああストレートには言えないだろう。

「あのね、実は……」

とか、

「驚くと思うんだけど」

という前置きがあってもいいはずだ。

でも、何もなかった。いきなり、

「清水君と結婚する」

聞いたとき、一瞬、「清水って誰だっけ?」と思ったくらいだ。

おめでとうを言い、電話を切ってから、ショックでその場にしゃがみ込んでしまった。

もちろん、美香はそんなこと、気にもしていない。小百合がどう思うかなんて、美香の知ったことじゃないのだ。

「花嫁の入場でございます」

——パイプオルガンが鳴り、聖歌隊が歌う。

もちろん、本物じゃない。アルバイトの子たちである。

小百合は、聖歌隊の女の子が、大欠伸《おおあくび》しているのを、さっき見ていた。——男とでも寝過して、駆けつけて来たのか。

美香が入って来る。父親に腕を取られて。

あれが――あの花嫁が、私だったかもしれないのに。

小百合の胸に嫉妬が火と燃えた。

私の恋を返して！　私の大事な人を返して！

――清水は、モーニング姿で、花嫁の来るのを待っている。

たった一つの救いは――小百合にとって、ということだが――清水が全く小百合の方を見ようとしないこと。

清水は、少なくとも小百合に悪いことをしたと思っているのだ。

小百合は、平然と傍を通り過ぎて行く美香を目で追った。

私の幸福を盗んだわね！――泥棒！　この人でなし！

小百合は、隣のさとみに、

「きれいね、美香」

と言っていた……。

披露宴は退屈だった。

何しろ「田渕大臣」のためのようなものである。

次から次へと、美香も清水も全く知らない肩書だけの連中のスピーチ。

美香は、この後、同じホテルのバーとスイートルームを借り切って、友だちだけのパーティを開くことにしていた。

「――ちょっとごめん」

シャンパンで少し酔ってしまった小百合は、廊下へ出て息をついた。

廊下の奥に小さなソファを置いた一角がある。小百合はそこへ行って休むことにした。

披露宴の会場の中は、スピーチといっても面白くないので、ざわついている。

でも、ここは……。静かだ。

いつまでもここで休んでいたい。

小百合はソファに身を委ねて、目をつぶった。頭がクラクラする。

やけ酒？　そういうわけではない。――今さら酔ってどうなるというのか。

清水は美香と結婚してしまった。――清水は、ピアニストの道を断念して、田渕の口ききで、どこかへ就職するとか聞いた。

小百合にそんな力はない。清水が小百合と美香を比べて、美香を選んでもふしぎではない。

でも――清水君。

あのファーストクラス専用ラウンジで会ったとき、小百合は一目で清水にひかれた。

この人なら、きっと私に合う。そう思った。

それなのに……。

小百合は、その後、清水が一度日本へ帰って来たとき、デートしていた。体まで任せはしなかったが、キスしてくれた。

でも、今思えば、あれは美香との結婚を決めるための帰国だったのだ……。

涙が溢《あふ》れて、頰を伝った。

「やだ……。こんな所で……」

ハンカチを出そうとして、バッグを椅子へ置いて来たのに気付いた。

「これを」

誰かが、ポケットティッシューを差し出した。

「どうも……」

急いで一枚抜くと、涙を拭《ぬぐ》って、「すみません」

「いや」

その男は、もう一つのソファに腰を下ろすと、「池内小百合君だったね」

「――え？」

結婚式の客とは見えなかった。ごく普通の背広。四十七、八というところか。

でも――どこかで見たことがあるような気がした。

「僕のことを憶《おぼ》えてるかね」

と、男は小百合の表情を見て言った。

「何となく……。でも、よく分りません」

「そうだろ。一度会っただけだ。それも二年以上前に」

「二年以上前？」

「今日は田渕美香君の結婚式だね」

「そうです」

「轟淳子君も、黒沼さとみ君も、いる？」

「います」

思い出した！「——刑事さんですね、あのときの」

「よく憶えててくれた」

「でも——」

「真野。そういう名前だってことは知ってたかね」

「よく……憶えてません」

小百合は、刑事を見て、「どうしてここへ？」

「一度、田渕美香君の花嫁姿を見たくてね」

と、真野は言った。「もう、西川君のことは忘れたのかな」

「それは……」

「知ってるだろ？　ご両親も死に、当人も死んだ」

「ええ、もちろん」

「君たちの嘘のせいだ」

　小百合はギクリとした。

「——何のことですか」

「安心しなさい。もうみんな死んでしまった。今さらあの事件をむし返すことはないよ」

「でも、それならなぜ——」

「言ったろう。美香君の花嫁姿を一目見たくて来たんだ」

「刑事さん……。もう帰って下さい。せっかくの披露宴なのに」

「君は美香君を心から祝福してるのかね」

　小百合は一瞬詰った。

「当り前じゃありませんか……」

「じゃ、どうして泣いてたんだ？」

「それは……女の子は気持がたかぶると泣いちゃうんです」

「気持がたかぶる？　あの連中のスピーチを聞いて？」

と、真野は笑った。

小百合は、真野が何を考えているのか分らなかった。

そこへ、

「――小百合」

と、淳子がやって来た。「そろそろ歌の仕度」

三人で歌うことになっているのだ。

淳子は真野を見て、けげんな顔で会釈した。

「――それじゃ、小百合君」

と、真野は立ち上ると、「また会おう」

立ち去る真野を見送って、

「誰、あの人？」

と、淳子は言った。

「別に……。ちょっと知ってる人。偶然会ったの」

小百合は、西川のことなど話したくなかった。

「そう……。何だか会ったことあるみたい」

「それより――歌うのにピアノの伴奏、ちゃんとつくよね」

小百合はカラオケとかほとんどやらないので苦手だ。

「大丈夫。清水君が弾いてくれるのよ」

「清水君が？」

「そう。だって、一応ピアニスト目指してたんだもの」

「それはそうだけど……。おかしくない？」

「平気よ。そんなのでもないと、あの二人も体が固まっちゃう」

「——ありがとうございました」

廊下へ出て来て、スピーチを終え、早々に退出する政治家を見送っているのは、田渕の秘書、加東である。

「やあ、一休みかい？」

加東が、小百合たちの方へやって来る。

「これから歌の準備です」

と、さとみが言って、「小百合！　戻ろうよ」

と促す。

「うん……」

小百合は立ち上った。

一旦おさまっていた頭痛が、またひどくなりつつあった。

10　ロビー

「人生の交差点ね」

と、轟淳子が言った。

「どうしたの、急に文学的になって」

と、黒沼さとみが笑う。

「そう思わない？」

と、淳子はホテルのロビーの奥にあるラウンジから、大勢の客が行き交うロビーを見ながら言った。

今は、ロビーもほとんど披露宴の客たちで一杯になっている。

清水真也と美香の式だけではない。今日だけで五組の式と披露宴が入っていて、正にロビーは「ごった返して」いるのだった。

「式に出る人、帰る人。恋を成就させた人、破れた人、祝福する人、妬《ねた》む人……。みんなニコニコして挨拶《あいさつ》してるけど、心から祝ってる人なんて、どれだけいるか」

「そんなもんよ、人生なんて」

と、さとみが言った。

池内小百合は何も言わずにロビーを眺めている。

恋に破れた人、妬む人……。私のことだわ。

小百合は、本当は帰りたかった。

この後、友人だけのパーティがあり、美香から、

「絶対出てね」

と、念を押されている。

いつも「美香に忠実」な小百合としては、肯《うなず》くしかなかった……。

「──美香たちよ」

と、さとみが言った。

主だった招待客を送りにロビーへ出て来たのだ。

お色直しをした美香は、何百万だかしたという豪華なピンクのカクテルドレス。清水も白のタキシードに着替えていた。

悔しいと思いながら、美香の美しさ、華やかさにため息をつく小百合だった。

「──ありがとうございました」

くり返し礼を述べる清水の声が聞こえてくる。

「でも、清水君の方、スピーチする人が少なかったわね」

と、さとみが言った。

「音大の先生とか、招かなかったんでしょ。だって、放り出しちゃったんだから」

と、淳子がコーヒーをする。

「あ、気が付いた」

さとみが手を振ると、美香がやって来る。

「身につく」ということがある。その意味では、カクテルドレスの裾を引いて颯爽《さっそう》と
やって来る美香は、いかにもそういうさまが身についていた。

「ご苦労様。堅苦しくて疲れたでしょ」

と、美香はテーブルのそばまで来て言った。

「この後は大いに羽目を外しても大丈夫だから」

「でも、美香、あんまり遅くまで騒いでちゃ、旦那様が気の毒よ」

と、さとみが冷やかす。

しかし、さとみはパーティとか飲み会が大好きなのだ。何しろ可愛いから男の子に
ちやほやされる。

それがさとみの「生きるエネルギー」になっているのである。

「私、着替えて来るから待ってて」

と、美香は言って、ロビーの方へ戻りかけたが、「――小百合」

と振り向いて手招きする。

「うん。——何？」

小百合が立って行くと、

「これ、お客様からいただいた物なの」

と、リボンをかけた包みを小百合に渡し、「私が持ってると、バタバタしてて忘れちゃいそうだから、あなた持っててくれる」

「うん」

「パーティのとき、彼に渡して」

「彼って——」

「もちろん清水君よ」

と、美香は笑って、「それとも、『うちの主人』とでも言わなきゃいけないか」

小百合はさすがに心穏やかではいられなかった。

「じゃ、よろしくね」

と、行きかける美香へ、

「ね、美香。真野って人が来てた」

「——誰？」

「真野さんって……あのときの刑事さん」

美香の顔がこわばった。

「もうすんだ話じゃないの」

「うん。でも——どこかで美香のウエディング姿を見てたわ、きっと」

「話したの？」

「向うから話しかけて来た」

「何て言ってた？」

「別に……。もうあの事件はすんだことだって言ってたわ。ただ、美香の花嫁姿を見たかったって」

美香はちょっと笑って、

「私に気があったのかな。——気にしないで。もう忘れたのよ」

「うん……」

「他の子には言わないで」

「分った」

美香は、清水の方へ、「真也さん」

と声をかけると、足早に行ってしまった。

相変らず、小百合のことを平気で使っている。きっといつまでもこうなのだろう。

小百合は預かった包みを手に、ラウンジへと戻って行った。

「——どうしたの、それ？」

と、さとみが訊《き》く。

「預かっといてくれって。どうせ美香の秘書代りなんだから、私は」

「その内、子守を頼まれるわよ」

と、さとみが笑って言った。

子守。――清水と美香の子。

そう考えただけで、小百合の胸はうずく。

「もう小百合もお勤めしてるんだし、用があるときは、そう言って断らなきゃ」

と、淳子は言った。

――みんな二十四歳になっている。

美香は勤めたこともなく、だからこそ何度も清水に会いに行けたわけだが、小百合はK商事という小さな商社のOLである。

情ないようだが、そのK商事も美香の父の紹介があればこそ入れたので、そうでなければ、とても受からなかっただろう。

四人の中で、飛び抜けて頭の良かった淳子はS大に残って大学院へ進み、今は講師をやっている。今日もキリッとしたスーツで、地味ではあるが目をひく雰囲気を持っている。

「どう、淳子？　男子学生の可愛い子と遊んだりしてる？」

と、さとみがからかう。

淳子がそんなことをするわけがないと分って言っているのだ。

「ＴＶで変なドラマをやるから」

と、淳子が顔をしかめる。「また、そういう話が本当にあるかも、って誤解する馬鹿がいるの」

「面白いじゃない。人生、波乱があった方が楽しいわ」

と言っている黒沼さとみは、正にそのＴＶ局に勤めている。

「初めから、面接一本で行く」

と、宣言していた通り、ペーパーテストはまるでできなかったのに、面接で合格！

可愛い子はいいね、と同期の誰もがため息をついた。

訓練が大変だから、と、初めからアナウンサーなど志望していなかったのに、入社早々、局長の目に留り、今やＳテレビの「アナウンサーの卵」。

当人は不平たらたらで、

「私、もともと頑張るのって嫌いなんだ」

と言い続けている。

しかし、業界の空気は合っているのだろう。今日もアイドルまがいのロングドレスで、大いに目立っていた。

「――小百合、ずっと出てるの、今夜のパーティ？」

と、淳子が訊く。

「どうしようかな。明日休めないし」

「私も明日早いの。途中で抜けようか」

「うん」

淳子に誘われれば、美香へも言いわけができる。小百合はありがたかった。

「私、夜遅いの平気だから」

と、さとみは言った。「いざとなったら、このホテルに泊ってくわ」

「いいわね、気楽で」

と、淳子は首を振った。「――あれ、美香のお父さんじゃない」

ロビーに田渕弥一がいて、白髪の紳士と話している。

「あの人、スピーチしたよね」

と、小百合は言った。「何話したか、憶えてないけど」

「あれ、前田哲三《まえだてつろう》よ」

と、淳子が言った。

「誰、それ？」

「さとみ、TV局にいて知らないの？　田渕さんのいる派閥の大物じゃない」

「へえ……」

確かに、あの田渕が何度も頭を下げ、玄関まで見送りに出ている。田渕は、あのとき外務大臣だったが、今は大蔵大臣。その勢力は大したもので、将来の首相という声も上っていた。

その田渕があれだけ下手《したて》に出ているのだ。

「凄く偉い人なのね」

と、小百合は小学生みたいな感想を述べた……。

11 頭痛

頭痛は一向に消えなかった。

——小百合は時計へ目をやって、まだやっと九時を回ったばかりだと知ってがっかりしていた。

もともとアルコールには弱いし、バーとかクラブという場所が得意でない。こういう所で騒げる、さとみのような性格が羨《うらやま》しい。

「——どうしたの？」

と、淳子が気付いて、声をかけて来た。

「頭が痛いの。私、もう帰ろうかな」

「そう。じゃ、十五分待って。用事をすませて戻るから」

「あ、いいのよ、私一人でも」

「私も、小百合の付き添い、って言えば帰りやすいから」

と、淳子は微笑んだ。「──ね、その奥に小さく仕切った席があるわ。誰もいないし、落ちつくわよ。座ってれば？」

「うん、そうする」

「じゃ、すぐ戻るから」

と、淳子が行ってしまうと、小百合はそのバーの奥にある、ボックス風の席へ行って座った。

友人だけのパーティといっても、美香は色々な方面に友だちがいて、小百合などの知らない人がほとんどである。

一人になって、やっと少し気分が良くなった。

目を閉じていると、頭痛も大分治まって来る。そして人の気配に、

「淳子、早いのね」

と目を開けると、「──清水君」

清水真也が、ツイードの上着を着て立っていた。

「座ってもいい？」

「ええ……」

小百合は、チラッと広いスペースの方へ目をやった。

「大丈夫。美香はスイートルームの方に行ってるよ」

と、清水は言った。「一度、君と二人でゆっくり話したかった」

「だって、そんな……」

小百合は笑って、「話し相手なら、奥さんがいるじゃない」

「小百合……。君には悪いことをしたと思ってる」

「そんなこと……言わないで。自分が惨《みじ》めだわ、それじゃ」

と、小百合は目を伏せて、「あなたは、私か美香か、どっちか選ばなきゃいけなくて、美香を選んだ。それでいいじゃない」

「僕が選んだ？——いいや、美香が僕を選んだのさ。ドイツで手を痛めてね。ピアノが続けられるかどうか分らなかった。絶望的になっていたとき、美香がドイツへ飛んで来てくれた……」

「私じゃ無理だわ」

と、小百合は笑ってから言った。「でも——そのことを知らせてくれていたら、長い手紙くらいは書いていたと思う」

「うん……。でも泣きごとは言いたくなかった」

「それを言うための恋人でしょ。それを聞くための恋人じゃないの。自慢話ばっかり聞かされたら、自分を信じてくれてないのかと思って悲しくなるわ」

話しながら、自分でも当惑していた。こんな言い方をしたことがない。

「君の言う通りだな」

と、清水は目を伏せた。

「でも――美香には話したのね？　だから美香が飛んで行ったんでしょう？」

「いや……そうじゃない」

「それじゃ、なぜ？」

「なぜだか知ってたんだ。――美香は、お父さんの関係で、ドイツにも大勢知人がいたからね」

小百合は何とも言わなかった。

美香のことだ、清水と同様の留学生とか、音大の関係者に手を回して、清水の身に何かあればすぐ知らせてくれるように頼んでおくぐらいのことは平気でやる。

いや、証拠のある話ではないが、自分の推測が外れてはいないだろうと小百合は思っていた。

そうやって日本からわざわざ飛んで来てくれた美香に、清水がひかれたのも当然の成り行きだろう。

でも、今さらそんな事情が分ったからといって、どうなるというのか。

「小百合」

と、清水は言った。「これからも友だちでいてくれるね」

小百合は、何とも言えずやり切れない気分になった。

「――私、美香の友だちだもの。あなたは『友だちのご主人』よ。それ以外の呼び方はないでしょう」

「それは分ってるけど――」

「それなら、もう何も言わないで」

小百合は遮って、「幸せになって。今はそれしか言えない」

清水は黙って立ち上ると、そのまま立ち去った。

もっと何か悪口を言っても――清水をなじってやってもよかったのだ。小百合にはその権利があった。

でも……それは清水を美香一人のものにすることだ。

小百合はせめて――清水にいつまでも「良心の痛み」を抱えていてほしかったのである。

「振られた女にできることは、それぐらいだものね」

と、小百合は呟いた。

「――お待たせ」

淳子がやって来た。「じゃ、行こうか」

「うん」

一緒にバーを出て、小百合は、

「美香に言ってから帰った方がいいかしら」

「私が言っといた。小百合、アルコールですぐ頭痛起すからって」

「ありがとう」

ホッとしながら、一方で美香が自分を引き止めてくれないことが寂しい小百合だった……。


スイートルームを出た美香は、意外な顔に足を止めた。

「加東さん。今夜はお友だちだけのパーティよ。遠慮して」

「よく承知しています」

と、田渕の秘書は言った。「ですが、どうしてもお話ししておきたいことがあって……」

「今夜でなきゃいけないの？」

美香は少し苛立っていた。

「私の個人的な用ではありません。先生の代りで」

父の名を出されると、美香もそう勝手は言えない。これからの清水との暮しも、父がいてくれなかったら、考えられないのだ。

「分ったわ。じゃあ……」

「人に聞かれてはまずい話です」

と、加東は言った。「こちらへ」

同じフロアの一室をわざわざ借りていることを知って、美香は面食らった。——一体何ごとだというのだろう？

加東がチャイムを鳴らすと、すぐに中からドアが開いた。

「お嬢様をお連れしました」

と、加東が言った。

「お待ちです」

その女性を見て、美香は驚いた。

「桐山《きりやま》さん——」

「突然お呼びたてして申しわけありませんね」

桐山恵子《けいこ》は、五十歳前後のがっしりした体つきの女性である。地味なパンツスーツでいると、一見男性かと思ってしまう雰囲気を持っている。

美香がていねいに、

「今日はありがとうございました」

と挨拶したのは、桐山恵子が、前田哲三の秘書だからである。

美香も、父が前田哲三には頭が上らないことを知っている。

「先生とご一緒に帰られたと思っていました」

と、美香が言うと、

「戻ったんです。地下の駐車場から」

と、桐山恵子は微笑んだ。「先生もです」

「前田先生も？」

驚いた美香は、その部屋の奥のソファに、紛れもない前田哲三の姿を認めて、

「――失礼しました！」

と、あわてて進み出て挨拶した。

「お疲れさん」

と、今年七十を越える前田哲三はゆっくり肯《うなず》いて、「やっと年寄連中から解放されてホッとしているところに、悪いね」

「そんな――」

「いや、私だってそう思うよ」

前田は腹の底から豪快に響き渡るような声で笑った。「——手間は取らせないよ」

「あの……私にご用でしょうか」

と、美香が訊《き》くと、

「私がお話しします」

と、桐山恵子が言った。「今日の披露宴で、先生のお目に留った女性がいたんです」

美香は面食らった。

「お目に留った……」

「そうなんです。確かめてみたところ、美香さんのお友だちと分ったので、こうしてお呼びたてしたんです」

美香は言葉を失って、思わず加東の方を見た。

「いや、先生はいくつになられてもお元気そのもので」

加東が急いでお世辞を言った。

「人間、色気を失ったらおしまいだよ」

「はい、おっしゃる通りで」

「女のことだけを言ってるんじゃない。しかし、事業でも政治でも、新しいことをやれるエネルギーのある奴は、女も征服したいと望むものだ」

殿様が、「あの娘がほしい」と指させば、都合をつけるのが秘書の仕事なのか。

美香は、桐山恵子が大真面目に、しかも少しの照れもなく、話をしているのに驚いていた。――昔ながらの忠実な部下なのだろう。

「私に何か……」

「その女性に話していただきたいんです。でも決して無理にとは申しません」

愛人にならないか、と訊けというのだ。――これは悪い冗談じゃないの？

「私……でも、そんなことをどう伝えていいか分りません」

「そうでしょうね。ただ、一応美香さんにも承知しておいていただきたいのです。後で驚かれても困りますから」

美香は、少し呼吸を整えて、

「友人といっても大勢来ていました。その中の誰のことでしょう？」

と訊いた。

「君と大学が一緒だったと聞いた」

と、前田が言った。

「それじゃ……黒沼さとみのことですね、きっと」

何といっても、さとみの愛らしさは目をひくはずだ。

「主人のピアノ伴奏で歌を歌った中の……」

「そうだ。しかし、黒沼という名ではなかった」

「それじゃ――」

桐山恵子が代って答えた。

「池内小百合さんとおっしゃる方です」

12　回想

電話が鳴り続けていた。

黒沼さとみは、手探りで目覚し時計のベルを止めようとして――やっと思い出した。

「ホテルに泊ったんだ……」

頭が痛かった。何しろ明け方近くまで飲んでいたのだから。

「モーニングコールね」

少し早いと思ったが、ベッドから手を伸して受話器を取った。

当然、テープの声が、

「おはようございます」

と流れて来ると思ったのだが――。

「目が覚めた?」

女の声が聞こえて来て、さとみは面食らった。

「もしもし。――どなたですか？」

と、さとみは訊《き》いた。

「遠い昔にね、あなたを知っていた者よ」

勤め先のＴＶ局の誰かがいたずらしているのだろうか。

局でも目立つだけに、さとみはこの手の電話に慣れている。

「自分の名前を言えないような人とは話をする必要ありませんね」

目が覚めて、少し強い口調で言った。「もう、かけてもむだですよ。交換台へ頼んでつないでもらわないようにしますから」

「名前？」

と、女は言った。「でも、あなたには誰のことか分らないんじゃないのかな」

ただのいたずらと違う何かを、さとみは感じ取っていた。

「言ってみてくれなきゃ分りませんよ」

と、さとみは言い返した。「お名前は？」

「私の名は、山――」

「『山』？　『山』と言ったんですか？　もしもし？」

電話は切れていた。さとみは頭に来て、

「『山』ですって？　冗談じゃない！　『忠臣蔵』じゃあるまいし」

と、思わずひとり言。

「忠臣蔵」の討ち入りのとき、義士同士が、夜闇の中、味方と確かめるための合言葉が「山」と「川」。——本当かどうか知らないが、年齢の割には時代劇の好きなさとみは、そんなことを知っていた。

妙な電話のおかげで起されてしまった。

さとみは、欠伸《あくび》しながらベッドを出ると、シャワーを浴びにバスルームへ——。

「キャッ！」

と、声を上げて飛び上ったのは、見知らぬ男が腰にバスタオルを巻いて歯をみがいていたからだった。

「——おはよう」

と、その男が言った。「よく寝てたね」

「あなた……」

見知らぬ男ではない。よく見れば、ゆうべ美香と清水真也のためのパーティで一緒だった男——。

「ゆうべは楽しかったよ」

そう言われて、「何が？」と訊くのもおかしい気がして、

と言いながら、心の中で、「しまった！」と呟いているさとみだった。

「ごめん、すぐに終るから」

男は二十六、七というところか。さとみより少し上らしい。なかなか爽《さわ》やかな印象の青年で、どことなく「育ちのいい坊っちゃん」という感じがする。

「――ごめんなさい。私、あなたの名前、忘れちゃった」

と、さとみは、いくらか正直に言った。

「そうか」

と、男は笑って、「ずいぶん酔ってたものな。今日、仕事は大丈夫なの？　アナウンサーなんだろ？」

「まだ、本職じゃないもの！　コピーを間違えて裏返しに取るくらいで被害はすむわ」

「それならいいけど……。すぐ終るよ」

男はタオルで顔を拭くと、「でも、憶えてない？　君、僕のこと、『うちの社長と同じ名だ！　代りに殴らせろ！』って言って、アッパーカットを食らわしたんだぜ」

さとみもさすがに赤面した。

「失礼しました」

「いや、面白い人だな、と思ったよ。僕は田渕大臣に父が仕事でお世話になったんで、代理でパーティに出たんだけどね」

「じゃ、美香の友だちじゃないの」

「違うんだ。本当はお祝いだけことづかって渡して帰るつもりだったけど、『来たからには、十杯飲まないと帰さない！』って中へ引張り込まれて」

「そんな失礼なことしたの？」

「君がね」

やぶへびだ。――さとみは目をそらして、

「ともかく……どうもありがとう」

「どうして？　礼を言うのは僕の方さ」

男は微笑んで、「――さ、どうぞ」

と、バスルームを出て行った。

「参った」

と呟いて、ともかくさとみはホテルの浴衣《ゆかた》を脱いで、シャワーを浴びた。

社長と同じ名、か。――何となく憶えているようでもある。

Sテレビの社長は郡修巳《こおりおさみ》というので、あの男も〈郡〉というらしい。珍しい名だ。

「やれやれ……」

時間はまだあった。あわてることはない。

今日は夜の仕事があるので、昼ごろまでに出社すればいいのである。

シャワーを浴び、顔を洗って、大分すっきりすると、さとみはバスローブを着て、バスルームから出た。

「やあ」

男は背広姿でソファに座っていた。

「もう帰ったかと思ったわ」

「別れる前に、コーヒーの一杯でも、と思ってね。時間はある?」

「ええ、大丈夫。でも……」

「じゃ、下のラウンジで待ってるよ」

と、立ち上り、「急がなくていい。ゆっくり仕度して」

「ありがとう」

さとみは、その男が出て行くと、何となく心暖まるのを覚えた。――普通、あれくらいの年齢の男は、たいてい自分勝手でわがままである。

女性が、化粧や身仕度に時間がかかるということも理解できず、「遅い」と文句を言ったりする。

我慢するとか、待つということに慣れていないのだ。――さとみも一見そういうタイプに見られがちだが、割合他人に気をつかう性格なのだ。

今の、あの男の自然な態度に、自分と似たものを認めて、さとみは嬉しかった。

最初の一夜が、酔って何も憶えていないというのは情ないが、これからも付合っていけるのなら……。

さとみは、身仕度もていねいにした。

――ラウンジへ下りて行くと、奥のテーブルで男が手を挙げた。

「お待たせして」

と、さとみは言って、ルームキーをテーブルに置いた。

「フロントへ返して来よう」

「あ、でも支払いが――」

「もう、済ませたよ」

さとみは恐縮した。

コーヒーを飲みながら、

「酔ってこんなことになって……。お恥ずかしいわ。でも、いつもこんな風じゃないのよ」

言いわけ以外の何ものでもない。

「若いんだから、いいじゃないか。たまにはこんなことがあっても」

「あの……私、黒沼さとみというの。一応……」

名刺を出しておずおずと、「名刺使うことなんて、滅多《めった》にない」

「いや、知ってるよ」

「え？」

「君は有名だ。局の中でも、顔は知らなくても君の名を知ってる男はいくらもいるよ」

さとみは面食らって、

「じゃ……あなたもSテレビに？」

「うん。——親父が社長なんでね」

と、彼は言った。

同じ名前のわけだ。

——郡周一《しゅういち》。

もらった名刺には、彼の携帯電話の番号もメモされていた。

夢じゃないのね！——さとみは、部屋へかかった妙な電話のことなど、すっかり忘れてしまっていた……。

「アッちゃん」

と呼ばれて、パソコンに向っていた轟淳子は顔を上げた。

「はい」

「ちょっと来てくれ」

と、手招きしているのは、このＳ大の教授で、淳子の恩師、安井良治《やすいりょうじ》だ。

「先生、何か——」

「午後、授業は？」

「四限があります」

「何年生だ？」

「一年生です」

「そうか。じゃ、悪いが一人、見学させてやってくれないか」

「見学ですか」

「うん。あの子だ」

安井は手招きして、「馬場君。——僕の所の轟淳子君だ」

「馬場百合香です」

と、いかにもしっかりした感じの女性。

「私のこと、〈アッちゃん〉でいいわ。先生がどうせいつもそう呼んでるから」

「はい」

「馬場君はこの大学の卒業生だ。他の短大で講師をしてて、戻って来たってわけだな」

「あら、そうなんだ」

と、淳子は目を見開いて馬場百合香を見つめると、「――もしかして同期？」

「そうです」

「何だ！　どこかで見たことがあるって気がしたの」

「同じ授業も取ってました。轟さん、いつも四人組で」

「ああ、あの……。有名だったものね、私たち。自分で言うのも変だけど」

と、淳子は笑って、「じゃ、なおのこと、『轟さん』はやめて」

「じゃ、〈淳子さん〉でいいですか」

「どうぞ」

「授業、聞かせて下さい。今まで短大で、女の子ばっかりだったし、四年制の方だとやり方も違うでしょうから」

「ええ、遠慮なく聞いててて」

と、淳子は言いながら、「昔の悪ぶったころを知られてると、弱味があるわね」

――二人は、ちょうどお昼の時間になったので、学食へ行って昼を一緒に食べることにした。

「懐しい。いつもこうして並んだわ」

と、馬場百合香は盆を取ってセルフサービスの列に学生に混って並ぶと言った。

「味は相変らずよ」

と、淳子は言った。

――空いたテーブルで食べながら、

「あの四人組のみなさんは今、どうしてるんですか?」

と、百合香が訊いた。

「二人はOL。一人は結婚したわ。つい昨日ね」

「そうですか」

「田渕美香って、大臣の娘――」

「憶えてます。凄く偉そうにしてた」

「そうそう」

と、淳子は笑って、「あの子が結婚したの。――本当にね、あのころはいつまでも学生でいるつもりだった……」

淳子は、ふと思い付いて、

「じゃ……百合香さん、西川君とも同じクラスだった?」

百合香はちょっと眉《まゆ》を寄せて、

「誰でしたっけ、それ？　男の子なんかほとんど憶えてないな」

「――そう。それならいいの」

と、淳子は首を振って、「今、非常勤講師って大変でしょ」

と、話を変えたのだった。


空港へ向うタクシーの中で、清水真也はほとんど眠っていた。

無理もない。もともと、一晩中飲んで騒ぐといった暮しをしていないのだ。

結局、せいぜい二、三時間しか寝ていないのではないか。

「ともかく飛行機の中ではいくらでも寝ていられるからな」

と、眠い目をこすりながら起き出して来た真也だったが……。

寝不足は美香も同様だ。

しかし、タクシーの中でも、美香は眠れなかった。

ハネムーン。――これからハネムーンに発《た》つのだというのに、美香の心は晴れなかった。

成田への道は割合空《す》いていた。

もう少しゆっくり寝かせておきたかったが、

「――起きて」

と、真也を揺さぶり起し、「もう着くわ」

「ああ……」

真也は頭を振って、「ごめん。完全に眠ってたな」

「いいのよ。眠いときは眠って。デートしてるわけじゃないんだから」

と、美香が言うと、真也は爽やかな笑みを浮かべた。

タクシー代を美香が払い、真也は荷物を下ろす。

二人で、大きなスーツケースをガラガラと押して行く。――二人はドイツへ向けて発つのだ。

自分のお金で行く、と言ったが、

「安全のためだ」

と、父が手配してくれて、二人はファーストクラスにチェックインした。

加東が送りに来るというのを、何とかやめさせたのである。

荷物を預けて一息つくと、航空会社の責任者が飛んで来て、二人に挨拶した。

「田渕様、お待ちしておりました」

「今は清水です」

と訂正する。

「失礼いたしました！　どうぞラウンジの方でお休みに」

「また眠っちゃいそうだな」

と、真也が笑って言った。「あ、いいです、これは自分で持つから」

案内されて、二人はファーストクラス用のラウンジに入った。

「――やあ、懐しい」

と、真也が中を見回して、「あのときは、入るのが怖くて、前を何度も行ったり来たりしたよ」

留学中の往復はもちろんエコノミークラスだったし、美香と帰国したときも、このラウンジは使っていないから、確かにここへ足を踏み入れるのはあれ以来だ。

「今日は、正規の客だな」

真也は、あのとき美香たちが座っていたソファが空《あ》いているのを見て、「――そこにしようか」

「ええ」

二人とも、小百合のことを考えていた。

真也は、あのとき心細そうにしていた小百合を思い出した（もっとも、彼自身の方がよほど心細かったのだが）。

美香の方は、あのときの小百合だけでなく、これからの小百合のことを考えていた。

むろん、前田哲三が小百合に「関心がある」ことを、真也には話していない。当人だって、夢にも思っていないだろう。

ハネムーンから帰ったら、美香が小百合に話をすることになっている。――でも、どう話そう？

「何か飲む？　取ってくるわ」

と、美香は言った。

「いや、僕が――」

「いいのよ。コーヒーにしてもらおう」

「じゃ……コーヒー？」

「はいはい」

美香は立って行った。

真也のために何かしてやれることが嬉しい。

――小百合。

小百合のことは、帰国してから考えよう。

そうだ。そのころには、前田哲三の興味も薄れているかもしれない……。

美香はコーヒーをカップへ注いだ。

「――失礼いたします」

と、受付の女性がやって来て、「清水美香様でいらっしゃいますね」

「そうです」

「こちらが届いております」

小さな白封筒を開けると、グリーティングカードが入っている。

誰だろう？

開くと、走り書きで、〈よいご旅行を！　昭治〉とあった。

〈昭治〉？――誰だろう？

いくら考えても分らない。

しかし、美香は大して気にもせず、そのカードを屑《くず》カゴへ放り込むと、コーヒーのカップを席へと持って行った。

「――ありがとう」

真也は息をついて、「ここで初めて会ったんだな」

「ええ……」

美香は、真也に寄り添って座り、「こうなって良かったわ」

と言った。

飛行機の時間まで、少し間がある。

ＴＶの表示は、二人の乗る便が予定通りの時間に発つ見込みだと告げていた……。

13　スキャンダル

「大臣！　感謝感激です！　わざわざおいでいただいて！」

と、その社長は、息子の結婚披露宴に、お祝いのスピーチをした田渕の手を両手で包むように握って、揉まんばかりの感謝ぶりだった。

「いやいや、あんたには色々世話になったからな」

と、田渕が言うと、

「ありがたいお言葉で！　息子も一生この日を忘れません」

――正直なところ、田渕はこの社長にいつどんな風に「世話になった」のか思い出せないのだが、秘書の加東が予定に入れたのだから、一応大切にしておいた方がいいのだろう。

「ゆっくりできるといいが、予定があってね」

正味、披露宴会場にいたのは五分にもならない。今夜だけで、四つの宴席に顔を出すのだ。スピーチそのものだって、当人を知らないのだから、一般論で形をつけるしかない。

「――ありがとうございました！」

ホテルの玄関まで送ってくれた社長が何度もくり返すのを後に、車で次のパーティ会場へと向う。

「客の中に、M銀行の副頭取がいましたね」

と、加東が言った。「大臣のご出席で、何とか金を借りたいのでしょう、あの社長」

と、加東は笑って、

「息子も、ハネムーンから帰ったら、家が差し押えられてた、なんてことになりかねませんよ」

「人生、何が起るか分らんものだ」

と、田渕は言った。「何か食っていく時間はないのか？　これだけ宴会を回って、サンドイッチ一切れ、口に入れられんのだからな！」

「何か買って来ましょう。――おい」

と、加東が運転手へ声をかける。

そのとき、加東の携帯電話が鳴った。

「誰だ？――はい、加東です。――ああ、どうも」

相手の話に耳を傾けていた加東の表情が急にこわばった。

「確かか？――分った。ありがとう！――うん、今、大臣と一緒だ。折り返しかけるよ」

「とんでもないことに……。〈演友会〉のことを、ニュース番組が取り上げます」

と、田渕が言った。

「何ごとだ」

「どういうことだ」

〈演友会〉は〈園遊会〉をもじって名付けた、同好会だ。

「たぶん――誰かが強引に言い寄って、女の子がしゃべったんです。調べれば分りますが、今はその時間が……」

田渕は苦々しく、

「会員をふやすのに、あれほど反対したのに！　ろくでもない成金を入れるからだ」

「今夜の〈ニュースキャスター〉だそうです」

「あの番組か」

政府へかみついて来るので知られているニュース番組である。

「違法というわけじゃない。個人の問題はともかく」

「ですが、先生、報道されたらやはりスキャンダルです。週刊誌などが喜んで飛びついて来るでしょうし」

〈演友会〉は、俳優やタレントをメンバーで「励ます」ための会だ。むろんその実態は、売り出し中の女優やタレントを呼んで遊ぶのである。

田渕などは「遊ぶ」といっても抱くわけではない。一緒に飲んだり、おしゃべりするだけだが、メンバーによっては当然のようにホテルへ連れて行こうとして、何も知らない女の子が泣き出したりすることもあった。

「特に、あの子が……」

と、加東が小声になる。

「うむ」

今の大臣の一人が、田渕の二年先輩で、孫のような少女タレントに夢中なのだった。少女といっても、十七、八になっていればともかく、十二、三の、まだ中学一年生。しかもCMなどでこのところ一気に有名になったので、誘いを断って来ていたのである。

「あれかな」

「もしそうだと……。政権が揺るぎかねません」

未成年の少女を強引に呼びつけて酒の相手をさせていた、というのはやはりとんでもないスキャンダルだろう。

しかもその会に、現職の閣僚が四人も入っている。

「先生」

と、加東が言った。「何とか手を――」

「少し黙れ！」

田渕は目を閉じていたが、「――車を、前田先生の所へ」

「分りました」

加東は急いで電話を入れ、前田哲三が事務所に出ていると分ると、すぐに車をそっちへ向けた。

「お出かけでなくて良かったです」

加東が汗をハンカチで拭う。

車は、大分古ぼけたビルの前へつけて停《とま》った。

前田の秘書、桐山恵子が出て来た。

「お待ちです」

「ありがとう」

むだな話はしない。――田渕と加東はそのビルへと入って行った。

一見したところ、そんな大物の事務所があるとはとても思えない、古ぼけたビルなのだが、地階へエレベーターで下りると、豪華マンションのような広々とした部屋に出る。

「前田先生。突然申しわけありません」

と、田渕はソファで寛《くつろ》いでいる前田哲三の前に出て頭を下げた。「先日は娘の結婚式で――」

「いいから座れ」

と、前田は遮って、「そんな呑気《のんき》なことを言ってる場合じゃないだろう」

「先生――」

「聞いた。〈演友会〉のことだな」

田渕はソファに腰をおろし、

「ご存知でしたか……」

と言った。

「芸能人といっても、今は素人だ。危いと思わなかったのか」

「はあ……」

「それはともかく、TVで報道されたら、総辞職だ。――手を打つといっても、かなり強引な手でないとな」

「覚悟しております」

「総理は何と言ってる？」

「連絡していません」

と、田渕は言って、「実は――前から総理もあの会へ入りたいとおっしゃっていたのですが、お断りしていました。ご相談するわけには……」

「そうか」

と、前田は笑って、「総理も好きそうだからな」

「それで何とか先生のお力を……」

「待て。今、そのTV局の社長がここへ来る」

「――呼ばれたのですか」

「どうせそういうことになると思ったからな。着いたらすぐに恵子が案内してくる」

前田はそう言って、「君は知ってたか、あそこの社長」

「郡ですね。一応、顔ぐらいは。親しいわけではありませんが」

「TV局も今はでかくなっている。社長の一存でニュースの内容を変更するわけにもいくまい。何か、よほどの見返りを約束してやらんとな」

「はい、覚悟しております」

田渕の表情はいつになく硬くこわばっていた。

十分と待たず、エレベーターの扉が開いて、

「郡社長です」

桐山恵子が案内して来る。

六十を少し出た郡修巳は白髪を短く刈り込んで、ゴルフで日焼けした男である。

「突然呼んで申しわけない」

と、前田が穏やかに、「かけてくれ。蔵相の田渕は知ってるね」

「はあ。——どうも」

と会釈して、「ご用の向きは——」

「時間がないから、要点だけ言おう。今夜の君の所のニュース番組で取り上げる〈演友会〉という会のことだが……」

「よくご存知で」

「取り上げてもらっては困る。君の力で何とか止めさせてくれ」

「それは……」

郡が困惑した表情になり、「確かにあの枠はやり過ぎる傾向があり、よくスポンサーからも苦情が来ます。しかし、何しろ人気があるので」

「大変なのは承知だ。そこを何とか頼む。——田渕君が充分な礼をするよ」

「困りましたな」

と、郡は苦笑して、「凄いニュースがあるというのをかぎつけて、新聞や他局も探っています。突然中止というわけには……」

「裏付けの証言がでたらめと分って、急遽《きゅうきょ》延期したと言えば通るさ」

さすがに郡が目を丸くした。

「いくら何でも——」

「いいか」と、前田が遮って、「下手をすれば政権の危機だ。少なくとも大臣の更迭《こうてつ》ということになると、予算の成立にも響く。君の局が恨まれることになるぞ」

郡が明らかに動揺した。

前田は、今、日本のTV局の経営者が「ジャーナリスト」の自覚など持ち合せていないことをよく知っている。彼らにとっては単なる営利事業でしかないのだ。自分の地位をかけて「報道の自由」を守る気などさらさらない。

「――どうすればいいですか」

と、郡は訊《き》いた。

「誰の証言が目玉になっているか、分るだろう」

「私は聞いていませんが……」

「すぐ調べてくれ。タレントなら所属事務所の社長と二人に田渕君が会って、目の前に現金を積む。現金だ。そして、〈証言は嘘でした〉と、当人に書かせて、番組宛にファックスさせる。当人は即刻海外へ出させる。もちろん費用はこっち持ちだ」

郡は、完全に前田の言葉に呑《の》まれていた。

「――分りました」

「局へ戻って、その証人を調べ、電話してくれ。田渕君、君の秘書の電話を」

「はい」

加東が郡へ名刺を渡す。「携帯へ、いつでも」

「分りました」

郡は息をついて、「大変なことで」

「一時間以内に頼む」

「前田先生……。努力はしますが――」

「うまくやってくれれば、礼はするよ」

「局の幹部を説得するには、何か具体的なものが欲しいんです」

「衛星事業で、大分後れを取ったらしいじゃないか」

「それは……前の社長が見通しを誤って……」

と、郡が口ごもった。

「優先的に枠を認めよう。どうだ」

郡が唖然《あぜん》とした。

「――本当ですか！」

「いい加減なことは言わんよ」

郡は立ち上って、

「一時間以内にお電話します」

と言うと、小走りに出て行った。

「先生……」

田渕が額の汗を拭う。

「口実は何とでもつけるさ」

と、前田は言った。「君は車で待機していたまえ。向うと会うときは車の中にしろ。人目につかないように」

「分りました」

田渕は立ち上って、「現金を用意します。加東、銀行へ行く」

「君の口座から下ろすのはまずい」

と、前田が止めた。「恵子」

「用意しておいた」

桐山恵子が大きな革のバッグを運んで来た。

「一億ある。これを使え」

田渕がさすがに身震いして、

「何とお礼を――」

「いいから早く受け取れ。恵子が息を切らしてるぞ」

加東があわてて駆け寄ると、バッグを受け取った。

「うまくやれ」

前田は肯《うなず》いて、「お送りしなさい」と恵子へ言った。

恵子が田渕たちを送って、戻って来ると、

「――先生、ご自宅へ戻られますか」

と訊いた。

前田はそれには答えず、リモコンを手にTVをつけた。同じリモコンでビデオを再生する。

会社の昼休みに食事に出るOLたちの映像だった。

「先生、これは……」

「池内小百合だよ」

前田は微笑んで、「盗み撮りさせた。――といってもプロのカメラだ。よく撮れてるだろう?」

「はあ……」

桐山恵子は呆れ顔で、「どうなさるんです?」

「手に入れるとも」

楽しげに笑う池内小百合の顔のアップを静止画にして、前田は言った。「――俺は必ず手に入れる」

14　入院

霧が、突然晴れた。

「見て！」

と、美香は清水真也にしがみつきながら叫んだ。

二人乗りの小さなロープウェイのゴンドラは、谷間の風に揺れて目が回るようだった。

数千年の時が凍りついたような、岩と氷と雪の崖。――モンブランを望む谷をまたいで、眼下は何百メートルあるか想像もつかない高さだ。

「高い！　でもすてきだわ！――ねえ？」

美香は清水の顔を見上げた。「どうしたの？　目をつぶっちゃって」

「じっとしててくれ！」

清水の声は震えていた。「僕は高所恐怖症なんだ」

「え？――じゃ、そう言えばいいじゃないの。乗らなかったのに」

と、美香は笑って言った。

「あとどれくらい？」

「向うまで……三分の一ぐらいかな」

「着いたら教えてくれ」

と、清水は目をギュッとつぶったまま。

美香は笑って、

「じゃ、上を見てれば？　空が凄く澄んでてきれいよ」

「放っといてくれ！」

美香はのび上って清水にキスした。

「動くと揺れるよ！」

と、清水が悲鳴を上げた……。

——ハネムーンは、最後の宿泊地、ジュネーヴに入っていた。明日一日、ジュネーヴの町を見て歩いて、おみやげを買って、後は帰るばかり。

「——早いなあ、楽しい時間って」

と、美香が言った。

清水はまだ青い顔をしている。

やっと地上へ下りて来て、ジュネーヴの町へ戻る列車の中。

「大丈夫？」

「うん……。少し眠るよ」

「いいわ。着いたら起してあげる」

と、美香は言った。

清水はすぐに眠り込んでしまった。

美香は幸せだった。――たとえ、この幸せのかげで、泣いている人間がいようと、構わなかった。この人を決して離すものか、と思った。

それに――このハネムーンの間に、身ごもった予感がある。

しばらく二人で遊んでから、という友だちもいるが、美香はむしろ早く子供を産みたかった。

清水が、そういうことに感動する人間だということを、美香はよく知っている。

これで二人の間に子供が生れたら、清水は二度と他の女性に心を移すことはないだろう。――それは逆に言えば、美香の中にわずかな不安が残っていたということだ。

小百合を出し抜いてしまったことへの、後ろめたさ。その不安。――その気持を否定することはできなかった。

おそらく清水の中にも、小百合に申しわけないという気持がある。

小百合……。私を恨んでいるかしら?

美香は憶えていた。あの前田哲三から言われたこと。

だが、小百合を、いくら政界の大物が望んでいるといっても、今はそんな時代ではない。——小百合にどう話そう？

そして、このことを決して清水に知られてはならない……。

忘れよう。——今はハネムーンなのだ。

小百合のことは、帰国してから考えればいい……。

美香は、いつの間にか自分も眠ってしまって、列車がジュネーヴに着いてやっと目をさましたのだった。


「——お留守の間にお電話が」

ホテルへ戻ると、日本人スタッフの女性がやって来て言った。

「どうも」

美香はメモを見て、フロントにルームキーを取りに行った清水の方へ目をやった。

素早くメモをポケットへ入れる。

「部屋へ戻ろう」

と、清水が言った。「少し休む？」

「そうね。——私、シャワーを浴びたいわ」

と、美香は言った。

ジュネーヴのホテル、ボー・リヴァージュは、あのウィーンの王妃エリザベートが刺客に刺されて運び込まれたホテルである。

部屋へ入ると、

「あなた先にシャワー浴びたら？　私、おみやげをバッグへ詰め直すわ。それで汗かきそう」

と、美香は言った。

清水がバスルームへ入ると、美香はメモを取り出し、丸めて捨てた。

小百合が、至急電話をくれと言って来ている。何ごとだろう？

清水がシャワーを浴びている間に、美香は電話をすませたかった。

「――もしもし？――小百合？」

「美香！　ごめんね」

国際電話のタイムラグが、遠さを感じさせた。

「出かけてたの。今ホテルに戻ったところ。何かあったの？」

「邪魔しちゃいけないと思ったんだけど……」

「どうしたの？」

「父が倒れたの」

「まあ」

「飲み過ぎたらしいんだけど……。駅の階段で倒れて、転り落ちてね。今、意識不明なの」

「気の毒に。――何か役に立てる？」

「会社がね、父のこと辞めさせるっていうのよ。ひどいでしょ？　接待で飲んだのに……」

小百合は声を震わせている。

「待って。――ね、小百合。あと三日で帰るから。そしたら父に話して、何とかしてもらうわ」

「ごめんね。でも、どうしていいか分らなくて。母は泣いてばっかりいるし」

「元気出して！　会社だって、そんなひどいことできないはずよ。差し当って、『弁護士と相談しています』と言ってやればいいわ。それがいい。そう言えば、会社の方もあわてるわよ」

「弁護士なんて知らないわ」

「私がちゃんと紹介してあげるから。ね、だから安心して。待っててね。帰ったら電話する」

「うん……。ありがとう、美香」

「友だちじゃないの！」

「そうね……。清水君――ご主人は元気？」

言い直すのが辛《つら》そうだった。

「ええ」

バスルームのシャワーの音が止った。「今ね、モンブランへ行って発見したわ。高所恐怖症だってこと」

「本当？」

「本当よ。ロープウェイで、ずっと目をつぶってるの！」

小百合が笑った。——寂しそうに響く笑い声だった。

「——電話？」

バスローブを着た清水が出て来る。

「うん」

もう受話器を置いていた。「大使館の人が、何かお困りのことはございませんかって」

「何て答えたんだい？」

「幸せ過ぎて困ってますって……」

二人は笑った。

清水がかがみ込んで美香にキスした。

「シャワー、浴びて来るわ」

と、美香は言った。「――カーテン、閉めておいて」

「――転院した？」

小百合は、耳を疑った。

「それ――どういうことですか？」

「さあ……」

看護婦が首をかしげて、

「私も詳しいことは……」

「だって、家族が知らない内に？　そんなことって……」

呆然としていた小百合は、

「じゃ、父は今どこにいるんですか？」

――転院したという先へやって来て、小百合はまたびっくりすることになった。

まるでホテルのような豪華な造り。ロビーも病院という雰囲気ではない。

誰に訊《き》けばいいのか、気後れして立っていると、

「もしかして、池内さんのお嬢さん？」

と声をかけられた。

「はい……」

「前の病院から連絡があったの。――こっちへ」

看護婦ではない。スーツ姿のその女性について小百合はあわてて歩き出した。

「あの、どうしてここへ――」

「それは後で」

と、その女性が言った。

ついて行くと、〈院長室〉へ通された。

白髪の紳士が、ていねいに小百合を迎えてくれ、秘書の出してくれたコーヒーを飲みながら、小百合は半信半疑の状態で説明を聞いた。

「――日本でも一番優秀なスタッフが、あなたのお父さんの治療に当っています。大丈夫、必ず意識は戻りますよ」

「ありがとうございます……」

礼を言いながら、小百合はますますわけが分らなくなるばかり。

どうしてこんな所へ？　それに、一体いくら取られるだろう。

「前田先生のご指示ですからね。できる限りの便宜は図りますよ」

前田先生？――誰だろう？

院長室を出ると、さっきの女性が待っていて、

「じゃ、お父さんの病室へ行きましょう」

と、促した。

「一つ、教えて下さい」

「何？」

「本当に父なんですか？　人違いじゃ？」

同姓同名の別人。——思い付いたのはそれぐらいだった。

「心配しないで」

と、その女性は微笑んだ。

病室は個室で、一杯に日が入る、立派な部屋だった。

確かに父が眠っている。

「——私は桐山恵子」

と、その女性が言った。「前田先生の秘書よ」

「前田先生って……どなたですか？」

おずおずと訊くと、

「今、おいでになるわ」

恵子がドアを開け、「先生、こちらです」

「ああ、君が池内小百合君か」

と、入って来た男が言った。

「あ……。美香の結婚式で——」

「そうだ、田渕君の同業だよ」

年齢を感じさせない、力のある声だった。

小百合も思い出した。――あのとき、美香の父が何度も頭を下げて見送っていた、大物だ。

「あの……父のことを……」

「偶然、前の病院で聞いてね。あそこも、ちょっとした病気ならともかく、君のお父さんのような状態ではとても無理だ。それで移した」

「ありがとうございます」

「君も父親が倒れては大変だろう。田渕君の娘さんの親友だということだったからね、これは放っておけないと思った」

「こんな立派な病院……」

「容《い》れものだけでなく、スタッフも一流だよ。政治家もよく入院する」

「費用は心配しなくていいよ。私が勝手にやったことだ。私が払うからね」

「そうですか……」

「そんなわけには――」

「またゆっくり話そう」

前田は恵子を促して、「さ、出かける」

「はい」

恵子を連れて、前田は病室から出て行った。

小百合は、なおも自分が夢の中にいるようで、閉じてしまったドアへ何度も頭を下げていた。

15 怒りの日

「周一！　どういうことだ！」

よく通る声が、Sテレビの食堂に響き渡った。

誰もが、一瞬食事の手を止め、打ち合せを中断して、食堂へ大股に入って来た長身の男を見た。もちろん、それが誰かはみんな知っている。Sテレビの〈ニュースキャスター〉の顔、戸部誠《とべまこと》である。

戸部は真直ぐに、食堂の一番奥のテーブルで夕食をとっていた郡周一の方へと向った。

「周一、説明してくれ」

「何です、突然」

「知らんわけがないだろう。君の親父さんが直接指示したんだ」

「僕は、スクープが流れたって聞いただけですよ」

戸部は椅子を引いて座ると、

「証言してくれた少女が、急にファックスで〈全部私のカン違いでした〉と送って来た」

「本人の字なんでしょ?」

「ああ」

「それなら、その通りなんですよ、きっと」

「ファックスが入ったのが、六時四十二分。六時半に、君の親父さんは『〈ニュースキャスター〉の中身が変る』と編成へ伝えている。どうしてだ?」

「知りませんよ。僕は親父の見張りをしてるわけじゃない」

郡周一はいささかむくれ顔で言った。

「その女の子の家へ飛んで行ったスタッフが、車で出かけようとするところを捕まえた。——どこへ行くところだったと思う?」

「さあ……」

「ラス・ヴェガスだ。しかもファーストクラスのチケット。これでも、妙なところはないって言うのか?」

郡周一はため息をついて、

「確かに、戸部さんが怒るのは分りますよ。でも、僕にはどうしようもない」

「そうだな」

戸部は少し落ちついた様子で、「諦《あきら》めないぞ。ラス・ヴェガスに定住するわけじゃあるまい。帰国したら必ず引張り出してみせる」

「でも……」

「親父さんへ言っとけ。何を交換条件に出されたのか知らないが、ニュースを自分で止めるなんて、TVの自殺だ」

郡周一は苦笑した。

「もういいでしょう。みんな聞きましたよ」

「みんな？」

「ここに居合せた連中がみんな。——ね？」

戸部はちょっと笑って、

「まあね。僕が自分で引込めたと思われちゃかなわないからな」

戸部誠は、局のアナウンサーではない。もともと別の局のアナウンサーで、そこを辞めて独立した。だから、社長といえども、そう簡単に戸部を外すことはできないのである。

「何か代りの話題があったんですか」

と、郡周一は訊《き》いた。

「どんなに困っても、芸能ネタはやらないよ。ダム建設を巡る汚職疑惑だ。却って親父さんは困るんじゃないか？　具体的に政治家の名前も出させてもらう」

「戸部さん、気を付けて下さいよ。はたで見てると、ハラハラする」

「暴力の危険か？　ま、人間そう簡単にゃ死なないさ。それに、僕の言動が注目されている限り、手を出しにくいんだ。危いのは、こっちの腰が引けて、世間の注目を集めなくなったときさ」

周一は、こういう戸部の姿勢に敬意を払っていた。口で言うのは簡単だが、実行できる者はほとんどいない。

「せっかくの晴れ舞台に、スーツ、新しいのを着て来たのに」

と、戸部は言った。

「あの――コーヒーを」

と、戸部の前に置いてくれた女性がいる。

「――ありがとう」

戸部はいささか面食らって、「君、この局の子？」

「黒沼さとみ君です」

と、周一が言った。

「何だ、このドラ息子の彼女か」

「ひどいなあ、戸部さん」

と、周一が笑う。

「まあ、かけなさい。——僕はすぐに行く。仕度があるからね」

戸部は、少々強引に黒沼さとみを座らせた。さとみはチラッと周一の方を見た。

戸部は素早く見てとって、

「周一に注意されてるな？　『戸部誠って、女の子に手が早いんだ。用心しろよ』。——そうだろ？」

「戸部さん、そんなこと——」

「分ってる。君があちこちでそう言いまくってるってのは耳に入ってるよ。しかしね、黒沼——さとみ君だっけ？」

「はい」

「僕はね、毎晩ＴＶの画面に顔を出してる。女の子を連れてこの辺のバーにでも行こうものなら、明日には局中に知れ渡る。こういう立場にいて、女の子に手を出せると思う？」

「さあ……」

「こいつの言うのはね、自分のことなんだ。何しろ社長の息子だものな。誘われてなびかない女はいないさ。君もその一人らしいが、憶えとけよ。君だけじゃない。君はあくまで『彼女の一人』だ」

周一は一人で苦笑いしている。

「それじゃ、僕は行くよ。——周一、このコーヒー代、うちのオフィスへつけといてくれ」

「分りました」

立ち上った戸部は、

「では、さとみ君、また会おう」

「失礼します……」

と、さとみが言ったときには、もう戸部は風のように食堂を出て行ってしまっていた。

「——やれやれ。汗をかいた」

「たぶんね」

「お話、向うのテーブルで聞いてたわ。今夜のスクープのこと、本当？」

と、周一は肯《うなず》いた。「でも僕は何も知らない。本当だぜ」

「ええ、信じてる」

「それと、戸部さんの後半の話も、あれは戸部さん一流のジョークだ。僕は——」

「そんなにもてないわよね」

と言って、さとみは笑った。

夜、七時を回って、さとみは帰り仕度をしていた。

郡周一は、とてもこんな時間には帰れない。さとみは特別用事もなかったので、このところあまり行っていなかったエステサロンへ寄って帰ろうと思っていた。

一応、予約を入れておこうと電話へ手を伸すと、

「黒沼さん！」

と、大声で呼ばれてびっくりした。

「はい！」

と、立ち上ると、

「黒沼さとみさん？」

と、知らない女性。「社長がお呼び。すぐ来て」

そう言われても、さとみは呆気《あっけ》に取られているばかり。相手の女性は苛々と、

「早くついて来て！」

「はい！」

と、さとみはあわてて転びそうになった――。

何だろう？　周一との付合いがばれて、「別れろ」と言われるのか。

さとみにはそれくらいしか思い付かなかった。

社長室のドアが開く。

「——君が黒沼さとみか」

郡社長が、渋い顔でジロジロとさとみを眺め回す。

「はい。——ご用でしょうか」

「用だから呼んだ」

と、郡は言った。「今から〈Aスタ〉へ行ってくれ」

「——は？」

「〈Aスタジオ〉で、〈ニュースキャスター〉の準備中だ」

「戸部さんの……」

「知ってるな？」

「もちろんです。あの——何をすれば？」

「戸部がさっきやって来た。今夜のスクープの話は知ってるだろう」

「噂は……」

「あれを引込めたんだから、代りに要求がある、と言った。『黒沼さとみという子を、今夜からレギュラーに加えたい』と」

さとみは、何の話かよく分らなかった。

今日って四月一日だっけ？

「時間がない。メークも必要だ。急いで行け。すべて戸部が指示する」

「社長……。レギュラーって……」

「毎晩、TVに映るんだぞ。勝手に休んだりするなよ」

郡はそう言って、手を振った。「早く行け！」

「失礼します！」

と、出ようとして、「――〈Aスタ〉って、どこでしたっけ？」


「怒りを忘れる、もの分りのいい日本人、というイメージをぜひこの辺で引っくり返す必要があると思います。――もっとも、怒り出したら、一日中怒ってばっかりいなきゃいけませんね。では今日はこれで……」

と、戸部誠がカメラに向って言うと、スタジオ内に戸惑いがあった。

あと五秒ある。――いつもの戸部なら、ピタリと終るはずだ。

と思うと、カメラがさとみを映し出した。

「今日からレギュラーに加わったホヤホヤの新人です」

と、戸部がいきなり言って、さとみにウインクして見せる。

さとみは真直ぐレンズを見て、

「黒沼さとみです。よろしくお願いします」

割合落ちついていた。

ピタリ、残り時間ゼロ。

「はい、お疲れ」

と、声が飛ぶ。

「――大丈夫？」

戸部と組んでいるベテランのアナウンサー、明石百代《あかしももよ》がさとみに声をかけた。

「ライトで……気が遠くなりそう」

と、素直に言った。

「でも、途中のニュース一本、よく読めてたわよ。新しい人はたいてい駆け足になっちゃうけど」

「何も分りません」

「戸部さんは時々こういうことをやるのよね！」

「新人が焦《あせ》ってオタオタするのが、実にいいんだ。初々しくて」

「私――本当にレギュラーになるんですか？」

と、さとみは訊いた。

「今、TVカメラに向って言っただろ？　あれで何百万の人に向って言ったことになるんだよ。嘘はつけない。――だろ？」

「でも私は何も……」

「明日から、私がきたえてあげる」

と、明石百代が言った。「一時間早くいらっしゃい。発声の訓練」

「はい……」

冗談じゃないわ！

毎日毎日？――こんなことを毎晩やるの？

もちろん、この椅子に座りたい人はいくらでもいる。それはさとみも知っているが、自分は「その一人」ではないのだ。

それなのに、戸部が何を見込んだかレギュラーに！

人生って皮肉だわ。

さとみは、早くも「人生」を語るようになった自分にゾッとしたのだった……。

16　ページをめくる

成田で、意外な顔が待っていた。

「お母さん！」

と、美香はびっくりして、「何してるの？　どこかから帰って来たの？」

「人聞き悪いわね。母親が娘を迎えに来ちゃいけないの？」

「だって……。式にも来なかったくせに」

「色々顔を合せるのがいやだったのよ」

と、言ったのは、一見して華やかな女性で、着ているものも、美香より倍も派手だ。

「そちらが旦那様ね」

「清水真也。――母よ。父と別居中の」

「わざわざ付け加えないで」

と、明るい声で笑う。「あら、いい男ね。あんたにゃもったいない」

「だめ！　お母さんは自分と同じくらいの男を見付けなさい」

「誰も手なんか出さないわよ」

と、娘をにらんで、「私、智子《ともこ》です。美香から聞いてた？　遊び過ぎて別居したって？　それはあの人の一方的な言い分よ」

「ハネムーンから帰った娘に、別居の話なんかやめてよ」

「そうね、二、三日してからにしましょ。――あんたたちのマンション、私がちゃんと住めるようにしといたからね。案内がてら、迎えに来たのよ。加東さんが待ってるわ、あっちで」

スーツケースをガラガラと押して行くと、加東が小走りにやって来た。

「お帰りなさい。車がこの先に」

「ありがとう」

美香は、母が加東と並んで少し先に行くと、

「びっくりしたでしょ？　ああいう気まぐれな人なの。私、少し似てるかな」

と、夫へ小声で言った。

「でも、陽気な人じゃないか」

と、真也が言った。「マンションをどうして――」

「ああ、うちの母ね、あれでもインテリアデザイナーだったの。娘の住む所となったら、口出ししないじゃいられなかったんでしょうね」

「なるほど」

「とんでもない柄のカーテンでも、びっくりしないでね。後で取り換えりゃすむんだから」

と、美香は言った。

実際、二人の住むマンションは、まだ完成直後の状態しか見ていない。どういう内装にするか、家具をどうするか、カタログで決めて、それきり忙しくてそのままである。

母がきっとあれこれ勝手に入れかえているだろうと思うと、美香は少し気が重かっ

た。

しかし、それだけではない。――美香には、母が何か話したがっていると分っていた。

加東の運転する車に、大部分の荷物を入れ、

「あなた、乗って行って。私、母と一緒に行くわ。眠ってられるでしょ、その方が」

と、真也に言った。

「じゃ、向うで」

「ええ。加東さん、よろしく」

美香は、もう一台、加東の用意してくれていたハイヤーに母と乗り込んだ。

「あの車について行って」

と、美香は指示して、「疲れてるから、あの人」

「向うで張り切り過ぎたんじゃないの？」

「お母さんと違って、年中海外を飛び回る人じゃないの。留学生だったけど、貧乏だったからね」

「でも、惚《ほ》れてるようね。結構だわ」

「あの人は疲れてるの」

と、美香はくり返した。「だからお母さんのグチを聞かせたくないのよ」

智子が苦笑して、

「妙なことばっかり察しが良くなったわね」

「車の中ですむ話？」

「当分はすまないわ」

智子が真顔に戻って、バッグからタバコを出す。

「やめて」

「あら、喫《す》わなくなったの？」

「私、妊娠してるかもしれないの。今の内から用心したいのよ」

「まあ……。変るもんね」

「大きなお世話」

と、美香は言い返した。「で、何なの？」

タバコをバッグへ戻して、

「――お父さんが離婚したがってる」

「え？」

意外な話だった。「どうして？」

「決ってるじゃないの。再婚したいのよ」

美香にとってもこれは思いがけないことだった。母との別居。それですんでいると思っていたのだ。

「じゃ——女がいるの？　いえ、いつもいるのは知ってるけど、そんな……結婚しようなんて相手がいるの？」

「いるのよ。——私もね、どんな女だか突き止めたわけじゃないの。お父さんも慎重よ。何しろ現職の大臣ですものね。スキャンダルになりかねない」

「私も気が付かなかったわ。いつごろ、そんな話が？」

「あんたがハネムーンに行ってる間よ。——ねえ、美香。結婚式にも出ないでひどい母親だと思ってるでしょうけど——」

「そんなの、今さら……」

「違うの。あの人がね、出るなと言って来たのよ」

美香が思わず母の険《けわ》しい横顔を見た。

「私だってね——娘の花嫁姿ぐらい見たかったわ。母親ですからね、これでも。だけど、無理に出れば、お父さんとやり合うことになりかねない。あんたの旦那の前で、そんなところを見せたくないからね」

美香は母の目に涙がたまっているのを見た。

「私がお父さんに訊《き》くわ」

「いいのよ、あんたは係《かかわ》らないで」

と、智子は首を振った。「あんたには新しい家庭を作ってくって大仕事が待ってるわ。お父さんとの間がまずくなったら、旦那だって困るでしょ」

「『旦那』はやめてよ。まだ二十五よ」

「じゃ——何だっけ？　真也さんか。どっちでもいいけどね。一つだけ言っときたかったの。もし離婚となったら、あの人のことだから、私の方が浮気したからとか、色々昔のことをあげつらって来るでしょう。でも、そうじゃないんだってこと。憶えといて」

「——分った」

美香は、少しして、「もし、お父さんの相手が分ったら、教えて」

「とんでもなく若い女でも、びっくりしないことね」

と、智子は言って、「そういえば、黒沼さとみって、あんたの友だちでしょ」

美香は面食らって、

「さとみがどうしたの？」

「ここんとこ毎晩ＴＶに出てるわよ」

「ＴＶ？」

「あの——何てったっけ。戸部誠だ。ニュース番組の。あの人の番組にレギュラーで出てるわ。どこかで見たことがある子だなと思ったの」

「さとみが？　確かにあの局に勤めてるけど……」

小百合のことは気にしていたのだが、さとみの話は美香をびっくりさせた。当人がもっとびっくりしているのだから当然かもしれないが。

美香はハイヤーの電話で、さとみの携帯にかけた。

「――もしもし？」

「さとみ？　美香よ」

「あ、お帰り。帰ったのね」

「今、成田から車で帰るとこ。さとみ、TVのレギュラーになったの？」

「ひょんなことでね。毎日しごかれてるの。どうしてこんなことになったんだか……」

「さとみ、華があるんだよ」

「ただでさえアナの訓練でうんざりしてたのに、『頭が曲ってる！』だの『上目づかいにカメラを見るな！』だの叱られてさ。――ま、みんなに『凄いね』って言われるのは悪くないけど」

さとみは正直だ。人にちやほやされていやなわけがない。しかし、タレントではなく、あくまで局の社員。

「今夜も出るの？」

「今日は土曜日でしょ。土日は休み。でも、明石百代さんのしごきが待ってる」

「じゃ月曜日か。楽しみにしてるよ」

と、美香は言った。「ね――小百合と話した？」

「ああ、お父さんが入院したって？　淳子から聞いただけ」

「そう。――じゃ、また会おうね。マンション、落ちついたら呼ぶから」

美香は、小百合のことをどうするか、決めなくてはならなかった。

前田哲三がどう思っているか、小百合に伝える……。

いやな仕事だった。

もちろん、美香は、既に前田が小百合を自分のクモの糸にからめとりかけていることなど知らないのである……。

「もうじきよ」

と、智子が言った。

車は高速から下りて、芝の静かな住宅地へ入って行く。

マンションは、美香の記憶にあるより垢《あか》抜けて見えた。

車が駐車場へ入り、真也が伸びをしながら降りて来る。

「――眠った？」

と、美香は訊いた。

「うん。ほとんどすぐ眠っちゃったよ」

と、真也は少し照れている。

「私の見立てたカーテンを見たら、パッと目がさめるわよ」

と、智子が言った。

「怖いこと言わないでよ」

美香は夫の腕を取った。「さ、行こう」

――思ったほど派手な柄ではなかった。

カーテンもクロスも、美香の選んだものではなくなっていたが、そこは母娘で、傾向は似ている。

家具の配置などは、さすがにインテリアデザイナーと思わせるものがあった。

「――どう？　悪くないでしょ」

「うん。ありがとう。お母さんも大分おとなしくなったね」

「親に向って何よ」

と、智子は笑って、「じゃ、またね。一度食事でもしましょ」

「帰るの？」

「約束があるから。それじゃ」

「お送りしましょう」

と、加東が言った。

「悪いわね」

と言いながら、当然のような顔をしている。

美香は、母と加東を送り出して、

「――私たちの住いよ」

と、居間へ戻って言った。

「君のお父さんに買ってもらったんだ。僕たちの、とは言えないよ」

「気にしてる？」

「ならないとは言えないよ。でも――慣れて行くさ」

美香は自分の世界にそのまま生きている。真也がそこへ入って来たのだ。

「――荷物を開けよう」

と、真也が言った。

「待って」

美香は真也の手を取って、「後でいいわよ」

「だけど――」

「来て」

美香は真也を寝室へ引張って行った。

大きなダブルベッドが置かれている。ベッドカバーを外すと、美香は、

「カーテンを閉めて」

と言った。

美香を抱いた後、真也はまた眠ってしまった。

新しい部屋、新しいベッドの上で、真也の重みを受け止めながら、美香は今までの人生で味わったことのない充足感を覚えていた。

男なんて、どれも大して変りない。――そう見下して遊んだ相手は何人もいたが、この人は違う。

たぶん、美香自身も信じられる相手、自分を話せる人を求めていたのだろう。そして、そこへ清水真也が現われた。

運命なんてものを信じたことなどなかった美香だが、今こうしていて味わう安心感は、決して他の男からは得られないだろう。やはり「運命の出会い」というものがあるのだろうか。

「離さないからね……」

美香は、真也を抱きしめて言った。「絶対に、離さないから……」

真也が身動きして、寝返りを打った。

仰向《あおむ》けになった真也の上に半ば体を預けて、美香は目を閉じた。

美香もじきに眠り込んで、二人はすっかり暗くなるまで目をさまさなかった。


インタホンの音で、美香は目をさました。

寝室の中は暗くて、一瞬どこで出ればいいのか戸惑った。

電話――そうだ。ベッドのそばの電話で出られるはずだ。

「――はい」

やっと手探りで取ると、

「加東です。お迎えに上りました」

「迎えって？」

「先生がお食事をと……。さっき帰るとき、メモを置いて行ったんですが」

「見てないわ」

「奥様がいらしたので、申し上げなかったんです」

「待って。――少し待ってて！」

美香は明りをつけると、頭を強く振って、それから、

「起きて！　出かける仕度！」

と、真也を揺り起した。

二人で急いでシャワーを浴び、身仕度をするまでに三十分近くかかった。

服も、ここへ段ボールで運び込んだままになっていたからだ。二人が出かけた後のマンションの床は、服やバッグが散乱して、空巣にでも入られたかのようだった……。

加東の運転する車で、二人は麻布の会員制クラブへ行った。

むろん、田渕がメンバーなのである。

個室に通されると、田渕が一人で飲んでいた。

「日本酒？　飲み過ぎないで」

「お帰り」

田渕が微笑む。「元気そうだ」

「まあね」

「座れ。——食欲はあるか？」

「人並みに」

「こっちは話が色々ある。ともかく、食べながら話そう」

美香は、てっきり父が母とのことを話すのだと思っていた。

ところが、父の口から出たのは、TVの〈ニュースキャスター〉のこと。

「——その番組に、さとみが出てるのよ」

「ああ、聞いた。そのスクープを引込めさせられて、戸部が代りにこの子をレギュラーに、と言い出したそうだ。知り合いだったのか？」

「知らないわ。じゃあ――きっと、局内でさとみが目立ってたのよ」

「どこの世界も、男と女は同じだ」

と、田渕は言った。「ともかく、今度のことで、前田先生にはますます頭が上らなくなった。――美香。お前何か先生に頼まれてることがあるそうだな」

「え……。うん、ちょっと」

まさか、夫の前で小百合を前田に取り持つ話などできない。「明日でも、お電話するわ」

「そうしてくれ。俺のポストも、あの先生次第だ。何といっても資金がある。あれにはかなわんよ」

――ふしぎな糸で、美香も小百合もさとみもつながっている。

これで、さとみもただの「ＴＶ局のＯＬ」ではいられなくなるだろう。そして小百合は？

誰もが――大学での仲間たちが、それぞれに新しい人生のページを同時にめくったのだ。

「失礼いたします」

と、クラブのフロントの男性が入って来た。

「失礼いたしました！　この手紙を、と今フロントに……」

「私です。結婚して姓が変ったのよ」

「清水美香様は……」

「ありがとう」

どうしてここへ、届けて来たのだろう？

美香は封筒から手紙を取り出し、膝の上で広げた。

〈あなただけが幸せになっていいのですか？　西川勇吉には幸せになる権利がなかっ
手紙はワープロの文字で、
どうして私が幸せでいけないの？

美香はその真也の顔をじっと見て、思った。

真也も、大いに食欲を発揮していた。

と、わざとはしゃいで見せる。

「さあ、食べよう！」

幸い、田渕に訊かれない内に料理が来て、
美香は手紙を封筒へ戻すと、バッグへしまった。

と、田渕は真也と話している。

「旅行中、不都合はなかったかね」

たのでしょうか〉
と打たれてあったのである。

17　岐路

「何とお礼を申し上げていいか……」

母がさっきから同じことをくり返しているので、小百合はちょっと苛々《いらいら》して、

「お母さん。お送りしてくるわ」

と、遮った。

「ああ、そう。――お忙しいのに、どうも」

「いえ。ではお大事に」

桐山恵子はそつなく会釈して、病室を出た。

小百合は一緒にエレベーターの方へ歩きながら、

「すみません、母がしつこくて」

「いいのよ」

と、桐山恵子は微笑んで、「もっとしつこい人ばっかりの世界にいるのよ、私。あれぐらいで驚いてたら、こんな仕事、つとまらない」

小百合は少しホッとして、

「母は――働いたことのない人なんです。お嬢さん育ちで、世間知らずって定評あるし……。本当のところ、父が倒れても、オロオロするだけなんです」

「これからが心配ね」

「ええ。父がまた働けるようになってくれるといいんだけど……。私、平凡なOLで、父と母、二人も養っていけないし」

「相談にのってくれるお友だちとか?」

「ええ。――美香が、たぶん」

「田渕さんのお嬢さんね」

「今日ここへ来てくれるって……。本当にすみません」

エレベーターで一階まで下りると、小百合は、桐山恵子と別れて売店へ行った。

――心配といっても、実感がない。何とかなる、という気持なのである。

美香のような金持ではないにしても、小百合の家も経済的には恵まれていた方だ。

生活に困る、といった経験のない身では、「何とかなるわ」と思って、そのことを考えない、という道を選ぶしかないのである。

冷静に考えれば、父がいつ仕事に復帰できるか分らず、しかも今の勤め先がいつまで面倒をみてくれるか、心許《こころもと》ない。

　といって、母が働くとはとても思えなかった。

　でも……何とかなるわ、きっと。

「これ下さい」

　小百合が週刊誌を出してお金を払っていると、ポンと肩を叩かれる。

「――美香！　来てくれたんだ」

　小百合は、抱きつきたいような気持だった。

「もちろんよ」

　美香は微笑んで、「お父さん、どう？」

「あんまり変らない。命をとりとめただけでも、運が良かったって」

「そう。お見舞に伺っても？」

「あ……。今、母がいるの」

　小百合は、また母が美香にあれこれグチでも言っては、と心配した。

「下の喫茶に行こう」

　と、小百合が言った。「大したもん、ないけど」

「小百合。――話があるの」

　と、美香は言った。「大事な話。人のいない所で。お母さんにちょっと出てくるって言って来たら？」

「うん……。いいけど」

小百合は急に不安になった。

十分後には、小百合と美香は、小百合の父の入院している病院から近いホテルのレストランにいた。

食事の時間は外れていたが、美香のよく行く店なので、個室を貸してくれた。

コーヒーだけもらって、とりあえず美香がハネムーンのおみやげを小百合へ渡した。

「ありがとう……。清水君、元気？」

「うん。――私も〈清水〉よ」

「あ、そうか」

小百合はちょっと笑って、「開けていい？」

おみやげの包みを開ける。

「清水君――ご主人はもう仕事？」

「今日、午後から挨拶に行くって」

「そう。もうピアノ、弾かないのかな」

「マンションに置いてはあるけど、今は弾きたくないみたい」

包みを開けるのに苦労して、小百合はやっとおみやげの箱を開けた。

「可愛い！　ありがとう」

木彫の猫。――猫のグッズを集めている小百合のための品である。

「気に入った？　スイスのね、小さな町で見付けたの。そこで彫ってるって」

「顔が日本の猫と違うね。――飾っとくわ。ありがとう」

美香は曖昧《あいまい》に微笑んだ。

小百合はコーヒーを飲んで、

「そういえば、さとみ、見た？　いきなりレギュラーだもん、凄いね」

「あの子は目立つもの」

「それにしてもね！　さぞかし妬《ねた》まれてるだろうな」

「さとみは平気よ」

「そうね。慣れてるか」

「他の女の子にやきもちやかせるのが趣味みたいなもんだからね、あの子の」

美香は続けて、「どうして小百合なのか、私もよく分らないの」

「何のこと？」

「聞いて」

美香は言った。「私、頼まれてるの。あなたに話してくれって」

「頼まれてる？」

「前田先生にね」

「じゃあ……美香、何か知ってるの？　私だって、とっても気になってたのよ。こんな凄い病院の、しかもあんな立派な個室に……」

「当然、理由があるの。——それが小百合、あなたなの」

「私？——分んない」

「私の結婚式で、前田先生ね、小百合を見て気に入っちゃったのよ。だから、お父さんのこともこんなに——」

「待って。美香、それって……」

「要点を言うわね」

と、美香は少し事務的な口調になって、「前田先生はね、小百合を愛人にしたいの。もし望みを叶えてあげたら、高級マンションに住んで生活費はもちろん、好きに暮せるだけの手当を払う。この病院の費用も、全部持つって」

小百合はポカンとしていた。

「私も辛《つら》いのよ。こんな話、とんでもないと思うわ。でも、何しろ今、小百合は大変だしね」

少し早口になった。「お父さんは、いつ働けるようになるか分らないでしょ。お母さんは、お勤めに出られるような方じゃないし、小百合一人の収入で、入院費用から何から、全部まかなえないでしょう?」

そこまで言って、美香は、

「もちろん、だからって……こんなこと、ひどい話よね。友人のくせに、こんな話するなんて、ひどいわね、私って」

と、目を伏せた。

小百合は息をするのも忘れたように、身じろぎもせずに座っていた。

「小百合」

美香は気を取り直して、「何とかならない? こんなに高くなくても、いい病院あるだろうし、親戚の人たちに集まってもらって、何とかやって行けるようにできたら……。お母さんだって、こんなことになったら仕事に出るっておっしゃるかもしれないわ」

しかし、小百合は美香の前の話も理解できていなかったのだ。

「——そういう下心があったの」

と、ゆっくり肯《うなず》いて、「でも——間違えてるんじゃないの? どうして私を? さとみや美香なら分るけど」

「小百合、当人にだって会ってるでしょ。人違いのわけないわ」

「そうか……」

「今、決めなくても。——ね、何かきっと他に手があるわ」

小百合はやっと美香を見つめて、

「それじゃ、美香、困るんじゃないの？」

「私のことはいいわよ。困るのは父で、私じゃないの」

「そうね。美香には清水君もいるしね」

小百合は、ちょっと声をたてて笑うと、「——美香は清水君を手に入れた。二人きりの生活も。私は？　父が倒れて、母はブツブツグチばっかり。おまけに、見そめてくれたのは七十歳のおじいさんか！」

「小百合……」

「あんまりだ！　どうして美香は何もかも持っていて、私は全部を失うの？　清水君だって、元はといえば私の彼氏だったのに！」

言いながら、テンションが上って、声が甲高《かんだか》くなり、涙が溢《あふ》れて来てしまった。

「そんなの、友だちのすること？　人の彼を奪っといて、何を同情するようなこと言ってるのよ！　いい気なもんだわ！」

小百合は立ち上った。

「冗談じゃない！　誰がそんなこと、承知するもんですか。舌かんで、死んでやる！」

と、出て行こうとする。

「小百合――」

美香が止めようとすると、小百合は振り向きざま平手で美香の頬を打った。

二人が動かずにいると、ドアが開いて、

「どうかなさいましたか」

と、レストランの人が顔を出した。

「――何でもないの。大丈夫です」

と、美香が言った。

ドアが閉って、小百合は肩を落とすと、

「ごめん……」

と、かすれた声で言った。

「いいの」

「良くないわ……。心配してくれてるのに、美香……。ごめんね」

小百合は首を振って、「今は何も考えられない。ごめんなさい。また……」

「うん。いいわよ。病院に戻る？　送って行こうか」

「一人で戻る。――一人で。大丈夫よ」

「それじゃ……。小百合、私で力になれたら……」

小百合は黙って出て行った。

美香は、一人、椅子に戻ってコーヒーをゆっくりと飲んだ……。

囲われる。

そんな言葉が、小百合の頭に浮んだ。

いつの話?――現代に、そんなことがあるんだ。

小百合は、父の入院している病院へ戻ったときには、すっかりくたびれてしまっていた。

歩いて戻る間、何も考えられなかった。

今の状況を、真直ぐ見るのもいやだった。

考えたくない。――ともかく今夜だけでも、何も考えずに眠りたかった。

父の病室へ入ると、母がソファで居眠りしていた。

小百合がしばらくそばに立って見下ろしていると、気配を感じたのか目をさまして、

「――帰ったの」

「うん」

「いいソファね! 病院なんて思えないわ。ホテルみたいな部屋ね」

と、母は上機嫌で、「ここへ入れて下さった方に感謝しないとね。何ていう方だっ

たようで、

け？」

「――前田哲三さんだよ」

「前田先生ね。何か送っとこうかしら」

「いいんじゃない」

小百合は、そんな必要ない、というつもりで言ったのだが、母は逆の意味に取ったようで、

「何がお好きなのかしら？　もうお年齢《とし》なのよね」

「七十だよ、確か」

そして、私の体を欲しがっている七十歳なのよ。

「じゃ、無難なものの方がいいわね。マスクメロン？　二万円くらいのでいいかしら。ご住所とか、分ってるの？」

お母さん……。二万円のメロン？

これからどうやって食べていけばいいのか、考えなきゃいけないときに。

――母、池内ひとみは、小百合以上に現実を見たがらない人なのだ。

小百合は、父の入院にも自分が付き添った。母、ひとみは、夫がそんなことになることなど、認めたくないの。

心配するよりも、むしろ父のことを怒っていた。

医者にどう言われても、

「きっと明日には元気になって会社へ行ってくれる」

と信じていた。

だから、そうしない夫に対して腹を立ててしまうのである。

お母さん……。

でも、あなたは私のお母さんで、それは変えようのない事実だ。寝たきりで、いつ起きられるか分らない父も、間違いなく私のお父さんだ……。

そして今、働いて家を支えていけるのは、私一人……。

「――池内さん」

と、看護婦が顔を出して、「お見舞の方が」

「はい」

廊下へ出た小百合は、桐山恵子と向い合っていた。

「どうもわざわざ……」

「今、先生がおいでになるわ」

「――え?」

「前田先生が。具合はどうかって、とても気にされていて」

エレベーターから、前田哲三が姿を現わした。小百合は病室へ入って、

「お母さん！　前田先生がみえた」

と言った。「髪、直して！　寝ぐせがついてるよ！」

「まあ……。前田先生が？　どうして早く言わないのよ」

母はオロオロするばかり。

「鏡見て、直して！」

小百合は廊下へ出てドアを閉めた。

「やあ」

前田が微笑んで、「どんな具合かと思ってね」

「色々すみません。今、母がご挨拶したいと……」

「お母さんがみえているのか。それは良かった。一度お会いしたかった」

「ちょっと——ちょっとお待ち下さい」

小百合が病室の中を覗くと、母は鏡の前でお化粧直しに必死だった。

「お母さん！　もういいから」

「でも……失礼よ、あんまりひどい顔じゃ」

「早くしてよ！」

やり切れなかった。——夫の看病をしている妻が少しぐらい雑にしていても当然ではないか。

でも、母は「みっともなくないように」身づくろいするのに一心になっている。

小百合は、逃げ出してしまいたかった。

髪が乱れていようと、疲れた顔をしていようと、恩人を廊下で待たせる方がよほど失礼だということに、母は気付かない。

やっとドアが開いた。

「まあ、前田先生でいらっしゃいますか！　この度は本当にお世話になりまして」

「いやいや。ご主人の容態は聞いています。奥さんもご心配ですな」

と、前田は愛想よく言った。

「本当にすばらしい病室で。何とお礼申し上げていいのか……」

病室を賞《ほ》める妻というのも珍しいだろう。

小百合は死にたくなった。

「お役に立てれば、私の方は充分に満足ですよ」

と、前田は言った。

「ありがとうございます。主人がこんなことになって、途方に暮れておりました。ご親切は身にしみて……」

「ご親戚といっても、みんなどこも楽ではない。よそを助けるだけの余裕はないでしょう。こんなときには、人の世の冷たさがよく分るものです」

前田の言い方には、人を包み込むような、ゆったりとした説得力があった。——人の上に立って来た人間の持つ自信と余裕。

それは、たちまち小百合の母の心をつかんでしまった。

「人様を恨みはしませんが、会社の方も、どなたも見舞に来て下さいません。主人があんなに命をかけて働いたのは、誰のためだったのかと思うと……」

話し出すと、自分の言葉に酔うように、涙が出て止らなくなってしまう。

「奥さん……。元気をお出しなさい」

前田が、母の肩をやさしく叩いてソファへ座らせるのを、小百合はじっと見ていた。

「私も、できる限り力になります」

「何のご縁もない方に、そうまでおっしゃっていただいて……」

何も知らないのだ。——肩をやさしく叩いた同じ手が、自分の娘の体を求めている。

「なに、人間、どこでどう出会うか分りませんよ」

と、前田は穏やかに言った。

小百合は病室を出た。——人の施しに何の抵抗も覚えない母を、見ていられなかったのである。

赤の他人が、どうしてそこまで援助してくれるのか、母はふしぎに思わないのだろうか?

廊下へ出ると、長椅子に腰をおろした。

どうにもならない流れの中に、身を置いている自分を感じた。

他に道はないの？——人に訊《き》けば、色々答は返ってくるだろう。

でも、結局誰も小百合たちを助けてはくれない。必要なのは、父の入院費用であり、明日の食事代なのだ。道徳のお説教など、食べられはしない。

桐山恵子が出て来ると、長椅子に並んで腰をおろした。

「先生とお母様、話し込まれてるわ」

と、恵子が言った。「気が合いそうよ」

小百合は黙って病室のドアを見つめていた。——私が「うん」と言えば、お父さんはあそこにいられる。

「——聞いた？」

と、恵子が言った。「美香さんから」

「聞きました」

「びっくりしたでしょうね。でも、難しく考えないで。先生はそうお若くないわ。あなたの方はずっと未来がある。そうでしょ？」

「ええ……」

「でも、心配しないで。先生は約束を守る方よ。あなたの方が破らない限りはね」

小百合は恵子を見て、

「前田先生が――私に飽きたら、どうなるんですか？　そのとき、父も母も放り出されるんでしょうか」

「そんなことはない。私が保証するわ」

恵子は強調した。

「でも……」

「たとえ、あなたとの間が終りになっても、ご両親と、あなたが暮していけるだけのものは充分に出します。それに、万一、先生が亡くなったときも、ちゃんと遺言状によって、あなたたちが困らないようにします」

小百合は少し間を置いて、

「分りました」

と言った。

「いいのね？」

小百合が黙って肯く。

肯いたのだ。――承知してしまったのだ。

後になって、小百合は自分が青ざめ、後悔していることに気付いた。しかし、後悔はしても他に道はなかったのだ。

「──良かったわ」

と、桐山恵子は小百合の手を握って、「あなたが快く承知してくれて嬉しいわ。これからは、私があなたの一番の友だちになる。いい？　何でも、心配なこと、分らないことがあったら、私に訊いて」

「はい……」

小百合はかすれた声で言った。

「不安なのは分るけど、大丈夫。先生は決して無理はおっしゃらないから。特にあなたは孫のように若いわ。優しくして下さるわよ」

恵子の笑顔は、小百合を少しも安心させなかった。当然のことではあるだろうが。

「──お願いがあります」

と、小百合は言った。

「言ってみて」

「母に……桐山さんから話して下さい」

「いいわ。分った」

「それと、父には秘密に。──母にその点も言い含めておいて下さい」

「分ったわ。任せて」

小百合は、何だか気が抜けたような感じで、まるで他人事《ひとごと》のように、

「どんな暮しになるんでしょうね」

と言った。

病室の中から、ドア越しに母と前田の笑い声が聞こえて来た。

私はあんな風に笑うことがあるんだろうか？　私は、もう二度と笑わないかもしれない。

いや、笑いはするだろうが、学生時代のあの明るく軽やかな羽毛のように宙を舞う笑いは、戻って来ないだろう。

小百合は、母の笑い声に腹も立たなかった。――もう小百合はさっきまでの小百合ではなかったのだ。

18　見えない檻

「とても好感の持てる青年だと言っていたよ」

と、田渕弥一は言った。「ともかく第一印象はとび抜けて良かったらしい。おめでたい話だ」

「当然よね」

と、美香は得意げに、「私の夫ですもの」

「賞《ほ》め過ぎですよ」

と清水真也は言った。「第一印象が良かったってことは、他に賞めることがなかったってことさ」

「人の賞め言葉は素直に聞くもんだ。けなす言葉は、その場で丸めてゴミ箱行きだよ」

田渕の笑い声は豪快だった。

「――それと、池内小百合君のことだが」

食事の途中、田渕が言い出して、美香はハッとした。

「お父さん、小百合のことは――」

と、父を見る。

「うん。――いや、別にどうってことじゃない。前田先生から、お前によろしく言ってくれってことだった」

田渕は、娘の夫と小百合のことを、そう詳しく知っているわけではなかった。自分に向けられた娘の視線で、初めて「まずいことを言った」と気付いた。

「これは大臣……」

ちょうど、レストランから出ようとしていた客が知人だったので、

「やあ、偶然だね」

田渕は、席を立って、「今度、ゴルフコンペに出ないか」と話しながらレストランの入口の方へ歩いて行った。

——お父さんったら！

美香は、その父の後ろ姿をチラッとにらんだ。

「何だい、小百合のことって？」

と、清水真也が言った。

「ああ……。小百合のお父さんが倒れたの、言ったでしょ」

「うん、それは聞いたけど。どうして前田先生がよろしくって？」

美香はワインを飲んで、

「おいしいわ。私、これくらいしっかりした味が好きなの」

時間を稼ぎたかった。父が戻れば、話を変えることもできるが——。

「小百合のお父さんの入院先をね、前田先生が紹介して下さったの。とても病院でもよくしてくれてね」

と、美香は言った。「だから、私が昼間前田先生にお電話して、お礼を言おうとしたのよ。でも、先生、お忙しくて、あの秘書の方へことづけたの。それで先生が……」

「そうか。——しかし、大変だな。当分退院できないんだろ？」

「そのようね。私も、その内見舞に行くつもり」

「そうしてやれよ。病人の看病は大変だ」

真也が納得した様子で、美香はホッとしていた。

――三日前、桐山恵子から美香へ電話が入った。

小百合がすべてを「承知した」という報告だった。

それを聞いたとき、美香はしばらく何も言えなかった。

「何も心配されることはありません。後のことは私が配慮いたしますから」

と、恵子は言った。「色々お力添えいただいて、ありがとうございました」

「いえ……」

――親友を、七十歳の老人のベッドへ送り込んだのだ。美香は受話器を置く手が震えた。

そして、何より恐れたのは、真也がいつかは事実を知ることになる、という点だった。

それが夫婦の間に亀裂を生じさせるとは思わないが、小百合の立場に真也は同情するに違いない。そして、美香がそのことを知っていて黙っていたと分ったとき、どう思うのか……。

美香を責めはしないだろう。しかし、小百合の境遇に、真也自身が責任を感じるだろう。――そういう人なのだ。

そして、突然、「愛人」という檻《おり》の中に青春を埋めることになった小百合の中で、真也への想いは、燃え続けるだろう……。

父が戻って来た。

「いや、ゴルフの話となると終らんな。君はゴルフをやるのか」

と、座りながら真也に訊《き》く。

「いえ、一度も」

「憶えておいた方がいい。大切な話がグリーンの上で決ることもある」

「どうもああいうものはやる気になれなくて……」

「車の免許みたいなものだよ。知っていて損はない。何も上手《うま》くなる必要はないんだ。やり方さえ憶えておけば、普段の会話に出てもついていける」

「はい」

真也の気が進まないことは、美香にもよく分っていたので、

「ゴルフの前に仕事を憶えなきゃ。ゴルフはその後でもいいわよ」

と、気軽な調子で言った。

「――先生」

秘書の加東がいつの間にかそばに立っていた。「そろそろお出になりませんと」

「ああ、分った」

田渕はむしろホッとした様子で、「後は二人でゆっくり食べてくれ。——清水君、またな」

「ありがとうございます」

田渕は真也と握手をして、足早にレストランを出て行った。

「今朝《けさ》の件で総理から伝言が——」

歩きながらメモを取り出す加東の声が、二人の席まで届いた。

「呆《あき》れた」

と、美香は言った。「自分の娘の旦那と握手してどうするんだろ。——気にしないでね、人を見れば握手したがるのが政治家ってものなのよ」

「大丈夫だよ。君も、そう僕に気をつかわなくていいから。僕だってそう世間知らずってわけじゃない」

真也はワインのボトルを見て、「まだ残ってるよ。飲むかい？」

「もったいないけど、やめとくわ」

と、美香は首を振った。

「具合でも悪いの？」

「そうじゃなくて……。もし、妊娠してるといけないから、少しアルコールを控えるの」

真也は、ちょっと面食らったように美香を見た。

「もし……もし、そうだったら、どう？　早過ぎる？」

と、美香は訊いた。

「僕はいいさ。でも、君は？」

そうなのだ。——以前の美香なら、「もっと二人で遊んでから」と思っただろう。

でも今は違った。二人で旅行したりドライブしたりするより、真也の子が欲しい。

「何だか、突然母性愛に目ざめたみたい」

と、少し照れて笑った。

「すてきじゃないか。——それじゃ、うんと栄養をつけてくれ」

「ちょっと！　太り過ぎるのはいけないのよ」

と、美香は笑って言った。「でも、デザートはしっかり食べよう」

美香がデザートのメニューを持って来させて眺めていると、

「——清水様、お電話でございます」

と、ウエイターがやって来た。

「私？」

「奥様にです」

「はい。——誰だろ？」

美香は立って、レストランのレジカウンターへ行った。

「席にお持ちしないようにとのことでしたので」

と、受話器を渡される。

「ありがとう。——もしもし」

少し間があって、

「美香？　ごめんね、食事中に」

「小百合？　よく分ったね、ここが」

「お父さんの所へ訊いた」

「そう。今、どこから？」

「前田先生のお屋敷」

美香は絶句した。小百合は、明るい調子で、

「凄い屋敷よ。広くて迷子になりそう。廊下なんかも広くて……。建って五十年くらいたってるんだって」

「先生の……ご自宅？」

「うん。ここへ来たことある人は十人くらいしかいないんだって。——私は特別らしい」

「小百合――」

「今でも分んないよ。どうして私なのかな。人って好き好きだけどさ」

「小百合……。力になれなくて、ごめんね」

と、美香は言った。

「そんなこと……。まさか、美香に家族三人養ってもらうわけにいかないんだし」

「それは……そうだけど」

今の美香に何が言えるだろう？

「でも――会社は昨日で辞めちゃったし、することなくて暇そうだな」

と、小百合は笑って言った。「マンション、買ってもらったの。麻布にね。――まだ家具とか少ないけど、きちんとしたら、遊びに来てね」

「うん……。行くよ」

少し間があって、

「ご主人、一緒？」

と、小百合が言った。

「うん。代ろうか？」

「いいの！」

と、反射的に叫ぶように言って、「――いいの。何も言わないで」

「そう……。分った」

「その内には分るだろうけどね。でも、美香も知らなかったってことにしておいて」

「うん」

「あのね――この電話、昔の映画でしか見たことのない、黒くて重たい、ダイヤル回すやつなのよ。こんなの、使えないかと思った」

「小百合……。私を恨んでる?」

「どうしてよ? 親友じゃないの。この間はひどいこと言っちゃったけど……。分ってね。ショックだったの」

「うん、もちろん分ってる」

「美香――。もうじき、前田先生がお風呂から上る。私、もう先につかって、今浴衣着てるの。――広い日本間でね、十……何畳あるのかな。布団敷いても、何だか広過ぎて間が抜けてる」

美香は、言葉が出て来なかった。

「もう切るね」

と、小百合は言った。「ちょっと――声が聞きたかったの。じゃあ、また……」

「うん……。いつでもかけて。携帯でもいいから」

「ありがとう。――美香」

「なあに？」

「私のこと、嫌いにならないでね。それじゃ」

「小百合——」

電話が切れた。

悪い夢を見ているのだろうか。いや、そうではない。小百合は今、一人で前田の寝室にいるのだ。

美香はテーブルへ戻った。

「誰から？」

と、真也が訊く。

「ちょっと……昔の友だち」

——私のせいじゃない。人には、拒むことのできない運命というものがある……。

そう。私が悩んでいても、今、小百合を救うことはできないのだ。

私は、この夫との暮しを守る。それが、今の私のつとめだ……。

「あなたも甘いもの食べる？」

と、美香は言った。

「太るからな。どうしようか」

「私一人、太らせる気？　許さない！」

と、美香は言って、「どれか選んで！」

と、メニューを真也の前に置いた。

襖《ふすま》が開いて、前田が入って来た。

「やあ、すっかりのぼせたよ」

と、軽い口調で言って、「寒くないか？」

「いえ、大丈夫です」

「電話してたのか」

「すみません、ちょっと――」

「いや、いいんだ。電話ぐらいいくらでもかけなさい」

前田は湯上りの少しほてった顔のつやが良く、とても「老人」という印象ではない。

「――布団へ入ろう。おいで」

「はい」

立ち上って、小百合はよろけた。「足が……しびれちゃった」

我ながら情なくて笑ってしまう。

「今の若い子は正座というものができないね」

と、前田も笑って、「足をさすってあげよう」

「大丈夫です……。くすぐったい！」

何とか布団まで辿《たど》り着くと、前田に手を引かれて、傍に横たわる。

「少し悲しそうな目だ」

と、前田が言った。「君のその目に心ひかれたんだ」

「そんなこと……言われたことない」

「若い者には分らないんだよ。君の良さを分っているのは、世間を知っている大人の男だ」

前田の手が浴衣の合せ目に入る。

「先生――」

「何だ？」

「私……処女じゃありません」

「分ってる。だが、君が今までに知っているのは、子供で、男じゃない。その内、君にも分る」

「先生……明りを消して下さい。明りを……」

小百合はそれ以上くり返さなかった。

――夜は、永遠に終らないかのように、長く続いた。

19　第二夫人

「ともかく、それじゃ困るんだ！」

怒りを帯びた声が廊下に響き渡って、すれ違う社員が思わず振り返った。

廊下を歩きながら、携帯電話で取引先と話しているのは、清水真也である。

会議を終えて、自分の席へ戻る途中だった。

「初めの約束通りでやってくれ。それだって、こっちの上司を通すのは大変だったんだ。今さら、見積りと違ったなんて言えるわけがないだろう」

真也は足を止めて、「――それはそっちの都合だ。こっちは知ったことじゃないよ。――それなら、他へ回すだけだ。潰《つぶ》れるときは早めに知らせてくれ」

そう言うと、真也は通話を切ってしまった。

ため息をつき席へ戻ると、

「清水さん、奥様からお電話が」

と、近くの女子社員が言った。「戻られたらすぐ電話して下さいと――」

「ありがとう」

美香が？　何の用だろう。

すぐに机の上の電話で自宅へかける。

「――もしもし」

「あ、あなた。ごめんなさい、仕事中に」

「いいよ、今、会議が終ったところだ。どうした？　みちるが風邪でも引いたのかい？」

「みっちゃんのことには違いないけど」

と、美香は笑って、「さっきね、一人で立って二、三歩歩いたの！」

真也と美香の「お姫さま」は、まだ十か月だ。歩いた、というのは大事件である。

「写真、とったか？」

「とれないわよ、突然だもの」

「ビデオを回しっ放しにしとけばいいじゃないか」

「無茶言わないで。忙しいのよ」

と、美香は笑いながら言った。「ともかく、帰ってからのお楽しみにね」

「分ったよ」

と、真也も笑っていた。

「今夜は早く帰れそう？」

「どうかな。――早く帰れるようなら、電話するよ。――それじゃ」

真也は電話を切ると、無意識に机の上の湯呑み茶碗を取り上げていた。お茶が熱い。——飲んでからそれに気付いて、後ろの席の杉山《すぎやま》あけみの方を振り向く。

「杉山君?」

と、湯呑みをちょっと持ち上げると、クリッとした大きな目がいたずらっぽく見返して小さく肯《うなず》く。

礼を言う代りに、真也は微笑んで見せた。

そんな小さなしぐさでも、会社という世界では、特別なことに見られてしまうことがあるのだ。

短大を出て、この〈S興業〉へ入った杉山あけみはまだ二十一歳。気のいい明るい子で、誰にでも、気が付けばお茶をいれるぐらいのことはするのだが、相手が真也となると、周囲の目がうるさい。

清水真也が入社して、まだ二年にもならないのだが、「田渕大蔵大臣の娘婿《むすめむこ》」ということは、格別の意味を持っていた。

それだけに、杉山あけみと親しく話などしているだけで、彼女の方が心ない中傷を受けることになるのである。

あと十分で昼休みになる。——真也は少しゆっくりとお茶を味わった。

十分間あれば、電話が三本はかけられる。そんなことを考えている自分に気付いて、時々真也はギクリとする。

正直、自分がここまで「勤め人」の暮しに慣れることができるとは、思ってもいなかった。それは自分が「何でもない普通の人間」だという失望感と、奇妙な安心感を与えてくれた。

「清水さん」

周囲の席が空になって、杉山あけみが呼んだ。「奥さんのお電話、何ですって?」

「娘が歩いたってさ」

「だと思った!　おめでとう」

「ありがとう」

「でも、いいなあ、赤ちゃんって。歩くだけでほめられる」

と、大げさにため息をつく。

「君も姪《めい》ごさんがいるんだろ?」

「ええ。でも、もう歩くなんてものじゃないわ。戦車みたいに突進して来るの」

「迫力だね」

「ぶつかられると、こっちがひっくり返っちゃう。それくらい凄いのよ」

「うちの子も、すぐそんな風になるのか」

と、真也は言った。

電話が鳴った。——携帯の方だ。

「——もしもし」

と出ると、

「真也さん？」

「ああ……。君か」

小百合だった。

「車の中からかけてるの。聞こえてる？」

「うん、聞こえるよ」

「もうお昼休み？」

「いや、まだ五分くらいある」

「忙しそうね。少し分けてもらいたいわ」

と、小百合は笑って言った。「ね、またチケット、お願いできるかしら？」

「いいよ、もちろん。何のコンサート？」

「アシュケナージのリサイタル。サントリーホールの方」

「ああ、それなら大丈夫だと思うよ。音楽事務所を知ってる」

「良かったわ。じゃ、二枚ね」

「取れたら、連絡するよ」

と、真也はメモを取って、「――変りないかい？」

「まあね。美香と『お姫さま』は元気？」

「元気過ぎるくらいね」

話していると昼休みのチャイムが鳴った。

「――あ、お昼休みね。ごめんなさい」

と、小百合は言った。「またかけるわね」

「うん、いいよ」

正直、真也はホッとして受話器を置いた。

小百合に向って、

「今、どうしてる？」

とは訊《き》けないのだから。

気が付くと、もうみんな昼食に席を立っている。――真也は、少しゆっくりと立ち上って、エレベーターホールへと歩いて行った……。

小百合は、自分の携帯のスイッチを切ると、バッグへ戻した。

運転手が、前方をじっと見たまま、

「どちらへ？」

と言った。

「あ、言ってなかったわね、ごめんなさい」

と、小百合は笑って、「ホテルBへ行って」

「かしこまりました」

八田《はった》という名の運転手だが、お互い、名前を呼ぶことはない。余計な口をきくことも。

ただ、日々、小百合がどこへ行き、どれだけの時間を過しているか、八田の口からすべて前田へ伝わっていることだけは確かである。

明るいブルーのベンツがホテルBの車寄せへ入って行くと、すぐにボーイが飛んで来て、車が停ると同時にドアを開けてくれる。

「いらっしゃいませ、前田様」

小百合は何も言わずにベンツを降り、ホテルへと入って行く。——食事をするとか、何時間かかるとか、そんな説明はいらないのだ。

ロビーへ入ると、小百合はエスカレーターで二階へと上って行った。二階にはいくつかのレストランが並んでいて、どこでも小百合は顔なじみだ。

小百合は、しかし今日はどこへも入らず、エレベーターへと向った。

エレベーターで地下の駐車場へと下りる。

小百合のベンツはホテル玄関前のスペースに駐車させてもらっているはずだ。地階にもタクシー乗場がある。

客待ちしていたタクシーへ乗ると、

「N大病院へ」

と、ひと言。

十分もあれば着くだろう。予約は取ってある。

小百合はタクシーが通りへ出ると、目を閉じた。

今日は重大な日になるかもしれなかった。——小百合の人生を決める日に。

小百合は深々と息をついた。

眠りはしないが、こうしていて目を開けると、何もかもが元に戻っているような気がすることもある。

元気で働きに出る父、呑気《のんき》な母（これは変らないが）、そして、若かった自分。

だが、分っている。——時を戻すことはできないのだ。

そして、小百合自身も、変ってしまった。

前田哲三は今も政界の陰の実力者だ。そして、小百合は「前田先生の第二夫人」と呼ばれている。

前田の妻は前田より三つ年上で、今は故郷の金沢の地にこもって暮していた。――実のところ、前田の妻が生きているということを知ったのも、前田の愛人としてマンションで暮すようになってからのことだった。

そのこと自体は、小百合にとって、どうでも良かった。小百合は今の自分の置かれている状況に慣れるのに精一杯だったからだ。

そして――。

「正面でいいですか?」

と、運転手に訊かれて目を開ける。

「ええ、結構です」

病院は、お昼の休診時間といっても、待合室には患者が溢《あふ》れている。晩秋。そろそろ風邪の流行《はや》り始める季節である。

――小百合はドアをノックした。

「どうぞ」

と、少し太い女の声が返って来る。

「こんにちは」

と、小百合は入ってドアを閉めた。

「ああ、どうも……。かけて」

中年の、がっしりした体つきの女医である。

「遅れて――」

「いいの、いいの。大丈夫」

と、女医はメガネを外した。

小百合は落ちつかない気分で椅子にかけた。

女医は白衣の袖《そで》をまくっていた。

「――検査の結果ですけどね」

と、女医は言った。「間違いなく妊娠です」

「そうですか」

分ってはいたが、改めて他人の口から告げられると、胃の痛む思いがする。

一瞬、自分が夢を見ている気分で、

「やっぱり」

と、自分に向って呟いた。「本当なんですね」

「普通なら、おめでとうございますと言うところなんだけど……」

女医は男っぽい口をきいた。小百合の叔母の友だちで、昔から小百合はよくこの人に診《み》てもらっていたのだ。

「ありがとうございました」

と、小百合は頭を下げた。

「どうするの」

「さあ……。決めていません」

「今、二か月と少し。——もし、堕《お》ろすのなら早い内の方が影響も少ないわ」

「ええ」

小百合はしばらくうつむいて、ただ膝の上で両手を組合せていた。

「——お父さんの具合は？」

「少しずつ、言葉が戻って来てます。でも、とても自分でも苛々《いらいら》してるようで」

「分るわ。そうなるのよ、誰でも。——お父さんは、あなたのことを？」

「私は言っていません。でも、母はどうかしら……。ああいう人ですから」

「もし、あなたの犠牲で自分が入院していられると知ったら、それも苛立ちの原因になるでしょうね」

「何も知らないとは思えません。でも、私もあまり顔を出さないし」

それでも何度か高価なスーツを着て見舞に行って、父はおかしく思っただろう。でも、父は何も小百合に訊いたことがない。

きっと、訊くのが怖いのだろう。

「ありがとう」

と、もう一度礼を言って立ち上る。「――よく考えてみます」

「そうね。必要なときは、いつでも言って」

「はい」

小百合は女医の部屋を出た。

タクシーで再びホテルBに戻り、レストランで昼食をとった。

時折、つわりを思わせる気分が、さざ波のように体の奥で騒ぐ。長く放ってはおけない。

妊娠を告げて、前田がどう思うかは見当がつかない。――「愛人」という立場には慣れたし、前田がいくら元気でも、あとせいぜい十年は続くまい。

しかし、「母親」となると話は別だ。

このお腹《なか》の子を産むことは、自分の人生をほとんど決めてしまうに等しい。――前田の死んだ後も、自分は前田の愛人としての生活を、引きずっていかなくてはならないのだ……。

「お味はいかがでございますか」

店の支配人がやって来て、愛想良く語りかけてくれた。

「ええ、おいしいわ。ありがとう」

よく通うホテルやレストランで、「VIP」として扱われることは、一種の快感だった。それは「前田」の名がなければ考えられないことだ。

その一方で、こういう暮しに慣れてくる自分を、「怖い」と感じるところも、小百合の中には残っていた……。

けれども——私の人生を決めるのは私ではないのだ。

「コーヒーをお持ちします」

と、ウエイターが言った。

小百合は黙って肯いたが、

「——待って」

と呼び止めて、「今日はミルクティーにして」

「かしこまりました」

小百合はほとんど無意識に、「コーヒーは避けた方がいいのかもしれない」と思っていたのだった。

20　よみがえる

「視聴者からのファックスは?」

と、黒沼さとみは打ち合せにスタッフルームへ入るなり言った。

「その束です」

「ちゃんと中身、チェックした？　いやよ、この間みたいなこと」

と、椅子を引いて座る。

「ちゃんと読んであります」

「当り前よ。――ちょっと！　これ、字が小さいじゃないの！　言ってるでしょ、読みにくいいくらい字の小さいファックスは拡大コピーしてってって」

「やって来ます」

「急いでね」

スタッフが駆け出して行く。

入れ替りに、戸部誠が入って来た。

「――何ごとだ？　青くなってぶっ飛んでったぜ」

「ファックス、ちゃんと読みやすくしといてくれないと。何度も同じこと言わせるんですもの」

ファックスをめくりながら、「面白そうなの、ないわね」

「少し脚色しろよ。それも腕だ」

「戸部さんとは違いますよ。――その場で文章をでっち上げるなんて芸当はできない」

「なに、君ならやれるさ」

戸部は少し離れた椅子にかけると、今夜のニュース原稿を読み始めた。

「この順序――」

と、さとみは戸部へ話しかけようとしたが、やめた。

戸部は一旦原稿に集中すると誰が話しかけても気付かない。その集中力の凄さには、さとみも感心する。

まだ時間はあった。

他のスタッフがバラバラとやって来て、

「おはよう――」

と言いかけるが、戸部の様子に気付くと、あわてて口をつぐんだ。

戸部の邪魔をしてはいけない、という暗黙の了解があるのだ。

何といっても、戸部は番組の「顔」であり、「頭脳」でもある。

「さとみさん、コーヒーを？」

「お願い」

会話も最小限ですませる。

さとみも、今日の番組で自分が読むことになっているニュース原稿に目を通した。

地名、人名の読み方には気をつかう。

ずいぶん経験を重ねて来たつもりでも、本番前には胃が痛くなる。

もちろん、アナウンサーとしては新人で、まだ未熟だ。それでも、見た目の愛らしさと、戸部に突っ込まれたときの困った顔が受けて、人気はあった。

さとみも頑張った。――人生で、それまであまり頑張ったという経験のないさとみだったが、さすがに毎晩TVに顔を出すとなると、

「みっともないくらい下手じゃいやだ」

と思ったのである。

かくて――戸部の気紛れで起用された黒沼さとみは、今では戸部のパートナーとしての地位を確保していた。

世間では、さとみが戸部の「彼女」で、大抜擢《だいばってき》されたのもそのせいだと噂していたが、現実は違っている。さとみは、社長の息子、郡周一と付合っているし、戸部も局内の他の女子アナウンサーと密会している。

もちろん、これは局内での「極秘事項」に属していたので、さとみとの間が噂されていた方が都合が良かった。

さとみは、先輩女子アナウンサーたちの間でも、意外なほど好かれていた。普通、さとみのような立場では、妬まれていじめられたりするものだが、その点、さとみには「野心」というものが欠けていることが幸いした。

好きで今のポジションにいるわけではなく、これ以上「のし上ってやろう」という気もない。そういうおっとりした雰囲気が、外にも伝わるのだろう。

もっとも、当人は「おっとり」どころではなく、必死で頑張っていたつもりなのだが、

「あなた、欲がないわね」

などと言われてポカンとしていたりするのだった……。

でも、分らないものね。——さとみはつくづく思うのだった。

「有名になりたい」

などとは思ったことのない自分が、もう二年近くも毎晩TVに出て、どこを歩いていても、

「あ、あの人、TVの——」

と言われる。

大学の仲間たちの中で、一番「家庭的」と見られていなかった美香が、今は一女の母親で、幸せそのものの様子だ。

轟淳子は予定通りに大学の先生だが、小百合は……。

あの小百合が政界の長老の愛人。——それを知ったとき、さとみはしばし絶句してしまった。

「ぜいたくしてるでしょうね」

と、やっかみ半分に言う子もいたが、さとみは小百合のことを知っている。

たぶん、さとみ以上に、

「こんなことが自分の身に起きている」

ということを信じられずにいるだろう。

いつまで、今のままでいるのか分らないが、早く解放されてほしい、とさとみは願っていた……。

「――OK」

と、戸部が言った。

みんな魔法がとけたように動き出した。

「じゃ、今夜の特集の打ち合せに入ろう」

と、戸部は言った。


「――すみません」

料亭の座敷で、小百合は正座して頭を下げた。

向付《むこうづけ》にはしをつけようとしていた前田哲三は目を見開いて、

「何だ、一体？」

と言った。

「今日、八田さんの目を盗んで、出かけました」

「外出の途中でか」

「はい。ホテルBで、一旦降りてからタクシーで」

「また、ずいぶん手のこんだことをやったものだな。で、どこへ行った」

「N大病院です。先週にも一度同じようにして行きました」

「――具合が悪ければ、俺に言え。いくらでも病院へ回してやる」

「はっきりするまで、言いたくなかったんです。妊娠しています、私」

前田もさすがに一瞬言葉に詰った。小百合は顔を上げて、

「どうしたらいいでしょう。――知り合いの女医さんには、堕《お》ろすのなら早く、と言われています」

前田ははしを置いた。

「俺の子だな」

と言ったのは、念のためだ。

小百合が他の男と密会するような機会を持っていないことは、よく分っている。

「もちろんです。私、先生以外に……」

「分ってる。悪かった」

と、前田は言った。「お前はどうしたいんだ」

小百合は少しの間、じっと畳の目を見つめていた。そして、自分が答えているのを聞いた。

「産みたいんです」

「――そうか」

前田の顔に、めったに見せたことのない、暖い笑みが浮んだ。――小百合は自分の選択が通ったことを知った。

「いいでしょうか」

「もちろんだ。そう言ってくれて嬉しいよ」

小百合はやっと微笑んだ。

「良かった」

「お前は優しい子だな。こんな年寄の子を産むと言ってくれるのか」

「この子が成人するまでお元気でいて下さいね」

「おいおい、それじゃ九十過ぎだぞ」

と、前田は笑った。「――ともかく、良かった。さあ、しっかり食べて、栄養をつけろ！」

「はい」

小百合は膳に戻った。「病院はどこにしたらいいですか?」

「その知り合いの所の方が気楽なら、そこにしろ。他の方が良ければ、いくらでも探してやる」

前田が小百合に「選べ」と言った!

小百合は早くも自分が「特別な位置」に来たのだと感じた。

「――一杯注いで下さい」

と、お猪口《ちょこ》を取り上げて差し出す。

「酒はやめた方がいいんじゃないのか」

「一杯だけです。お祝いに注いで下さい」

「分った」

徳利から、小百合の手にしたお猪口へと酒が注がれる。その表面が細かく揺れた。

小百合は一気に流し込んだ。――胸の辺りがカッと熱くなる。

決断したのだ。

このお腹の子に、懸けてみよう。

生れて来るまで、決して「妻にしてくれ」と言ってはいけない。前田が現実に「わが子」を前にして、何でも小百合の言うことを聞いてやろうと思う瞬間がきっと来る。

そのときを捉えて、「この子のために」と頼むのだ。

それがうまくいけば――前田の正式な夫人として、美香の父親さえ、頭を下げる存在になる。

「力」を手に入れる。――幸福の代りに、今小百合が望んでいたのは、そのことだけだった。

「あの夜か」

と、上機嫌で前田が言った。

「ええ、嵐で大変だったとき、お帰りになるのをやめたでしょう」

「そうだった。予定外に泊るときというのは、面白いものだな」

「私、そんな気がしてたんです。あの晩に。――結果の分るのが待ち遠しくて」

「可愛い奴だ」

前田が手を伸して小百合の頰に触れる。

小百合はすかさずその手をつかんで、

「今夜も、帰らないで」

と言った。

「では、視聴者の皆様からお寄せいただいたファックスを、何枚か読ませていただきます」

と、さとみは言った。「〈公の人間であっても、恋愛はプライベートなこと。マスコミが報道するのはどうかと思う〉高田やすし様、大阪市の方です。〈普通の会社員でも、浮気がばれて会社をクビになることがあります。人を指導する立場の人間が、それで何の罰も受けないというのは納得できません〉三十五歳の主婦の方です」

「女性らしいご意見ですね」

と、戸部が言葉を挟む。

「——次は、〈人間はみんな過去を持っていて、それから逃れることはできない……〉」

さとみは、ちょっと眉を寄せた。こんなファックスがあった？

「——お寄せいただいたのは、西川勇吉さん……」

さとみの言葉が途切れた。さとみが青ざめるのがＴＶの画面でも分った。

「どうしました？」

戸部がカメラを自分の方へ振らせた。「昔振った恋人からかな？　では、もう一度パネルをご覧いただきましょう」

——さとみの手からファックスが落ちて、スタジオの床へ滑るように飛んで行った。

「どうした？　大丈夫か？」

と、ディレクターの声がした。

さとみはよろけながら立ち上ろうとした。

「すみません……。めまいがして……」

体が冷えて行った。さとみは気が遠くなって、そのまま何も分らなくなってしまった。


「――どうしたんだい？」

と、風呂から上った真也が言った。

美香はリモコンでTVを消した。

「さとみが出てたから、見てたのよ」

「そうか。もう、すっかり慣れたな、彼女も」

「ええ」

美香は立ち上って、「何か飲む？」

「うん？　じゃ――ウーロン茶」

「はい」

美香は台所へ行くと、グラスに冷たいウーロン茶を注いだ。

幽霊が――とっくの昔に忘れたはずの「死」が戻って来た。

さとみの手もとのファックスの中に、誰かがあの一枚を紛れ込ませたのだろう。前もって、目を通していないはずがない。

でも、誰が？

こんなに長いこと、沈黙していたのに、なぜ今になって？

だが、いずれにしても、「西川勇吉」の名でファックスを送った人間は、あのときのことを知っているのだ……。

美香は、グラスを真也へ渡して、

「みっちゃんがちゃんと寝てるか、見て来るわ」

と、居間を出た。

みちるは遊び疲れてぐっすりと眠っていた。

——この子。

今、私はこの子を守ってやらなくてはならないのだ。

敵から。——姿の見えない敵から。

「必ず、お母さんが勝つわよ」

と、美香はそっと呟くと、わが子の額《ひたい》に手を当てたのだった……。

さとみは目を開けた。

天井の蛍光灯がまぶしい。

「――大丈夫か？」

と、覗いたのは戸部だった。

「私……」

「気を失って、倒れた。本番中にだ」

さとみは少しの間、何も言葉が出なかった。

それがどんなに大変なことか、分るくらいにはプロになっていた。原因が何でも関係ないのだ。倒れた自分の責任だ。

「すみません」

起き上って、めまいがしたので、少し目をつぶっていた。

会議室のソファに寝かされていたのだ。

「無理するな」

戸部の口調は、「優しい」と言えるものではなかった。

「いえ……。大丈夫です」

「TVの画面には、倒れるところは出ていない。しかし、音や声は入ってしまったがね」

「始末書、書くんでしょうか」

「始末書か……」

と、戸部は肩をすくめて、「そんなものは必要ない」

「じゃあ……」

さとみは戸部を見て、「降ろされるんでしょうか」

そう訊《き》いて、さとみは自分が今の仕事にどんなに惚《ほ》れ込んでいるか、初めて知った。

「一回はいい」

と、戸部は言った。「一回なら、誰も咎《とが》め立てしないさ。人間だ。具合の悪くなることもある。しかし、二回やったら降りてもらう」

さとみは、思わずソファに座り直して、

「二度としません」

と言った。

「よし、分った」

戸部は肯《うなず》いて、「それで、あのファックスの、〈西川勇吉〉というのは？　どこかのコンビニから送って来てるから、調べようがない」

「あれは……」

さとみは口ごもって、「あのファックスは何でもありません。たまたまあのとき貧血を――」

「隠してもだめだ」

と、戸部は笑った。「あのファックスのせいだってことは、そばで見てれば分るよ」

さとみは目を伏せた。

「——ずっと昔のことなんです。それに……私一人のことじゃないので、お話しするわけには……」

「そうか。——ま、いいだろう」

戸部は立ち上って、「明日の打ち合せだ。行こう」

と、いつもの口調で促した。


ベッドのそばの電話で受信のランプが点滅したのは、夜中の一時を回っていた。

やっぱりかかって来た。

美香は、隣のベッドで夫が眠り込んでいるのを確かめると、素早くベッドから出て、寝室を抜け出た。

小走りに居間へ。そして、急いで電話を取った。

「——もしもし、美香?」

と、さとみの声。

「今、夜中よ」

と、美香は言った。

「ごめん。分ってたんだけど――」

「かかって来るだろうと思ったわ。だから、この電話、鳴らないようにしておいたの」

美香はソファにかけて、「主人が起きちゃったら、何ごとかと思うでしょ」

「そうね。――でも、美香。それじゃ見てたの？」

「見てたわよ。〈西川勇吉〉って名前を読んで真青になるところをね」

「私……何だか分んなくなって、気を失っちゃったの」

「たぶんそうだろうと思った。でも良かったわ、主人は見てなかったから」

「でも、美香……。あれ、何だったと思う？」

「落ちついて、さとみ」

と、美香は少し強い口調で言った。

「もう、すんだことなのよ。私たちはあの事件のことなんか、もう忘れてるの」

「でも、あんなファックスが――」

「怯《おび》えることないわ。幽霊なんかのしわざじゃない。分る？　誰か人間がファックスを一枚、紛れ込ませたのよ」

「でも誰が？」

「分らないわ、私には。あなたの方が分るでしょ。本番前に、そんなことのできるのは誰なのか」

「本番前って、色んな人が出入りしてるし……。私は自分のことだけで手一杯だもの」

と、さとみは言った。

「それなら、気にしないことよ」

と、美香は言ってのけた。「あなたがショックを受けて気絶したのを見て、やったい人間は大喜びしてるわ。そんなの、悔しいでしょ？　無視してやるのよ。たとえ西川君本人から電話があってもね」

「美香は強いわね……」

と、さとみはため息をついた。

「でもね、用心は必要。ああいう形のいやがらせだけじゃなくて、直接的な危険だってあるかもしれないわ。何か怪しい人間とか、思い当ることがあったら、私に知らせて」

「うん。分った」

「この電話じゃなくて、私の携帯に。番号、分るでしょ？」

「知ってる。――でも、誰だと思う？」

「分ってりゃ、私、今から殺しに行くわ」

と、美香は言った。

21　教室

「轟淳子先生ですか」

と、事務室の女の子が、一覧表へ目をやって、「——あ、今、ちょうど講義中ですね」

「教室、どこでしょう？」

「あの……何か轟先生にご用ですか」

事務室の奥の方の机から、

「あら、あなた、田渕さんでしょう」

と、立って来たのは、三十代半ばの女性で、「そうよね。憶えてるわ」

「ええ。今は結婚して清水美香です」

「あら、そうなの。——轟先生って、あなたの同期だったわね」

「ええ。悪名高い〈四人組〉で」

と、美香は言った。

「有名ではあったわね」

と、笑って、「——轟先生はこの三階の〈３０６〉。階段上って右よ」

「ありがとう。授業の邪魔はしません」

と、美香は微笑んで、「それじゃ」

階段を上って行く美香を見送って、

「あの子、田渕大臣の娘さんなのよ。学生のころは、ずいぶん遊んでたらしいわ」

「へえ……。そうなんですか」

と、女の子は物珍しそうに、「いい服着てますね」

「お金があるもの。——でも、ずいぶん早く結婚したもんね」

「相手もお金持なんでしょうね」

「さあ……。少なくともここの卒業生じゃないわね、きっと。もしかすると——」

二人の話はあれこれと想像を広げて、止らなくなってしまった……。

——美香は、階段を上りながら、手すりに手を添えて、

「そうだった……。いつもちゃんときれいになってたっけ」

と、呟いた。

学生として、この階段を上り下りしていたころが、遠い昔のような気がする。

美香は、スーツを着ていたので、すれ違う学生が、先生と思うのか、挨拶されたりして面食らった。

三階の〈306〉は、美香もよく授業を受けた教室である。

百人以上入る、広めの教室だ。

美香はドアに開いた窓から中の様子を見た。

ちょうど壇上にいる淳子が見える。学生は三十人くらいだろうか。

腕時計を見ると、あと十分ほどで終るはずである。どうしようか？

迷っていると、

「何かご用でしょうか」

と、本を抱えた若い女性が立っている。

「あ、ちょっと……。ここへ入るんですか」

「ええ。轟先生の助手をしてます」

「私、この大学で、友だちだったの」

「──ああ！」

と、目を見開いて、「淳子さんとお仲間の……」

「ええ、そう」

「私も同期だったんです。憶えてらっしゃらないでしょうけど」

馬場百合香と名のって、「じゃ、一緒に入りましょう。大丈夫ですよ」

「淳子の邪魔になるかと思って」

「今の学生、平気で三十分も遅れて来ますから」

馬場百合香はドアを開けて先に入って行った。

中の学生たちが一斉に振り向く。――あまり授業に身が入っていないということである。

「百合香さん、ありがとう」

と、轟淳子が言った。「どの本もあった？」

「ええ、揃ってます」

「じゃ、こっちへ持って来て」

美香は、そっと中へ入ってドアを閉めた。

学生たちも、もう視線は教壇の方へと戻っていた。

「ええと……。今の話の詳しい説明が、この本の中に……」

淳子がページをめくる。

美香は、入口に近い席に腰をおろした。

よく、四人でこの教室に来た。――小百合と淳子、そしてさとみ……。

今、仕事や立場も様々で、違う世界にいる四人だが、あの過去は消えていない。

美香は、淳子のもとにも何か西川勇吉を思わせるものが届くかどうかしているのではないかと思って、それを確かめたかったのである。

「――百合香さん、悪いけど、このページ、コピーして来てくれる？　人数分」

「はい、すぐに」

と、馬場百合香は分厚い本を手に、また教室を出て行った。

「じゃ、その間に、この前出してくれたレポートのことで、少し話をします」

と、淳子が言った。「何が出題のポイントだったか、よく分っていない人が多かったわね。もっと話をちゃんと聞いて」

淳子が教室の中を見渡して、美香に気付いた。

美香は、淳子が手を振って見せるので、思わず笑ってしまった。学生たちもみんな振り向いて美香を見る。

「私のお友だち」

と、淳子は言った。「よくこの教室で、一緒に授業を聞いた仲よ」

どうやら、淳子はさとみがＴＶの本番中に読んだファックスのことを知らないらしい、と美香は思った。知っていれば、美香がやって来た理由も分るだろう。

淳子が授業を続けて、十分ほどすると、馬場百合香が戻って来た。

「ありがとう。――コピーを配って」

淳子は腕時計を見て、「じゃ、レポートを返します。それで時間になりそうね」

と言った。

一人ずつ、名前を読み上げて、レポートを返して行く。

あと五分ほどで終業だ。

きっちり時間まで授業をやるところが、いかにも淳子である。

「――大滝さん。――大滝さん、休み？」

女の子が眠っていて、隣の子に起され、席を立ってやっと来る。

「言ってるでしょ」

と、淳子がレポートを渡して、「いつも、名前呼んだら返事して、って。幽霊じゃないんだから」

そう言っても、「はい」とも言わない。――淳子はお手上げ、という様子で首を振った。

「次は……安西君。――それから、西川君――」

淳子は一瞬言葉を切った。「西川……勇吉君」

美香は、淳子がすぐにそのレポートをわきへ置き、変らない口調で他の名を読み上げるのを見た。――やはりしっかりしている。

でも……ここで今日、西川の名が出たのは、偶然だろうか？

「――以上。今日はこれで」

さすがに、淳子の口調は少し素気なかった……。

「知らなかったわ」

と、淳子は言った。「さとみが？」

「ええ。——ね、今のレポート、見せてよ」

「ええ。これよ」

と、淳子は美香へレポートを手渡す。

教室はもう空だ。

「これは？」

「中身は他の学生のレポートね」

「字が違うものね」

「コピーね。それに西川勇吉の名を書いて出してるのよ」

淳子はソファに腰をおろして、「どういうこと？」

「落ちついて」

と、美香は言った。「私が言うまでもないわね。淳子はさとみと違う」

「買いかぶらないでよ」

と、淳子は苦笑して、「美香だけよ、平然としてられるのは」

——淳子と美香は、非常勤講師のための控室にいた。

今は講義中で、もうこの後の講義には人が来ないので、聞かれる心配はない。

「講師じゃ、部屋なんかもらえないわ。少なくとも助教授にならないと。それもみんなが部屋をもらえるわけじゃない。大変なのよ」

と、淳子は言った。

「淳子らしくもないじゃない。そんな弱音は吐かなかった」

「現実は厳しいわ」

そこへ、馬場百合香が入って来た。

「こんなものですけど、どうぞ」

と、紙コップのコーヒーを持って来る。

「百合香さん、ありがとう！　いいのよ、あなたがこんなことしなくても」

「好きなんです」

と、明るく言って、「じゃ、ごゆっくり。――さっきの資料、欠席の子の分はどうします？」

「そうね……。二十部くらい作っといてくれる？」

「分りました」

百合香が出て行く。

「――同期でいたっけ、あんな人？」

と、美香が言った。

「よく動いてくれるわ。――でも、私は講師だからいいけど、非常勤の人なんか大変よ。学生数が減ると、容赦なくコマ数を減らされるから。一コマ数えていくら、って決りですもの。収入がひところの半分になったって嘆いてる先生もいるわ。もういい年齢《とし》でね」

「大学も大変なんでしょ？」

「ええ。――だから、私だって何かスキャンダルに巻き込まれたりしたら、私学ですもの、そういうことは一番嫌うわ。すぐにクビね」

美香はまじまじと淳子を見て、

「意外だな。淳子は変ってないと思ってた」

「変るわよ、誰だって」

淳子は、テーブルの上のシガレットケースのふたを開け、一本取って火をつけた。

「タバコ、喫《す》うの？」

と、美香は言った。

「時々ね。――中年の男の講師なんか、いつも帰るとき、このケースのタバコを十本くらいつまんでポケットへ入れてくわ」

美香は、少なくとも「食べていく」ということに関して、不安を持ったことのない自分の幸運を思った。

「——男と暮してるの」

と、淳子が言った。

美香が何も言えずにいると、淳子は続けて、

「そのせいで少し苛ついてるかも。——仕事なくて、もう半年ブラブラしてるのよ」

「知らなかった。どんな人?」

「ご紹介するほどでもないわ」

と、淳子は肩をすくめ、「追い出されたら食べてけないって言うから、仕方なく一緒にいるだけ」

淳子の顔に、美香は初めて「生活の疲れ」の影を見たような気がした。

「——でも、どういうこと?」

と、淳子は言った。「西川君も、ご両親も死んだんだから、私たちが嘘をついたなんて、誰も知らないはずでしょ」

「でも、誰かが知ってたのよ。幽霊はコピーを取らないわ」

淳子はちょっと笑って、

「相変らず現実的ね!」

「子供を持つと、いやでも現実的になるわ」

「もう……どれくらい？」

「もうじき一歳よ。早いわね」

美香は少し間を置いて、「――私、淳子と二人で、戦おうと思ったの」

「戦う？」

「今の私たちの暮しをおびやかすものとね。さとみは頼りにならないし、小百合はね……」

「小百合の所にも何か？」

「分らないわ。そう気軽に電話するってわけにいかないの」

淳子は肯《うなず》いて、

「あんなことになるなんてね……」

と言った。

「人間、何が起るか分らないわ」

「でも――一度会ってみない？　小百合の声も聞いてないわ。連絡できる？」

「ええ。じゃ、三人で昼食でもとりましょうか。そう言えば、きっと出て来ると思うわよ」

「小百合がどんな『奥様』ぶりを見せてるのか、興味あるわ」

「ある意味じゃ、小百合は一番安全かもしれない」

「どうして？」

「政界の大物がバックについてるのよ。警察だって、前田哲三の言うことなら聞く。――第二夫人の身辺をパトロールさせるぐらいのこと、簡単よ」

「第二夫人ね……」

淳子は首を振って、「私も、どうせなら金持の男を選ぶんだった。そうすりゃ、好きな研究に打ち込めるし」

「でも、その人が何か当てて大金持になるかもよ。人生、分らない」

「そうね。宝くじが当るくらいの確率だけど」

二人は一緒に笑った。

「――そろそろ帰るわ」

と、美香は立ち上った。「ベビーシッターに任せて来たから。夕食のおかずを買って帰る」

「一緒にそこまで」

二人は校舎を出て、キャンパスの中をぶらぶらと歩いて行った。

「――あれがつい数年前の自分たちだったなんて信じられないわ」

と、淳子が、にぎやかにはしゃぎながらグループで歩いている女子学生たちを眺めて言った。

「みんな同じように見えるけど、でもそうじゃないの。違うのよ」

と、淳子は言った。「一人一人、教えていると、分ってくる。両親が離婚してる子、恋人のいる子、中年男と不倫して、大人になったつもりの子……。どの子も、見ているといじらしいくらい一生懸命手さぐりしてるわ」

「私たちも――そうだったのかもね」

「そうよ。マリファナやったり、男と寝たり。――それで反抗してるつもりだった」

淳子はちょっと笑って、「でも、そんなものじゃ、大人の世界はちっとも変りゃしないのよ。自分が大人になってみると、あれがどんなに子供じみた真似だったか、よく分るわ」

「西川君は、私たちのそんな『子供じみた真似』の犠牲者だった」

「当人は迷惑よね」

「でもね、私は思ってるの。私が幸せになることが、西川君への一番の償いだって」

淳子は呆れたように美香を見て、

「羨《うらや》ましいわ！　そんな風に考えられたら……」

「ええ、分ってる。身勝手は承知。でもいいの。もし西川君の幽霊が出て来ても、私、謝ったりしないわよ。堂々と言ってやる。『あなたのおかげで、今私はとっても幸せなの。迷わず成仏してね』って」

「負けたわね」

と、淳子は笑って、「――じゃ、ここで」

「連絡するわ」

「お願い」

美香は校門を足早に出て行った。――昔から、帰るときは速かったものだ。

22　興奮

「もしもし」

娘の声は、以前とは変っている。

池内ひとみもそのことには気付いていた。何といっても母親である。

「小百合、お母さんよ」

と、ひとみは言った。

「どうしたの？」

「別にね、急ぐわけじゃないんだけど……。元気にしてるかと思ってね」

「元気よ」

と、小百合は言った。「どこからかけてるの？　うるさいわね」

「デパートの中なの」

と、ひとみは言った。

「病院、行ってる？」

「お父さんの所？　もちろんよ」

「それならいいけど……。私、あんまり行けないんだから。お母さんがちゃんと行ってよね」

「分ってるわ。——今、マンション？」

ひとみは、小百合の携帯電話へかけているのだ。

「車の中よ。先生と食事なの」

「あら、そう。よろしく申し上げてね」

「お母さん。——何か用なんでしょ？　言ってよ」

ひとみはちょっとためらったが、

「あのね、お友だちに誘われて……。ほら、カルチャースクールの知り合いの方たちね。たまには二、三日旅行しようって。それで、今日、急に来月香港へ行こうってことになって……」

「香港？」

「三泊四日なの。近いし、それにあちらによく知ってる方もいるから……」

「行ってくれば？」

と、小百合は言った。

「そうしようかと思ってるの。ただ……」

「いくらかかるの？　今月の振込みじゃ間に合ない？」

「十二、三万なんだけど、明日には払わないといけないのよ」

「じゃ、今日取りに来て。それくらいなら、手もとにあるわ」

「悪いわね。じゃ、マンションへ――」

「待って。先生と一緒かもしれない。それじゃ……どうしようかな」

小百合は少し考えていたが、「――分ったわ。今少し時間の余裕があるから、病院へ寄って、置いて行く。それでいい？」

「ええ。ありがとう、私もこれから行くわ」

「もし帰った後だったら、引出しを見て。入れておくわ」

「ええ。私も急いでいくから。ごめんね、急ぐのに」

「お父さんの顔も、たまには見たいしね」

と、小百合は言った。「それじゃ」

「うん。気を付けて――」

ひとみは、受話器を置いてホッと息をついた。

デパートの階段わきの公衆電話でかけていたのである。テレホンカードを抜くと、売場の奥のティールームへと戻って行った。

「あ、どうだった？」

と、お茶を飲んで待っていた数人の奥さんたちがひとみを見る。

「ええ、大丈夫。娘に電話したら、『ぜひ行ってらっしゃいよ』って」

と、ひとみは椅子を引いて座った。

「まあ、いいわねえ！」

「優しい娘さんね」

口々に言われると、ひとみも悪い気はしない。

「お金も出してくれると言ってるの。ちょっと今から会わなきゃならないのよ。悪いけどお先に——」

「どうぞ、どうぞ。じゃ、香港でみんな大いに羽を伸しましょ」

ひとみは自分の注文した紅茶の分の代金を置くと、一足先にティールームを出た。

「香港ね……。たまには息抜きしなきゃ」

デパートの中を足早に歩きながら、ひとみはひとり言を言っていた。「明日は映画だったわね……。忙しいわ、本当に」

——忙しい。忙しい。

ひとみの手帳は、毎日、様々な予定で埋っていた。

そうしていると、忘れるのだ。「自分の不幸」を。

夫が倒れて、今も車椅子でいること。娘が政界の大物に囲われていること。

それは当人たちの不幸である以上に、ひとみにとって「不幸なこと」なのだった。

私は不幸な妻、不運な母親なんだわ。

ひとみは自分にそう言い聞かせ続けた。

そして今では、ほとんどそれを信じるところまで来ていたのである……。

「――今夜は何もなかったかしら」

エスカレーターに乗ると、ひとみはバッグから手帳を出して広げた。


病室のドアが開いた。

誰が入って来たのか、池内卓《すぐる》には分らなかった。

「誰だ？　ノックぐらいしろ！」

車椅子を窓の方へ向けたまま、振り向くことのできない池内は、そう言った。

言った――つもりだったが、池内自身の耳にも、それはほとんど抑揚のある呟き声にしか聞こえなかった。

いや、そんなことはない。ちゃんと聞けば分るはずだ。そうだとも。

以前よりずっと言葉らしくなっている。

前は、ともかく言葉が出て来なかったものだ。今はそんなことはない。

「ひとみか?」

妻の名は、辛うじて分るように発音ができる。

「ひとみ?――ひとみ?」

病室へ入ってきた誰かは、何も言わずにまた出て行ってしまった。

何だ、一体?

池内は車椅子を操ってドアの方へ向うとした。しかし、左半身に麻痺が残っていて、左手に力が入らない。

右の車輪ばかりが回って、物にぶつかることがある、危いのである。

それでも何とかベッドが見える位置に来た。

ドアが開いて、看護婦が入って来た。

「こんにちは!――いかがですか?」

と、ペンとボードを持って、「体温、測りますね」

体温計をはさみ、同時に脈拍も見る。

「――大丈夫ですね」

と、表に書き込んで、「どこか具合の悪いところは?」

「ない」

と、首を振る。

「そうですか。ちゃんとリハビリしてます？　辛くても頑張って」

池内は、

「今、来たのは誰だ？」

と訊《き》いたが、

「はい、奥さんもそろそろみえますよ」

看護婦には聞き取れていないのだ。「——あら、これは？」

ベッドの上に、週刊誌が投げ出してある。

「誰が置いてったのかしら？　——大分前のだわ。見ます？」

池内は、それを見たことがなかった。

今入ってきた誰かが置いて行ったのだろう。

「——ページに何か貼ってありますよ。見ますか？　じゃ、膝の上に開いてのせときますね」

赤いテープを貼ったページを開き、池内の膝に置くと、看護婦は出て行った。

池内はその記事に目を落とした……。

「いつもお世話になります」

小百合は、顔見知りの看護婦に挨拶した。

――お菓子くらいは持って来るのだった。

時間がないので、真直ぐここへ来てしまったのである。

いいわ。後でデパートから何か送っておこう。

小百合は父の病室のドアを軽くノックして、

「お父さん。――入るよ」

と、ドアを開けた。

父が車椅子に座って窓の方を見ている。

「――お父さん？」

動く気配もないので、眠っているのかと思った。「お父さん、私」

小百合は歩み寄って、

「お父さん？」

と、覗き込んだ。「――何だ、起きてるじゃないの！　眠ってるのかと思った。お母さん、まだ？」

小百合は、父の顔が細かく引きつっているのを見て、

「具合悪いの？」

と言った。「看護婦さん、呼ぶわね！」

行きかけた小百合へ、池内が激しい唸《うな》り声を上げた。

「――何なの？」

小百合はびっくりして振り向いた。父の顔が真赤に染っている。

その目。――涙をためたその目は、じっと小百合をにらんでいた。

「怒ってるの？　何なのよ？」

そのとき、足下に開いたまま落ちている週刊誌に気付いた。拾い上げて、その表紙に見憶えがあった。

「これ……誰が？」

ページをめくる。

やはりそうか……。

〈政界のドンに、孫のような第二夫人！〉

マイナーな小出版社で出している週刊誌で、事前にストップできなかった。

前田哲三と並んでレストランを出て車を待っている小百合の写真が載っている。隠し撮りで、鮮明ではないが、知っている人なら見分けがつく。

記事には、小百合の実名も、S大出身ということも書かれている。

〈それにしても、七十を越えて、二十五の愛人とは、そのタフさには恐れ入る〉

という文章。

余白には、当人たちと少しも似ていない下手なイラストで、老人に組み敷かれて喘《あえ》いでいる全裸の女が描かれている。

前田は怒りもせず、

「放っとけ」

と言っただけだった。

でも——これが出てから、半年近くたつはずだ。これがなぜこの病室に？

小百合は週刊誌を閉じると、父の顔を見た。頭が細かく震えているのは、怒りのせいだろう。

「——この通りよ」

と、小百合は言った。「知らなかったの？　どうやって私とお母さんが暮してると思ってたの？　この入院費用、どうして前田先生が払って下さってると思ったの？」

父は無言だった。

「誰が一体、赤の他人をこんなにまでして助けてくれる？」

小百合は、ベッドに腰をおろした。「そうよ。これが条件だったの。——おかしいと思わなかった？　私がこんなスーツ着て、仕事してると思ってたの？」

父の目にこめられた怒り——それは娘へ向けてはいるが、実際はどうすることもできない自分へ向けたものだった。

やり切れなさ。惨めさ。哀《かな》しみと憎しみ。

父の思いはいやというほど分る。

「もう、こんなにたってるのよ。いいじゃない。――私、結構楽しんでるわ」

と、小百合は言った。「ぜいたくできるし、遊んでりゃいいんだもの。お母さんだって、そのおかげで好きにしてる。お父さんだって今さら、大勢の病室へ押し込められて、ろくに世話もしてもらえないような病院へなんか、行けないでしょ？　ここなら、前田先生の知り合いってことで、大事にしてくれる。――もう忘れて、こんなもの」

小百合は屑《くず》入れへと週刊誌を投げた。

週刊誌が入った勢いで、屑入れが倒れ、中のゴミが飛び出した。

そこへドアが開いて、

「あ、小百合、来てたのね！」

と、母が入って来た。「あら、どうしたの？」

急いで屑入れを立てて、飛び散ったゴミを入れると、

「週刊誌みたいな重いものを入れるから倒れるのよ」

ひとみはその週刊誌を抜き出すと、「――あら、これって……」

と言いかけて言葉を切った。

「お母さん。——見てたのね、その記事」

と、小百合は言った。

「お友だちが……小百合ちゃんが出てるわよって……」

ひとみは立ち上った。「ここにどうして？」

「ほらね」

と、小百合は父を見て、「お母さんは、ずっと承知してたのよ。お父さんだって、分ってたはずだわ。——慣れるのよ。人間、どんなことにだって慣れるものだわ。ええ、私だって慣れたのよ。いやでたまらないことにも、慣れてしまえば、それはそれで楽しいわ」

「小百合、やめて」

と、ひとみが言った。「お母さんだって、辛かったわ」

「そう？　それならいいじゃない。私もお母さんも、それにお父さんも、みんなが泣けばいいわ」

小百合は笑った。「——私、もう行くわ。お母さん、ちゃんとお父さんを慰めてあげるのよ」

小百合は病室を足早に出た。

エレベーターの前に来て、息を弾ませながら目を閉じる。

「小百合！」

と、ひとみが追って来た。

「お父さんが興奮し過ぎないようにね」

と、小百合はボタンを押した。「また発作起すと大変」

「用心するわ。——ね、小百合、悪いけど……」

と、ひとみが口ごもる。

「ああ。——忘れてたわ」

小百合はバッグを開けると、財布を取り出した。手が震える。

「これごとあげる」

と、財布を母の手へ渡して、「先生には落としたと言っとくわ」

「悪いわね」

エレベーターの扉が開く。

小百合は、看護婦と入れ違いに乗って、

「お母さん」

と振り返った。「私、先生の子がお腹にいるの」

ひとみが立ちすくむ。

「良かったね。孫の顔が見られるよ」

と、小百合は笑って言った。

扉が、静かに閉じ、エレベーターが下り始めると、小百合は唇をかみしめ、声を殺して泣き出した……。

23 カルテット

「黒沼さとみさんですね」

大学生らしい男の子が、おずおずと言った。

「ええ」

「あの――プライベートなときに申しわけないんですが、ファンなんです。サイン、いただけませんか」

さとみは、今どき珍しいほど礼儀正しいその男の子の言い方に、すっかり気をよくして、

「いいですよ。――この手帳に？」

「表紙に書いて下さい」

と、サインペンを差し出す。

「それじゃ、私の手帳かと思われそうね」

男の子らしからぬ白いビニールの表紙の手帳だ。そこへ、黒々と自分の名前を書く。もとよりアナウンサーである。タレントのようなサインをするわけではない。

「ありがとうございました！　大切にします！」

男の子は何度も頭を下げて出て行った。

――大きな書店の中のティールーム。

さとみは、夜のニュースのための資料を探しに来ていた。

戸部のような大物なら、資料探しはスタッフがやるが、さとみのような平《ひら》のアナは何でも自分でやるのだ。

それでも、以前は渡された原稿を読む以上のことをしようとしなかった。こうして自分の足で、参考になる本を探して歩いたりするようになったのは、いくらかさとみも今の仕事に「やりがい」を感じているからだった。

ティールームにいる他の客が、今のサインで気が付いて、声をひそめて話をしている。

コーヒーを飲みながら、今買った本をパラパラめくっていると、

「黒沼様。――黒沼さとみ様」

と、レジの女の子が呼んだ。

立って行くと、

「お電話です」

「私に？」

ここにいることなど、誰も知らないはずである。いや、さとみ自身、このティールームへは、フラリと入っただけだ。

「——もしもし」

と、呼んでみる。「——もしもし。どなた？」

すると、妙に遠い感じで、

「西川です」

という声が聞こえて来た。

さとみはパッと受話器を置いた。

「——どうかしました？」

レジの子が面食らっている。

「いいの。——ありがとう」

大丈夫だ。今度は気絶なんかしなかった。

二度とあんなことが……。

席へ戻ったさとみは、本をめくって、紙が一枚挟んであるのに気が付いた。

こんなもの、入ってなかったのに……。

小さく折りたたんだ紙を広げてみると、

〈さとみさんへ。

今日のランチを、美香、小百合、淳子の三人が一緒にとっています。

あなたは仲間外れ。——お気の毒に〉

さとみはティールームの中を見回した。

誰がこんなものを？

しかし、ティールームの中で、あまりキョロキョロしてはいられない。

美香たちが？——どうして集まっているのだろう？

さとみは、このメモが事実だろうと直感していた。

〈仲間外れ〉か。

電話に出ている間に、誰かがこのメモを挟んだ。——しかし、客の一人一人を眺めても、知っている顔はない。

さとみは立ち上った。

「乾杯」

グラスが軽く触れ合い、涼しげな音をたてる。

レストランの個室に集まった三人は、シャンパンを飲みながら互いを眺め合っていた。

「――久しぶりね、こうして集まるのなんて」

と、小百合が言った。

「お互い、忙しいものね」

淳子がナプキンを膝に広げて、「これで、さとみがいれば――」

「でも、今日の話にはいない方がいいと思ったのよ」

と、美香が言った。

「今日の話って？」

と、小百合が言って、「そうそう。先に私の話、聞いて！　でも外には内緒よ。私、妊娠してるの」

美香と淳子が顔を見合せる。

「――何よ、おめでとうって言ってくれないの？」

「おめでとう」

美香は笑って、「だって、あんまり突然言うから」

「こんなこと、突然分るもんでしょ」

小百合は上機嫌で、「先生も喜んでくれてるわ。これで、両親の身も安泰」

淳子が、

「それでいいの？」

と訊《き》いた。

「どういう意味？　そりゃあ、この子は私生児になる。でも、あの年齢《とし》になって生れた子よ。先生だって可愛がるわ」

「それはそうでしょうけど……」

「私ね、この人生しか自分にないんだったら、うんと楽しもうって決めたの」

小百合は息をついて、「楽なもんだわ。働かなくていいし、誰にも気をつかわなくていい。私に向いてるわ」

ドアをノックして、支配人が入って来た。

「前田様、いらっしゃいませ。いつもご利用いただいてありがとうございます」

「どうも」

と、小百合は会釈して、「私の古いお友だちなの。おいしいものを出してね」

「シェフに注意しておきます。前田様は厳しいお客様ですから」

「よろしく。——パン、熱いのをね」

「かしこまりました」

支配人が出て行くと、小百合は、

「このパン、熱くておいしいの。つい食べちゃうわよ。良かったら持って帰れば?」

美香は、かつて四人の中で一番おとなしく、パッとしなかった小百合が、今や「上流夫人」のように振舞っているのを見て、ふしぎな気がした。

しかし、それはいわば「仮面」をつけたようなものだ。小百合を「前田様」と呼ぶあの支配人も、それが本当の名でないことを知っている……。

美香の持っている携帯電話が鳴った。

「ごめんなさい。——誰だろう」

と、バッグから出すと、表示を見て、驚いた。「さとみだわ。——もしもし」

「美香?」

「うん。どうしたの。久しぶりね」

「他の二人は元気?」

「——何ですって?」

「小百合と淳子と、三人でランチなんでしょ?」

美香は一瞬、言葉を失った。さとみが続けて、

「いいのよ。でも、どうして私抜きなの? 教えて」

「さとみ——。あなた、忙しいだろうと思って」

と、美香は言った。「いいわ。本当のこと言うと、あなたのこの間のこと、分るでしょ?」

「放送中に気を失ったこと?」

「ええ。そのことを話し合おうと思って。あなたがまた色々心配するといけないと――」

「変じゃない?　私のことを話し合うのに、私抜き?　どうやって話し合うの?」

「怒らないで。ね、今、どこにいるの?　ここへ来ない?」

「お邪魔はしないわよ。三人で私のいくじのなさを笑えばいいわ。それじゃ」

「待って!」

と、美香は言ったが、もう通話は切れていた。

「――何なの、一体?」

と、小百合が少し苛々《いらいら》している様子で、「ちゃんと説明してよ」

「話そうと思ってたところよ」

と、美香は言った。「あのことよ。西川勇吉」

小百合は眉をひそめて、

「そのことは、美香がもう忘れろって言ったんじゃないの」

「ええ。でも、向うから言って来たときは、別でしょ」

「向うから？」

——美香は、TVのニュースショーの途中、さとみの読んだファックスに西川の名が出て、さとみが気を失った、という話をした。

「私の所にもね」

と、淳子が、西川の名のレポートのことを話す。

「それって、どういうこと？」

「分らないわよ。それを話し合いたかったの」

と、美香は言った。「ともかく、騒がないことよ。あのとき私たちが何をしたか、知ってる人間はいないんだから」

「だけど、誰か知ってたから、そんなものが来たんでしょ」

「誰がやったのか見当はつかないわ。でも、私たちが動じないで、平然としてることが大切なの。分る？」

「分っちゃいるけどね」

と、淳子は肩をすくめた。

ドアがノックされて、オードヴルが出される。

「食べながら話しましょ」

と、美香は言った。「心配ないわ。法律的に、私たちの身がどうかなることは絶対ない」

「放っておくの？」

と、淳子が訊くと、美香は首を振って、

「そうは言ってないわ。ちゃんと調べさせる。私に任せて」

「でも、気味が悪いじゃない」

小百合は顔をしかめて、「私、ボディガードでも雇おうかしら」

「それもいいかもしれないわ。小百合は大事な体だし、先生がお金も出してくれるでしょう」

「でも四人分は無理よね」

と、淳子が言った。「貧乏人は自分で自分の身を守らなきゃ」

「そう長いことじゃないわよ」

と、美香が言った。「私、必ず見付けてみせる」

「だけど、美香――」

と、小百合は言った。「今のさとみの電話……」

「ええ。私たちが三人で集まってることをさとみは知ってたわ。――どうして分ったんだろう」

「私は何も言ってないわよ」

と、淳子は言った。

「まずいわね」

小百合がそう言ったとき、ウエイターが皿を下げに来て、

「お口に合いませんでしたか」

と、青くなった。

「――え？」

小百合はポカンとしていたが、「――ああ！　違うわ。そのことじゃないの」

と笑い出した。

この出来事で、雰囲気がほぐれた。

「私が言ったのは、四人がまとまってなくちゃ、ってことよ。昔のようにね」

と、小百合は言った。「さとみもここへ呼びましょうよ。仲間じゃないの」

「でも――」

「携帯に入ってる？　さとみの番号。――じゃ、かけてよ。私、出る」

小百合は、自分ならさとみをなだめられると思っているようだ。

美香はちょっと迷ったが、自分の携帯のメモリーで、さとみの番号を出し、かけた。

「かかったわ」

美香が渡すと、小百合は、

「――あ、もしもし。――さとみ？　小百合よ。――そう、今ランチをとってるの。いらっしゃいよ。今、どこにいるの？」

相手がどう思っているか、よりも自分の言いたいことを言って、それに向うが従って当り前だという口調。

「――何をすねてるのよ。放送は夜じゃないの。今、六本木の〈R〉にいる。――知ってるでしょ？――嘘ばっかり！　戸部誠も年中ここへ来てるんだから、知らないわけないじゃない。今、タクシーに乗れば、十分で来るじゃない。追いつけるわよ。――はっきりしなさいよ。うちの先生は、おたくの社長を子分にしてるのよ。気に入られれば、あなたにもプラスでしょ」

美香と淳子は、思わず顔を見合せた。

これが、あの小百合？――二人ともそう思っていることはよく分った。

「――ええ、じゃ、料理が出るペースを少し落とさせとくわ。急いでね。――待ってる」

小百合は通話を終えて、「すぐ来るって」

と、美香へ返す。

「じゃ、また四人仲良くね」

「そうよ。友だちは大切にしなきゃ」

小百合は声を上げて笑った。

24 闇の中の目

「五分遅れで着きます」

運転手の八田が、車を走らせながら、前田の秘書、桐山恵子へ連絡している。

小百合はホッと胸をなで下ろしていた。

途中、交通事故のせいで車は渋滞に引っかかり、前田の待っているホテルに、三十分近くは遅れると思われた。

前田も、今は滅多なことで小百合に腹を立てないが、それでも時間に遅れて行ったりすると、機嫌が悪くなる。

事故だの工事だの、という言いわけは聞かない。前田にとっては、「遅れた」という事実だけが問題なのだ。

運転手にとっては、特にクビがかかることにもなる。

八田は、小百合へ、

「少し飛ばします。足を踏んばっていて下さい」

と言うと、細いわき道へ入った。

むろん、速度制限など無視。——右へ左へ、車は車幅ぎりぎりの道をすり抜け、何回かは電柱などでボディをこすりながら、それでも近道を辿《たど》って、「五分遅れ」でホテルに着くところまでこぎつけたのだ！

「すみませんでした」

と、八田が言った。

「死ぬかと思った」

小百合はそう言って、「でも、八田さん、凄い汗」

と、笑った。

「そりゃ、クビがかかってますからね」

「大変ね、お互い」

八田はバックミラーで小百合をチラッと見て、ちょっと笑った。

今まで、前田の代りに自分を見張っている人、としか思っていなかった八田のことを、小百合は初めて身近に感じた。

車がホテルの車寄せに入る。

「お疲れさまでした」

「ご苦労さま」

と、小百合は言った。

ドアボーイが駆けて来てドアを開けてくれる。

「前田様、いらっしゃいませ」

車を降りた小百合は、広い正面のガラス扉を通って、ホテルの中へ入った。

その一瞬、一人の男が自分を見つめていることに、小百合は気付いた。

男は小百合と目が合うと、すぐに外へ出て行った。

——誰だろう?

あまりこんなホテルにふさわしくない、大分すり切れたジャンパーを着ていた。

それでも、一応きちんとひげも当り、髪も整えていたが、そうでなかったら、ホテルのガードマンに連れ出されていたかもしれない。

四十か五十か。——老け込んで見えるがもっと若いのか。

見当がつかない。

こっちを見た目つきが気になって、小百合は振り返ってみたが、もう男は夜の中へ消えていた。

「——遅くなってすみません」

と、個室のドアを開けてもらうと、小百合は深々と頭を下げた。

遅れたとき、何かまずいことがあったとき、言いわけしない。——これが、前田との付合いの中で小百合が学んだ「鉄則」である。

謝れば、前田は自分の器量の大きいところを見せようと、咎《とが》め立てしない。

言いわけすると、ひどく腹を立てるのである。

小百合は、前田に合せるすべを心得ていた。

「飲んでたところだ」

前田と桐山恵子がテーブルについていた。

「座れ。――七分の遅れだ。これぐらいは仕方ない」

「すみません」

と、もう一度詫《わ》びて、席につく。

食事が始まっても、しばらくは桐山恵子との打ち合せが続いた。

こういうときには口を出さないこと。小百合はただ黙って食べていた。

「――後はいつものやり方でいい」

「かしこまりました」

桐山恵子は、立ち上ると、「ではお先に失礼させていただきます」

小百合は初めて口を開けた。

「まだ途中なのに……」

「充分いただきました。じゃ、小百合さん」

「お疲れさまでした……」

早く出て行け！——心の中ではそう叫んでいる。

桐山恵子を恨んだところで始まらないが、小百合にとってはまるで恵子自身に服を脱がされたような屈辱感を拭えないのだ。

「気分はどうだ」

と、前田が訊《き》く。

「時々、つわりが……。でも、すぐおさまります」

「大事にしろよ」

「はい」

小百合は、少し間を置いて、「今日、大学時代の友だち四人で昼食をとりました」

「大学の？」

「田渕さんの娘さんとか」

「ああ、そうか。あのときの子たちだな」

と、前田は肯《うなず》いた。

「とっても懐しくて。話し始めると、すぐ大学時代に戻っちゃって」

と、小百合は言った。

——そうだ。桐山恵子は、小百合の妊娠についてもいい顔をしなかった。

「気を付けてと言ったじゃないの」

と、険しい表情で言ったので、小百合は、

「だって、先生が『構わない』とおっしゃったんです」

と言い返した。

妊娠の事実を、前田よりも先に桐山恵子に知られないこと。実は、小百合はそれに最も気をつかった。

先に桐山恵子に相談していたら、必ずや堕《お》ろさせられていただろう。小百合はほとんど直感で、彼女に知らせないことを決めたのだった。

考えてみれば当然だ。桐山恵子が小百合より上に立っていられるのは、小百合が「愛人」だからで、これが万一、「妻」の座にでもついたら、彼女は単なる「秘書」でしかない。

用心しなければ、と小百合は思った。

あんな女に、邪魔をさせてなるものか！

「そうだ。それで一つ――」

と、小百合が言いかけたとき、個室のドアをノックして、マネージャーが入って来た。

そして、

「失礼いたします」

と、前田のそばへ行って、何か低い声で囁《ささや》いた。

「待て」

前田は止めて、席を立つと、廊下へと出た。

——何ごとだろう？

小百合は、若い耳で、マネージャーが前田へ、

「あの男がまた……」

と言うのを聞き取っていた。

あの男というのは誰のことだろう。

話は二、三分ですんで、前田は席に戻った。

「それで、一つお願いがあるんです」

小百合は決して前田の「仕事」の話に口を出さず、知りたいという気持を押し隠していた。

「うん、何だ？」

「お友だちの黒沼さとみが——。ほら、いつかTVを見てて、私、教えてあげたでしょう？」

「ああ、あのニュース番組の子だな」

「Sテレビのアナウンサーなんですけど、先輩アナがひどい仕打をするそうなんです。ちょっと、Sテレビの社長さんへ言ってやって下さい」

「郡の所か。そうだったな」

「一緒に出ている明石百代っていうアナウンサーが、わざとさとみの探して来た資料を、『ゴミかと思った』って捨てちゃったりするんですって。多少のことは仕方ないけど、本番で困るようなことはしないでほしいって、ため息をついてたんです」

「そういう目にあって強くなるんだ」

「ええ、もちろんそれはさとみも分ってるんです。ただ、番組の進行に差し支えるようなことはしないでほしい、ってことなんです」

自分のわがままではない。友だちのため。

前田も、それは分ってくれる、と思っていた。

「分った。言っといてやろう」

前田は、コールボタンを押した。マネージャーが飛んでくる。

「Sテレビの郡社長へ電話してくれ」

「かしこまりました」

前田は、マネージャーが急いで出て行くと、

「その場ですぐやらんと、忘れちまう」

と、笑った。
二、三分でマネージャーが電話を持って来た。
「今、お出になっておいでです」

小百合は、手帳を出すと、手早く〈黒沼さとみ〉〈明石百代〉と二つの名を書いて、前田に渡した。

「――うん、明石百代というアナウンサーに言っといてくれ。――そうだ。よろしく頼む」

前田がマネージャーに電話を返す。

「先生、ありがとう」

と、小百合は言った。「私のわがままを聞いて下さって……」

「なに、お前の気持が安定していないと、お腹の子に伝わるからな」

前田の言葉とも思えない、優しさである。

これなら、桐山恵子を遠ざけることもできるかもしれない。――でも相手が相手だ。慎重に……。

小百合の「読み」は当っていた。

前田は「注意しろ」と言っただけだが、言われた郡にしてみれば、「悪い芽はつんでおくに限る」のだ。

即座にアナウンサー部の部長が呼ばれた。

——十五分後には、明石百代が「新人教育センター」の講師に就任することが決ってしまった。それは現役を退くことを意味する。

「当人には、今夜の放送がすんでから知らせろ」

と、郡は言った。

「理由を訊かれますよ」

「言う必要はない。君の判断だと言っとけ」

「分りました」

アナウンサー部の部長も、狐につままれたような顔をしていた……。


「俺は、ちょっと話していく相手がいる」

レストランを出ると、前田が言った。「マンションで待っていろ」

「はい」

「君、この子を玄関まで」

「かしこまりました」

マネージャーが先に立って、ロビーへと出る。

「大丈夫ですよ、私。車を呼んでもらうだけですから」

と、小百合は言ったが、

「いえ、ちゃんとお送りしませんと、先生が――」

小百合は、マネージャーが警戒するような目でロビーを見渡しているのに気付いた。

何かあったのだ。

普通に「見送りについて来た」というのとは、どこか違う。何があるというんだろう？

小百合は、食事中にマネージャーが前田に、「あの男がまた……」と耳打ちしていたのを思い出した。

あの言葉と関係があるのだろうか。

正面玄関へ出ると、マネージャーがボーイを呼んだ。

「前田様の車を、急いで」

と指図した。

「すぐ参ります。夜風が冷たくございませんか？」

と、マネージャーが訊く。

「いえ、大丈夫」

そのとき、ホテルから出て来た男がいる。どことなく目つきの鋭い、危険な気配を漂わせた男だった。

マネージャーと、ちょっとの間目が合ったが、何も言わずに、少し離れて立つ。

知り合いなのだろうか？――他人にしては、目の合っている時間が長過ぎる気がした。

「遅いな」

マネージャーがそっと呟く。

「――お待たせいたしました」

と、ボーイが駆けて来て、少し離れた場所に停っていた、八田の運転する車がやって来た。

「お気を付けて」

車が停ると、マネージャーがドアを開けてくれる。

「ありがとう」

小百合が会釈したときだった。

突然、玄関前のスペースに駐車していた車の陰から、男が飛び出して来た。そして、男は小百合へ向って駆けて来たのである。

「待ってくれ！」

小百合は、それがさっきこの玄関の所ですれ違った男だと気付いた。

「池内さん！」

男は小百合の名を呼んだ。小百合が立ちすくむ。

「あなたのお父さんは──」

と、男が言いかけた。

小百合は、目を疑った。──今しがたホテルから出て来た男が、あのジャンパー姿の男へと、まるで待ち構えていたかのように走り寄った。

ドン、とこもったような音がして、ジャンパーの男が胸を押えてよろけた。

撃たれたのだ！

小百合は呆然として、撃った男が拳銃を手に走り去るのを見ていた。

八田が車から出て来ると、

「大丈夫ですか！」

と、小百合に言った。

「ええ、私は──」

撃たれた男は、仰向《あおむ》けに倒れて動かなくなった。

「早く行かれて下さい！」

マネージャーが小百合を車へと押し込むように乗せてドアを閉め、八田へ、「車を出して！」

小百合は窓を下げて、

「あの人は？」

「警察が来ると面倒です。後はお任せを」

マネージャーがかぶせるように言った。

「でも――」

「早く出せ！」

と、マネージャーが運転席の窓を叩いた。

八田が車を出す。

小百合は振り返ったが、すぐに何も見えなくなった。

「――ヤクザ同士の争いか何かですよ」

と、八田は言った。「巻き添えくわなくて良かったですね」

「ええ……」

違う。あの男は「池内」という姓を知っていた。小百合に対して、何か言いたいことがあったのだ。

「あなたのお父さんは――」

と、男は言いかけた。

父のことを。――何を言おうとしたのだろう？

そして、その男を撃った男。

小百合は、もう一度ホテルの方を振り返った。

他のビルの陰に、もうホテルはすっかり隠れて見えなくなっていた……。

25　権力者

「はい、お疲れさま」

——本番が終った後の、軽い虚脱感。

それを、快いと感じるようになっていた。

さとみにとっては、それはとても凄いことなのだ。

「さとみ君」

と、戸部が声をかけて来る。

「はい」

「後でね」

「——はい」

さとみにも、その意味は分っている。

他人の目のあるところで、わざとさとみに声をかける。こうして、戸部はさとみと

「何かある」ように見せかけているのだ。

つまり、戸部はこれから本命とデートということなのである。

「私も真直ぐ帰るの、つまらないな」

と、さとみはスタッフルームへ戻りながら呟いた。

「——お疲れ」

と、スタッフの一人が、「さとみさんの携帯、鳴ってましたよ」

「はい、すみません」

本番のスタジオには絶対にこういうものは持ち込めない。生番組で、これが鳴り出したらことだ。

かかって来た番号を見て、思わず笑顔になった。このところ、お互いの予定がすれ違いで会えなかった郡周一からだ。

「——そういえば、明石さん、部長に呼ばれて行きましたよ」

と、スタッフの男の子が言った。「こんな時間に何ですかね」

さとみは、ちょっと不安になった。

明石百代が自分のことを良く思っていないのは、さとみにも分っている。

折があれば、上司へさとみの失敗を言い立てている。——でも、それがいわゆる「いじめ」だけでないことも、確かだった。

いわば戸部の気紛れで、新人のさとみが起用されたのだ。ベテランの明石百代にしてみれば、腹立たしいことだろう。

といって、さとみ自身が望んで今の席にいるわけでもなく、

「私を恨まれても困る」

というのが正直な気持だった。

明石百代が部長に呼ばれて行った……。

さとみは、それが何か自分と関係あると思えてならなかった。

でも、くよくよと考えていても仕方ない。

さとみは廊下へ出て、郡周一に電話をかけた。

「——あ、もしもし」

「やあ、もう出られる？」

と、郡周一の明るい声がした。

「出られるけど——。今、どこなの？」

周一の声に混って、笑い声が聞こえる。——それも女の子たちの。

「今、広告会社の人たちと飲んでるんだ」

と、周一が言った。「六本木にいる。ね、ちょっと来てくれないか」

さとみは少し落胆した。周一と二人になれるというわけではなさそうだ。

「でも……」

と、ためらうと、

「実はね、先方がぜひ君に会いたいって言ってるんだ」

と、周一が少し声をひそめて言った。「悪いけど、頼むよ。いいだろ?」

「いいけど……」

と、さとみは言った。「私と会うのにも時間、作ってね」

「うん、分ってる。この件が片付いたら、休めるんだ」

いつもそう言ってるくせに。

よっぽどそう言ってやりたかったが、周一に限らず、誰もが忙しい。自分のところで流しているTVドラマの恋人たちは、第一線のビジネスマン、OLでも、やけに暇で、いつも帰りには二人でどこかのバーに寄って一杯やっているというのに……。

「分ったわ。どこ?」

「ありがとう!　待ってるよ」

店は、この局がよく使うので、さとみも知っていた。

「まだこれから片付けて帰るから、三十分くらいかかるわよ」

「いいよ。少しジリジリさせるくらいがいいんだ」

「そんなつもりじゃないわ」

と、さとみは笑って言った。

ともかく、周一の顔が見られるだけでも、行く価値はある。

スタッフルームの中へ戻って、今日の資料を片付けていると、いつの間にか、戸部が立っていた。

「戸部さん！　どこへ行ってたんですか？」

「部長の所だ」

じゃ、明石百代と……。

さとみは、戸部の表情に、何かまずいことがあったのだな、と思った。

「部長が何のご用で？」

「うん、実は――」

と、戸部が言いかけたとき、明石百代が戻って来た。

「――明石君」

「放っといて！」

さとみは、百代の剣幕にびっくりした。

「なあ。どういうことか、よく訊《き》いてみるよ」

「分り切ってるじゃないの。私にあの番組を降りろってことだわ」

えっ、と思わず声が出た。

「明石さん……辞めるんですか」

と、さとみが言うと、片付けていた百代が手を止めて、

「知らなかったわ」

と笑った。「あなた、お芝居も上手だったのね」

「明石さん――」

「部長の前で泣いて見せたの？　それとも社長の前で？　あなたならやりかねないわよね」

「私、何のことだか――」

と、戸部が言った。「この子のせいじゃないよ」

「明石君、よせよ」

「じゃ、どうして私が教育センターへ行かされるの？　私、まだ三十なのよ！」

「落ちつけ。僕からも、よく訊いてみるよ」

と、戸部がなだめても、百代は聞こうとしない。

「結構！　こんな局、辞めてやる！　他の局から、いくらだって誘いは来てるのよ。誰がこんな所にいてやるもんですか」

バッグをつかむと、キッとさとみを見据えて、「せいぜいしっかりやってちょうだい。また気絶して引っくり返るといいわ」

と、叩きつけるように言って、スタッフルームを出て行った。

しばらくは誰も口をきかなかった。

戸部がため息をついて、

「明日からは彼女抜きだ。頼むぜ」

と、さとみの肩を叩いて言った。


美香は、マンションのロビーで、郵便受を覗《のぞ》いた。

ダイレクトメールが大半だが、それでも一応は見てからでないと、捨てられない。

一つの封筒が、美香の目をひいた。

——部屋へ上って、

「あなた、お風呂、入れてくれる？」

と、真也へ声をかける。

「もう入れるところさ」

真也とみちるが丸裸で顔を出す。

「風邪引くわよ！　入るなら早く入って！」

と、美香がふき出しながら言った。

「はいはい。——さあ、入るぞ！」

真也がみちるを抱き上げて、浴室へ。

みちるがお風呂好きなので、助かる。

美香は、バスタオルと着替えを先に出しておいて、それからいらない郵便物を屑《くず》カゴへ入れた。

気になった手紙の封を切る。――差出人の名がなかった。

ワープロの宛名は〈清水真也様〉となっていたが、後で見せる必要があれば、

「うっかりして気付かなかった」

と言えばすむ。

手紙は一枚。やはりワープロの文字だ。

〈清水真也様
突然のことで驚かれると思いますが、奥さんは大学生のころ、無実の人間を死へ追いやった殺人犯なのです。

お会いして、具体的なことをお話ししたいと存じます。

今週末、土曜日の午後四時、Sスクエアの広場へおいで下さい。

私の方から声をかけます。

あなたの友〉

――Sスクエアは、このマンションから車で十五分ほどのショッピング街だ。

もちろん、これを真也へ見せることはできない。

土曜日、四時。——美香は、その機会に、何としてもこの手紙の主を捕えてやろうと決心した。

しかし、どうやって？

こっちは向うの顔も知らない。向うは真也のことも見分けられるのだ。むろん、美香の顔は知っている。

——何とかうまい手を考えよう。

美香は、その手紙を封筒へ戻すと、台所の引出しの敷物の下へ入れておいた。

いずれにしても、向うが出て来てくれた。

美香は、恐怖を感じなかった。むしろ、激しい闘志をかき立てられ、久々に自分の内で燃え上るものを覚えていた……。

「おーい、出るよ！」

真也の声にハッと我に返る。

「はあい」

と、みちるを受け取りに、浴室へと駆けて行った。

「ショックだったわ」

と、さとみは言った。

「そうか。——悪かったね」

周一は、さとみの手を取って、「何も知らなかった」

「いいのよ」

さとみは微笑んで、「——私、ああいうお相手は苦手よ。却《かえ》って気を悪くされたんじゃない？」

——六本木のバーで、広告会社の重役と一緒に飲んだものの、さとみは接待の経験などない。

ただこわばった笑顔で座っていることしかできなかったのだ。

その後、周一のマンションへ寄って、しばらく一緒に過した。——ベッドにも入ったが、むしろ体を寄せ合ってじっとしていたかったのだ。

「向うだって、分ってるさ。ホステスじゃないんだ。却って初々しくていいよ」

「ものは言いようね」

と、さとみは笑った。

「泊っていくかい？」

「明日、早いの。タクシー拾って帰るわ」

と、さとみは起き上った。「先にシャワー浴びていい？」

「もちろん」

手早くシャワーを浴び、さとみは帰り仕度をした。

「私、もう行くから。あなたシャワー浴びてて」

「それじゃ寂しい。待っててくれよ」

「分ったわ」

さとみは周一にキスして笑った。「ゆっくりでいいわよ」

「五分ですます」

バスルームからシャワーの音が聞こえてくる。

さとみの携帯が鳴り出した。

「――はい」

「さとみ？　小百合よ」

「ああ、お昼はごちそうさま。楽しかったわ」

「呑気《のんき》ね。少しは心配しなさいよ」

「してるわよ」

「ところで、あの先輩アナはどうなった？」

「え？」

「どこかへ飛ばされた？」

さとみは唖然《あぜん》とした。

「じゃ——小百合が？」

「先生から、おたくの社長さんへ電話一本入れていただいたの。効果はどう？」

「明石さん……辞めるって」

「良かったじゃない。どう？　大したもんでしょ、先生の力って」

得意げな小百合の言葉に、さとみはふっと恐怖を覚えた。

「もしもし、聞いてる？」

と、小百合が言った。

「うん、聞いてるわ」

「これでいじめられることもなくなるわね」

「ありがとう」

「いいのよ。友だちじゃないの」

と、小百合は言った。「また何かあったら言って。できることがあればやってあげる」

「ええ、そのときはぜひ……」

「ね、さとみ。戸部誠と怪しいって本当なの？」

「え？——ああ、違うわ。あんなのでたらめよ」

「私にまで隠さないで」

「隠してないわ！　戸部さん、本当は別の女子アナと親しいの。私はカモフラージュ」

「何だ、そうか」

と、小百合は笑って、「今度、スタジオ見せてよ」

「ええ。――いつでも言って」

「うん！　戸部誠って、すてきよね。じゃ、また連絡するわ」

「ありがとう、小百合」

さとみは、手にした携帯電話をじっと見下ろしていた。

「――どうした？」

周一がバスローブをはおって出て来る。「電話？」

「うん。小百合から」

と、さとみは言った。「大した用じゃないの」

小百合のひと言が、明石百代をレギュラーの座から引きずり下ろしたのだ。

さとみは、小百合が昔知っていた小百合ではないということを実感した。

実力者の愛人という立場が、危ういものだということを、小百合も知らないわけがない。その思いがなおさらに、こういう形で自分の力を見せびらかすように表われるのかもしれない。

しかし、今、小百合が「力」を持っていることは確かだ。

それは、明石百代ほどのベテランもはじき飛ばしてしまう。さとみのような新人など、簡単にひねり潰《つぶ》してしまうだろう。

さとみは、小百合の友情よりも、かつては目立たなかった自分が今は一番優位に立っていることを見せつけようとする思いを感じて、苦いものを味わった。

しかし、小百合に嫌われることだけは避けなくては。——さとみはそう思った。

「帰るわね、それじゃ」

さとみは、周一にキスして、コートを手に取った。

26　疑惑

電話を取った。

「小百合です」

「少し遅れる」

と、前田が言った。

「お待ちしてます」

「うん。――何なら先に食べていろ」

もう夜の九時だ。

普通の人の時間では生活していない小百合だが、それでも昼は二時ごろ食べていた。

本当はひどくお腹が空いている。

しかし、「先に食べていろ」と言われて真に受けないくらいの知恵はあった。

「一人じゃ、おいしくないわ。待ってます」

「できるだけ早く行く」

前田は嬉しそうだった。

しかし、

「すぐ行く」

と言って、二、三時間かかってふしぎではないのだ。

どうしても我慢できなければ、ビスケットでも食べていよう。

前田が、もう電話を切るかと思ったのに、

「昨日はびっくりしたろう」

と言い出した。「レストランのマネージャーから聞いたよ」

あのジャンパー姿の男が殺された事件のことを言っているのだ。

「怖かったわ、とても」

と、小百合は言った。

「けがなくて良かった。巻き添えを食ってたら大変だ」

あのジャンパーの男は、病院へ運ばれたが、間もなく死んだとニュースで見た。

犯人は逃げてしまって、むろん捕まっていない。

「でも、TVで見ましたけど、あの殺された人、どこかの倒産した会社の社長さんだったって……」

「そうらしいな」

「どうして撃たれたんでしょうね」

「何か恨みを買ってたのさ。人間、自分の会社を守るためなら、何でもやる」

と、前田は言った。「いいか、ともかくお前は何も見なかったんだ。あんなことに係り合うと、ろくなことはない」

あの男は、小百合を知っていた。小百合に何かを話そうとして殺されたのだ。

「——小百合、聞いてるか？」

「はい」

「分ったな。お前のために言ってるんだ。今は何も余計なことを考えないで、お腹の子供だけ心配してろ、いいな」

「ええ、よく分っています」

「じゃ、後でな」

前田はそう言って電話を切った。

――何かある。

小百合には分った。いや、以前の小百合なら、何も感じなかったかもしれない。しかし、前田の愛人として過した日々の中で、小百合は人の心を読むすべを身につけていた。

身につけなければ、自分の立場を、父と母の生活を守ることができなかったのだ。

そして学んだことの一つは、前田が常に自分を中心にしか物事を見ない男だということだった。小百合に優しくするのは、自分がそうしたいとき、小百合がどう思っているかは関係ない。

小百合は、前田の「気の向いたとき」に優しくされ、そしてそのことをいつも喜ばなくてはならないのだ。

今の電話で、小百合が何も言っていないのに、前田の方から昨夜の出来事について小百合を気づかうようなことを言い出したのは、普通のことではなかった。前田はあんなことでいちいち小百合を気づかったりしない。

前田は、昨夜何が起るか、承知していたのだ。だからこそ、あんなことを言い出したのである。

あの男は言った。

「あなたのお父さんは――」

と。

父がどうしたというのか。――あの倒産した会社の社長が、なぜ殺されなければならなかったのか。

小百合はそっと自分の下腹部へ手をやった。

――ここに宿っている命。

たとえ愛などないところに生れた命でも、半分は私なのだ。

小百合は、前田の怒りを買うことなく、昨夜の事件について、もっと詳しく知る方法はないだろうか、と思った。

慎重の上にも慎重に。――小百合は、前田ととる食事を、いつでも温められるように、台所へと立って行って仕度を始めた。


「――おはよう」

と、清水真也はビルの守衛室の窓口に声をかけた。「鍵を」

「ああ、どうも」

六十過ぎの、人は好《よ》さそうだが、あまり警備の役に立ちそうにない守衛は、のんびり出て来て、「今日もご出勤ですか。ご苦労さまです」

「好きでやってるんですよ」

と、真也は言った。「オフィスの鍵を」

真也は、こういう動作ののろくなった年寄と話していると苛々して来るのだ。

守衛の方は、真也のことをよく知っている。何といっても、「大臣の娘婿」である。

「もう持って行かれましたよ」

と聞いて、真也は驚いた。

誰か出て来ている？　この土曜日の朝に。

「ありがとう」

と、真也は言ってエレベーターへ向った。

休日出勤。——週休二日のS興業で、こうして土曜日に出て来る社員が他にいるとは意外だった。

いや、意外と言えば、真也自身音楽の道を志していたころ、「土日も休まず会社へ通うサラリーマン」など、心から馬鹿にし切っていたものだ。それが今、自分がその立場になってみると、「他人以上に働いている」ということが、何とも言えない快感なのだった。

むしろ、平日は様々な雑用もあり、電話の応対にも追われて、度々仕事を中断されるのに比べ、こうして土曜日に出勤してくると、自分だけの仕事に集中できる。その満足感が大きかった。

オフィスのドアを開けると、

「おはようございます！」

と、明るい声が飛んで来た。

「杉山君か」

真也は、上着を脱いで、「誰かと思ったよ。——どうしたんだい？」

杉山あけみが机に向っていたのである。

「今日のデートの約束が流れちゃったんで」

と、あけみはいたずらっぽく言った。「アパートにいてもしょうがないし、清水さんが今日出て来て、たまった仕事を片付けるって言ってたの、思い出したんです」

「悪いな、休みなのに」

「いいえ！　私、勝手に出て来たんですもの」

と、あけみは立ち上って、「予算作りでしょ、お仕事って」

「うん」

「じゃ、私、去年までの分、まとめます。すんだ分から、予算、組んでって下さい」

「そりゃあ、助かるけど……」

「ね、やらせて下さい。私、頭悪いから、単純作業に向いてるの」

真也は笑って、

「分った。それじゃ頼むよ」

「はい、〈広告関連〉の分」

と、束ねた書類を真也の机に置く。

「これ……いつやったんだい？」

「一時間前に出て来たんです」

「ありがとう。——すぐ打ち込めると助かるよ。でも、ちゃんと早出のチェックはした？」

「いいえ。今日の分はいいんです。無料奉仕」

「そんなこと、いけないよ。休日出勤したら、ちゃんと手当をもらわなきゃ」

「いいの」

と、あけみは首を振って、「休みの日に、清水さんと二人で出てたなんて知れたら、何言われるか。今日は好きでお手伝いに来ただけ」

「そうか」

真也もその事情はよく分っている。「分ったよ。それじゃ、昼飯をおごろう、何でも君の好きなものでいいよ」

「やった！」

と、あけみはピョンと飛び上った。

その仕草が可愛くて、真也はつい笑ってしまった……。

あけみが、細かい仕事をほとんど引き受けてくれたので、大いに能率が上り、昼ごろまでには、今日やるつもりだった仕事の七割は片付いていた。

「よし、何か食べに行こう」

と、真也が上着をつかむ。

二人は、五分ほど歩いた所のパスタの店に入って、おしゃべりしながら食事をした。

真也にとって、これは新鮮な経験だったのである。浮気というわけではない、それでいて、どこか胸のときめく時間。

美人ではなくても、屈託のないあけみの笑顔はチャーミングだった。

「——あ、一時間たった！」

と、あけみは腕時計を見て、「戻って仕事しましょ！」

「今日は一時間で昼休みが終りってわけじゃないんだよ」

「だめです！　出勤したからには、お昼休みは一時間！」

「分った、分った」

と、笑いながら真也は立ち上った。

——オフィスへ戻ると、真也はトイレに寄った。

そして、席へ戻ろうとすると、

「清水さん」

あけみが、一枚のファックスを手に立っている。

「何だい？」

「今……これが」

「ファックス？　何だって？」

「あの……」

どう言っていいか分らない様子のあけみの手から、真也はそのファックスを取って読んだ。

〈清水真也様
あなたの奥さんは殺人犯です。

今日の午後四時、Sスクエアの広場へおいでになると、面白いものが見られますよ。

あなたの友〉

しばらく、あけみも真也も口をきかなかった。

「——ひどいいたずらですね」

と、あけみが腹立たしげに言った。「変な人っているんですよ」

真也は、ワープロで打たれたその文面をじっと見ていたが、

「コンビニから送ってる。――誰だか調べようがないな」

と言った。

「仕事しましょう！　ね、清水さん」

「うん……」

真也は腕時計を見た。「――午後四時か」

「そんなもの……。〈Sスクエア〉って？」

「うちの近くのショッピング街だよ。広場がある。よく、家族で出かける」

「でも……」

あけみは口ごもった。

「美香が殺人犯？――そんな馬鹿なことしないさ」

「もちろん、そうですよ！」

あけみは肯《うなず》いて、「ね、そんなもの捨てて、忘れて下さい」

真也は、しかしそのファックスを折りたたんで、ポケットへ入れた。

「清水さん……」

「四時にそこへ行けば、きっとこれを送った奴も現われるだろ。見付けて、とっちめ

「——ちょっと似てやるのさ」

と、真也は笑って見せた。「さ、四時に〈Sスクエア〉へ行こうと思うと、あと二時間はない。続きをやろう」

「はい」

あけみも笑顔を取り戻して肯いた。

しかし、二人は無口になり、何となく重苦しくたれこめてくる雲を払いのけられない様子で、仕事を続けたのだった……。

広場をうろついていて目立たないということはない。

——四時にあと七、八分。

美香は、〈Sスクエア〉の広場を見渡す場所を、大分前から探し続けていた。

しかし、現実はドラマのようにうまくはいかない。ちょうど広場を全部見渡せるような喫茶店も、透明エレベーターもなかったのである。

広場の午後四時。——平日なら、そう人出は多くない。

主婦たちの買物の時間ではあるが、広場でのんびり休んでいく人はあまりいない。急いで帰って、夕食の仕度か、それとも子供の帰りに間に合せるか。

しかし、今日は土曜日である。

父親も加わった親子連れが、買物が終っても広場のあちこちで時間を潰していた。

一体やって来るのは誰なのか？　男か女かすら分らない。

「落ちついて……」

と、自分に向って言い聞かせた。

夫、真也が出勤すると知ったときは少しホッとした。

みちるを親しい奥さんに預かってもらい、十分ほど前に広場へ着いた。

しかし、みちるも小さい。そう長い時間は預けておけなかった。

「何かあったら、いつでも携帯へかけて」

と言って来てある。

しかし、万一うまくあの手紙の差出人を見付けたとしても、そうすぐに話がすむとは思えなかった。

今日は相手が誰か、あるいはどんな人間かを見るだけで満足しなければならないだろう。

あと二分……。

広場の中央に時計塔がある。その長針はやがて真上を指そうとしていた。

美香は、広場を見渡した。――行き交う人々。

その中の一人を、どうやって見分ける？　何の目印さえないのに。

「――あ、失礼」

と、肩が触れて、男が振り向いた。

「いえ」

こんな所で突っ立っていれば、邪魔になるのは当然だ。

チラッと男の方を見る。――三十代半ばくらいか、いかにも休日のサラリーマン風に、ラフな格好だった。

その男も振り向いて、美香と目が合った。

すると――その男は明らかにハッとしたのである。そして、足早に行ってしまう。

私を知ってる！――あの男か？

美香がその男を追いかけようとしたとき、

「あら、清水さん」

振り向くと、同じマンションの主婦で、時々このショッピング街で会うことがある。

「どうも――」

「いい所で会ったわ！　ね、いい買物があるの。付合ってよ。いいでしょ？」

断られるなどとは頭から思っていない。

「あ、今日はごめんなさい」

と、美香は早口で言った。「ちょっと急ぐの」

「いいじゃない！　ほんの十分。ね？」

と、相手は美香の腕をつかんで離さない。

「本当に急ぐの。また今度――」

男の姿は、人の間に見え隠れしている。

「ごめんなさい！」

と、美香は相手の手を振り払って、駆け出した。

あの男に追いつくんだ！

美香は人ごみの間をすり抜けながら、何とか男の姿を見続けていた。

だが――目は先を行く男を追っていたので、足下を見ていなかった。

目の前を横切った主婦が引いていたショッピングカートに足を引っかけ、アッと思う間もなく転んでいたのだ。

「何よ！　気を付けてよ」

ショッピングカートを引いた主婦は、転んだ美香の方へ文句を言った。「卵が入ってるのよ、割れたらどうしてくれるの」

美香は、足の痛みをこらえて立ち上ると、

「失礼しました」

と、ムッとなる思いを抑えて言った。

そのまま、男を追い続ける。

しかし、もう男の姿はどこかへ消えてしまっていた。

諦め切れずに、更に歩き回ったが、そんな偶然は期待できない。

息を弾ませて、足を止めると、

「ね、あなた」

と、中年の主婦が声をかけて来た。「けがしてるわ」

「え？」

「膝から血が――」

言われて初めて気付いた。転んだとき、左足の膝を打って、そこから出血していた。

痛みはそう感じなかったが、血がいく筋も足を流れ落ちていて、周囲の人は目を丸くして見ていた。

「すみません、どうも……」

赤くなって、美香はあわててハンカチを出すと、流れた血を拭ったのだった……。

27　逃亡犯

「まだ寝てたの？」

入ってくるなり、桐山恵子は非難がましい口調で言った。

「ちょっと気分が……」

と、小百合は言った。「時々つわりがあるんです」

挑戦的に聞こえないように言ったつもりだったが、桐山恵子の方は不愉快そうに、

「私には分らないだろうって言いたいの？」

「そんなつもりじゃ……」

「いいわ。先生も、あなたの体のことは気にされてるから」

小百合のマンションへ桐山恵子がやって来たのは、昼少し前。小百合がいつもベッドでモゾモゾと動き出すころである。

「――今、お茶を」

と、ガウンをはおった小百合が言うと、

「いいの、すぐ事務所へ戻るから」

と、恵子は言って、「手短に言うわ。この間、あなたが出くわした事件のこと」

「ピストルで撃たれた――」

「そう。そのことでね、刑事が事務所へやって来たの」

「どうしてですか？」

と、小百合もソファにかけて、「あれは暴力団絡みとか」

「もちろん、そうなの。でもね、たまたまホテルを出ようとしてた従業員が、あなたを知っていて、あの死んだ男があなたの方へ駆け寄ろうとしてた、と言ったの」

「私の方に？」

「ええ。それを聞いて、刑事がね、あなたの話を聞きたいって言って来たのよ」

恵子は小百合の表情をじっと見つめながら、

「——どう？　何か思い当る？」

「いいえ」

小百合は何も分らないという様子で首を振った。「あのときは、突然銃声がして——」

「じゃ、何も聞いてないのね」

「ええ、何も」

「それならいいの。——午後二時ごろ、刑事がここへ来るわ。そのつもりでね」

「はい」

桐山恵子は、立ち上ると、

「じゃ、すぐ事務所へ戻るから。——先生とのことで、余計なこと言わないようにね」

「分りました」

――小百合は桐山恵子を玄関で送り出すと、ちょっと舌を出して、

「うるさい女！」

と呟いた。

しかし、わざわざ桐山恵子が前もってここへ来るというのは、普通ではない。やはり、何か小百合に知られたくないことがあるのに違いない。

むろん、小百合はそれを知りたい。でも、勝手に探ろうとして、そのことが知れたら、前田は激怒するだろう。一度でも怒らせたら、小百合の立場はたちまち崩れてしまう。

慎重に。――今はお腹の子を無事に産むことが最優先だ。

「二時だったわね……」

と呟いて、このまま起きていようと思った。

ベッドへ戻ったら、またぐっすり眠ってしまいそうだ。

洗面所で顔を洗い、タオルを使っていると、チャイムが鳴った。

誰だろう？　インタホンに出て、

「――どなたですか」

「警察の者です」

え？　ずいぶん早いじゃないの、と思ったが、文句も言えない。

「どうぞ」

と、インターロックを解除する。

仕方ない、ガウン姿のまま、あわてて鏡の前で髪だけ直した。

玄関のドアを叩く音で、

「はい、待って下さい」

と、急いで出て行く。

ドアのロックを外して、

「——お待たせしました」

と、ドアを開けると——目の前に銃口があった。

「中に入れ」

背広姿のその男は、低い声で言った。

小百合はその顔を見分けていた。——あのとき、銃で男を撃って逃げた犯人である。

「何ですか……」

青ざめた小百合は、言われるままに後ずさりして、上り口に座り込んでしまった。

「上れ」

と、男は言った。

言われるまま、居間へ入ると、男はソファにドサッと自分を投げ出すようにして座った。

「あの女の後を尾《つ》けて来たんだ。——俺のことが分るな？」

小百合は肯《うなず》いた。

「お前をどうこうしようってんじゃない。おとなしくしてりゃ大丈夫だ。いいか？」

「——分りました」

と、小百合は言った。「銃を下ろしてくれませんか」

「おとなしくしてるか」

「私、お腹に赤ちゃんがいるんです。危いことは絶対しませんから」

銃口を前に、こんなことを口にしている自分が信じられなかった。——恐怖はもちろんあるにせよ、この男への興味も、少し余裕のできた小百合の中に生れていた。

「——子供が？」

と、男は言った。「あの、前田って奴の子か」

「そうです」

「もう六十いくつだろ、あいつは」

「七十です」

「七十か……。よくそんな年寄の子を産む気になれるもんだな」

「色々事情があるんです。でも、必ずこの子は産みたいんです」

「お前一人か？」

「前田先生は夕方から九州へ行かれるんで、ここへはみえません。——二時に刑事さんが」

「誰か来る予定があるか？」

「そうです」

男は拳銃を上着の下へしまった。

「分ったよ」

「あの女が言ったのか。何か他に言ってたか？」

「何も知らないと答えるようにって、それだけ」

男はちょっと笑って、

「素直な奴だな」

と言った。

「私、それだけが取り柄ですから。美人でも何でもないし」

男は、ふしぎそうに小百合を見て、

「お前は変ってるな。もっとお高く止った女かと思った」

小百合はちょっと男を眺めていたが、

「待ってて下さい」

と、立って行くと、すぐにビニールの小さな袋を持って来た。「これ、先生が旅行に持ち歩くシェービングセット」

と、男の方へ差し出した。

「無精ひげが伸びてて、見るからに怪しげですよ。剃《そ》った方が」

「ありがとう、気になってたんだ。――洗面所を借りる」

「出て左の突き当りがバスルームです。何か食べるもの、用意しましょうか」

「そうしてくれるとありがたい。どうしても、レストランにゃ入りにくくてな」

「分りました」

――小百合は、いつ前田が急に来て、

「腹が空いた」

と言ってもいいように、前田の好物を作って冷凍してある。

電子レンジで解凍・加熱して、手早くダイニングのテーブルへ並べた。

「やあ、うまそうだ」

「レストランのシェフに習った通りに作ったんですよ。――どうぞ」

ひげを当って、男はずいぶんさっぱりした。思っていたより若い。せいぜい三十代の半ばくらいだろう。

危険な匂いはあるが、敬遠したくなるほどではなかった。

「――うまい」

しばらく夢中で食べてから、男は一息入れて言った。

「コーヒーは?」

「いただくよ」

男は肯いて、「しかし、どうしてそう親切にしてくれるんだ?」

小百合はコーヒーメーカーをセットして、

「教えてほしいんです。——あなたの殺した人、どうして狙《ねら》われてたんですか? 新聞なんかじゃ、暴力団絡みってありましたけど、そんな風に見えなかったわ」

「そうだな。そのニュースはガセネタだ。わざと誰かが流してるのさ」

「それじゃ——」

「しかし、俺もよく知らない。俺はただ、あの男を殺《や》るように言われただけだ」

「誰から?」

「それは言えないな。いずれにしても、直接話があったのはずっと上の方に、だ。俺は命令されてやっただけさ」

「あの人を殺せって?」

「お前はあいつを知ってたのか」

「いいえ、全然」

「そうか。——奴は、お前の方へ行きかけてたな」

「そう思ったわ、私も。でも何も思い当らないんです」

「何か裏がある。人間、自分の知らないところで恨まれてたりするもんさ」

と、男は言った。「——ごちそうさん、生き返ったぜ」

深々と息をついて、ニヤリと笑った。

コーヒーをいれながら、小百合は訊《き》いた。

「どうしてここへ来たんですか?」

男はちょっと皮肉っぽい目で小百合を見ると、

「それは、知らない方がいいと思うぜ」

と言った。

「どうしてですか」

「世の中、長いものには巻かれろっていうだろ。——いや、お前はその辺のことはちゃんと分ってるようだな」

小百合は同じ質問をくり返さなかった。

それは、前田を相手にして得た教訓だ。

男というものは往々にして、訊かれたくないことを訊かれると怒り出す。ましてや、二度訊かれると、必ず怒る。

「——世話になったな」

「着替えてないんじゃありませんか」

「まあ……逃亡生活だ。ぜいたくは言っちゃいられねえ」

「少し大きいかもしれないけど、男ものの服を置いてあります。着替えて行ったら?」

「それじゃどうも……」

「軽くシャワーでも浴びて下さい。さっぱりしますよ。その間に着替えて合いそうなものを出しておきます」

「風呂か……。俺は風呂が大好きなんだ」

男は、誘惑を覚えたようだった。

「時間はまだ大丈夫。十五分で出れば充分ですよ」

「そうするか」

すっかりリラックスした男は、伸びをして言った……。

——男がバスタブにお湯を張る音がしてくると、小百合は着替えを出して、寝室のベッドの上に並べた。

そして、男の食べた食器をザッと洗って水を切ると、タオルで手を拭きながら、

「もう出た方が」

と、バスルームを覗きに行った。

男の姿はない。寝室を覗くと、ベッドにバスローブ姿で引っくり返った男が高いびきで眠り込んでいる。

まるで少年のような眠りだ。

その半ば口を開けた寝顔を見ていると、小百合はつい微笑んでしまった。

チャイムが鳴るのが聞こえた。

「――どなた様ですか？」

「警察の者です」

今度は本物らしい。

「どうぞ」

インターロックを外し、小百合は玄関へ出る前に寝室のドアを閉めに行った。

「いびき、お静かにね」

と、小声で言ってドアを閉める。

そして刑事がやって来るのを、玄関で待っていた……。

28　それぞれの夜

「凄い」

と、杉山あけみは、マンションを見上げて、

「私のアパートとは天国と地獄」

「大げさだよ」

と、清水真也は笑って、「上っていくかい?」

「いいえ、まさか!」

あけみはマンションの玄関ロビーの戸口で建物を仰ぎ見て、「これで失礼します」

「そうか。――悪かったね、付合せて」

と、真也は言った。

「いいえ。私が勝手について来ちゃったんですもの」

あけみはそう言ってから、「でも清水さん……。奥様とよく話し合って下さいね。勝手に想像してるだけじゃ、悪い方へばっかり行ってしまいます。何でもないことかもしれないんですから」

「分ってる。心配かけたね」

「いいえ。――それじゃ」

「さよなら」

あけみは、マンションを後にして、振り返らなかった。

ずっと歩いてから、やっと足を止め、振り返ると、大分暮れかかった空にマンショ

ンが浮び、暖い明りが窓をいくつか輝かせている。

あの一つの中に、清水の家庭があるのだ。

もちろん、そこはあけみの手の届かない、ずっとずっと遠い所……。

いや――そう思って来た。

今日までは。

しかし、真也と二人で、真也の妻、美香が誰かの後を必死で追いかけ、転んでしまうのを見ていて、あけみの中に一つの夢が形を取って浮んで来たのだ。

――殺人犯の妻。

あのファックスの言葉の意味はよく分らないが、もしそれが本当なら……。

あけみは、あの明るい窓の中に自分がいる光景を想像して、ふっと胸を熱くするのだった……。


「――お帰りなさい」

玄関へ出て、美香は言った。

「ただいま」

真也は靴を脱ぎながら、「――どうしたんだ、膝？」

包帯を巻いた美香の膝を見る。

「何でもないの、ちょっと転んじゃったのよ、買物に出て」

「気を付けろよ」

「大したことないの。ちょっとすりむいただけ」

「ちゃんと病院へ行った？」

「消毒したから大丈夫。包帯を少し大げさに巻いちゃったの。それより、仕事ははかどった？」

「うん。——誰もいないと、静かで能率が上った」

「お昼は食べたの？」

「近くでね」

真也は、奥の部屋を覗いた。——みちるがスヤスヤと寝ている。

「疲れたのかな」

「今寝ちゃうと、夜が遅くなって困るけど、止めてもむだだし」

と言って笑うと、美香はネクタイを外している真也の背中に頬を寄せた。

「——何だい？」

「抱いて」

夫を振り向かせて、美香は思い切り抱きついて唇を重ねた。

「膝が痛くないか？」

「ぶつけなきゃ平気よ」

美香は、真也をベッドへ引張って行った。

「──夕ご飯、もう少し遅くてもいいわよね」

「うん……」

美香はベッドに仰向《あおむ》けに寝て、真也を引き寄せた。

「──電話だ」

「放っといて」

「だけど……」

「またかけてくるわよ」

しばらく鳴り続けた電話は、やがて沈黙した。

美香は夫の唇を受け止めながら、あの電話は誰からだったんだろう、と考えていた。

あの男だろうか？　それとも……。

「あなた……」

美香は不安をかき消すように、夫を激しく抱きしめた。

「手を上げろ！　動くな！」

と、刑事が叫ぶ。「動くと撃つぞ！」

すると、バタバタと足音がして、

「デカか？」

と、顔を出したのは、バスローブの前をはだけて寝呆《ねぼ》け顔の「殺し屋」。

拳銃を手にして、居間のソファに座っている小百合を見た。

「やっと目がさめたんですか？」

と、小百合が訊《き》く。

「今、刑事が――」

「あれでしょ」

小百合はＴＶでやっている刑事物を指さした。ちょうど刑事が犯人に手錠をかけるところだ。

「そうか……」

男は拍子抜けの様子で、銃口を下ろす。

小百合は苦笑して、

「あの……バスローブ、前が丸見えですけど……」

男は初めてそれに気付くと、

「すまねえ！」

と言って、あわてて戻って行った。

小百合は笑いをかみ殺して、

「変な人」

と呟いた。

しばらくすると、服を着て、男がおずおずと顔を出した。

「ごめんよ、さっきは」

「いいですよ。もう夜ですけど。どうします？」

「もう行くよ」

と、男は言った。「ただ——良かったら、コーヒー一杯もらえるか？」

「もちろん」

小百合は立ち上った。

キッチンでコーヒーを温めていると、男がやって来た。

「——何ですか？」

「いや……別に」

「お腹空いてたら、何か取りましょうか。私も食べに出るの、面倒だし」

男は笑顔になって、

「うん」

と肯《うなず》いた。

その笑顔が少年のようで、小百合は笑ってしまった。

「あなたみたいな人が殺し屋なんて。——小野寺《おのでら》さん」

「どうして俺の名を?」

「刑事さんが言ってました。本物の刑事さんがね」

「そうか……」

と、ポカンとして、「俺が寝てる間に?」

「凄いいびきかくんですもの。聞こえるんじゃないかって、気が気じゃなかったわ」

小百合はカップへコーヒーを注ぎ、「——どうぞ。何を食べます? お寿司? 丼物? ピザもあるけど」

「何でもいい。好きなものにしてくれ」

小野寺という男は、テーブルについて、コーヒーをゆっくりと飲んだ。

「じゃ、お寿司と丼物と両方ですね。それくらい食べるでしょ」

「うん」

小百合が電話をかけて、戻ってくると、

「——十五分くらいで来ます。私もコーヒー、薄くしていただこう」

小野寺は、じっと小百合を見て、

「どうして警察へ渡さなかった」

と言った。

「さあ……。別に私、あなたに恨みはないし。それに、捕まっても私のこと、共犯だなんて言わないでしょ」

「お前のことは言わない。誓うよ」

と、小野寺は胸に手を当てて言った。

「でも……」

小百合はコーヒーに牛乳を沢山入れて、「――これからずっと逃げて回るんですか？」

「仕方ねえよ。承知の上だ」

「捕まったら？」

「潔く罪を認めるよ。しかし、人に頼まれたとは言わない。個人の恨みだって言ってな」

「それで刑務所？」

「ああ。十五年か二十年か……。しかし、出て来りゃ、組織の中で出世できるんだ」

「十何年もたってりゃ、誰もあなたのこと、憶えてないんじゃありません？」

「そのときはそのときさ」

小野寺は肩をすくめて、「この世界しか知らねえんだ。よそじゃ生きていけない」

「そんなことないわ」

「どうして分る」

「私をよく見て」

「――何だ」

小野寺は面食らって、「顔に何かついてるのか？」

「私はね、何も夢なんて持ってない女子大生だった。ＯＬになっても、もちろんバリバリ仕事しようなんて思わなかった。その内、私とつり合いの取れたパッとしない男と結婚して、昼寝して太って暮すんだと思ってた」

小百合は一気に言って、「――でもね、友だちの結婚式に出たとき、前田先生が私に目をつけたの。それで、私の人生は何もかも変ってしまった」

小百合はマンションの中を見回して、

「こんな豪華なマンションに住んでいられるのも、働きもしないで遊んでいられるのも、前田先生のおかげ。それは分ってる。でも――ここで待つのは、権力はあっても七十の年寄。遊んでいられても、いつも外出先まで見張られている」

小百合は、小野寺を見て、

「他の世界じゃ生きていけない？――いけるわ。私がお手本よ。『政界の大物の愛人』で、今はその子を身ごもってる。私はこの子に懸けるの、自分の将来を」

小百合は深く息をつくと、「自分の人生を捨てないで。捨てたら、他人のいいように利用されるだけだわ」

と言った。

小野寺は、呆気《あっけ》に取られている様子で、

「お前って――凄い女だな」

「凄くなんかないわ。そういう状況に置かれて変ったのよ」

と、小百合は言い返し、「あなたも、どう考えたって利用されてるだけよ。誰があなたに人殺しを言いつけたのか知らないけど、刑事があなたのことを知ってるってことは、その誰かさんがしゃべったからでしょ。馬鹿げてるわ、そんな相手に義理立てするなんて！」

小野寺は仏頂面になって、

「何だか、俺が救いようのない馬鹿みたいじゃねえか」

と言った。

「私の意見。――気を悪くしたら、ごめんなさい」

小百合は頭を下げた。「こんな殺人犯を怒らせるようなこと言って、私も馬鹿ね。殺されるかもしれない」

「俺は、恩のある相手を殺したりしない！」

と、小野寺はムッとしたように言った。

小百合が急に笑い出した。

「——何がおかしい？」

「ヤクザ映画であるじゃないの。それも昔のヤクザ。『一宿一飯の義理』って言って、チャンバラの助太刀したりするの。あなたって、そういうのに憧れてるの？」

「憧れちゃいないが……。まあ、そんな感じかな」

小野寺が肩をすくめ、「たいてい、大して考えないで、気が付くと行動してるんだ」

「イメージが狂うわ」

「何だよ」

「もっとクールで頭の切れる殺し屋かと思ってたのに」

と、小野寺は言い返して、「お前が勝手に誤解してただけだろ」

「悪かったな」

二人は顔を見合せ、笑ってしまった。

——やがて、出前が届き、二人はダイニングで夕食をとった。

「恋人はいないの？」

と、小百合が訊いた。

「そんなもん、いない。——女はいるけど」

「そういうの、恋人っていうんじゃないの?」

「いや、ヤクザに『恋人』なんていない」

「意地っ張りね」

小百合は、〈特上にぎり〉と〈カツ丼〉を見る間に平らげる小野寺を見て、

「あなたの恋人は大変ね。大きな釜でなきゃご飯が足りなくなって殴られそう」

「女を殴ったりするか」

と、小野寺が顔をしかめた。

「ね、その人に何か伝えてあげようか? それもヤクザの沽券《こけん》に係る?」

小野寺ははしを止めて、

「どうしてそんなことしてくれるんだ」

と言った。

「だって、他にしてあげられることがないからよ。待ってるだけの女に同情してるってこともあるかな」

「そんな殊勝な女じゃねえや」

と言ったものの、「じゃあ……頼んでもいいか」

「素直じゃないのね」

と言って、小百合は微笑んだ。

29　スクープ

タクシーに乗って、

「六本木へやって」

と、明石百代は言った。

その瞬間、運転手がチラッと振り返り、

「お客さん、TVで――」

「タレントじゃないわ、アナウンサーよ、ただの」

「そうか！　見た顔だと思いましたよ」

と、運転手はニヤニヤ笑って、「六本木はどの辺です？」

「交差点を左折して」

「分りました」

タクシーが走り出すと、夜の町に少し雨が降り出した。ワイパーが間を置いて動く。

――明石百代は、少し気分が良くなった。

タクシーに乗るとき、一瞬緊張する。

自分のことに気付くだろうか？――全く気付かれないと、失望する。

いくら「タレントじゃない」と否定し、「プロのアナウンサーよ」と主張してみても、「誰もに知られて、憧れの目で見られる」のはすてきなことだった。

黒沼さとみがいくら「顔だけ」だと言ってみても、人気があり、華やかさがあることは、百代こそよく知っている。

そして、TVは「見た目」の世界なのである。

戸部と黒沼さとみに、ああして「辞めてやる！」と言ってしまったものの、他の局からの誘いなど、あるわけではなかった。

辞表をバッグに入れて歩いていたが、出す決心はつかなかった。

一度出してしまえば、むろん引込めることはできない。

そして、一度辞めてしまったら、たちまち百代の顔は忘れられ、誰も気付いてくれなくなるだろう。

それは恐ろしいことだった。

教育センターへ行って、戻れるかどうか分らなかったが、少なくともその可能性を自分からゼロにしたものかどうか……。

百代は当面、有給休暇を取っていた。

一か月くらいは充分に休める。上司もそれを咎《とが》めはしないだろう。

その間に、考えよう。

タクシーから外を見ていて、百代は自分がたぶん辞表を出さないだろう、と思っていた。

戸部やさとみがどう思うか、考えれば悔しいが、それでも、今は堪《こら》えておくときかもしれない……。

バッグの中で携帯が鳴った。

百代は急いで出た。

あの番組に出ているときは、ひっきりなしにかかって来て、「うるさい」とこぼしていたのが、今、さっぱり鳴らないと寂しくなるのである……。

「――はい、――ああ、どうも、タクシーでそちらへ……」

百代の顔に失望の色が浮かぶ。

「――分りました。――いいえ、仕方ありません。またぜひ時間を作って下さい。――ええ、分りました」

通話を切って、百代は唇をかみしめた。

つい、グチを口走りそうになる。いけない、いけない。

人目がある。用心しなくては。

しかし――どうしよう?

肝心の、会うはずだったSテレビの幹部が、

「都合が悪くなった」

と言って来たのだ。

これでは六本木の約束のレストランへ行っても仕方ない。

しかし、百代はタクシーの運転手の手前、何ごともなかったように座席に座っていた。

大方、郡社長の耳にでも入るとまずい、というので逃げたのだろう。

百代は、ともかく六本木で降りて、一人でも食事して帰ろうと思った。それが意地というものだ。

また携帯が鳴る。

何だろう？

「――はい」

と、出てみると、女の声が、

「明石百代さんですね」

と言った。

「そうですけど……」

「情報をご提供したくて、お電話しました。突然すみません」

「あなたはどなた？」

「今はちょっと……」

匿名にするのは自由だが、それはあくまで放送や掲載のとき。初めから名前を言わないのでは、でたらめと思われても仕方ない。

「お疑いなのは、ごもっともです」

相手の話し方は、むだがなく、頭の良さそうな印象である。

「でも――」

「お分り下さい、今は名前を明かせないんです。事情があって」

と、女は言った。「でも、明かせる時が来たら必ず申し上げます。話を聞いていただけませんか」

百代は少し迷った。

「――どんな話ですか？」

「人が三人死んだんです。何の罪もなかったのに。四人の女子大生が、その人たちを死へ追いやったんです」

女の口調は淡々としている。

「女子大生？」

「四人の名は、田渕美香、池内小百合、轟淳子、そして黒沼さとみ」

百代の胸が高鳴った。

「――ご記憶でしょう」

と、その女は続けて、「黒沼さとみが、ニュースの本番中に失神したこと」

「ええ」

「その事件で死んだ三人の一人は、西川勇吉といいます」

百代は思い出した。

あのとき、さとみは視聴者からのファックスを読み上げていて、突然倒れた。そのとき読んだのは、〈西川勇吉〉の名だったかもしれない。

「いかがでしょう。お会いできますか?」

「ぜひお話を伺いたいわ」

と、百代は言った。「お食事でもしながら、いかがです?」

百代は、その匿名の相手に食事さえおごる気になっていたのである。


会員制クラブのバーで、田渕弥一は娘、美香がやって来るのを待っていた。

孫のみちるが生れてからは、以前ほどちょくちょくは遊びに出られないのは当然として、今夜のように美香が会いたいと言ってくるのは珍しかった。

「いらっしゃいませ」

という声に目をやると、美香が入って来たところで、すぐ父親に気付いた。

やって来た娘を見て、ふと田渕は思った。

他の会員よりも、美香の方が、ずっと会員らしく落ちついている。

「どうした、元気か」

「うん」

「膝をどうしたんだ」

「転んだの、大したことないのよ」

と、美香はソファにかけて、「忙しかったんでしょ。ごめんなさい」

「何だ、お前らしくもない」

と、田渕は笑った。

強いカクテルを頼み、美香はそれが来るまで、みちるの話をし、写真を見せたりしていた。

カクテルを一口飲んで、

「おいしい」

と、美香は言った。「――お父さん、憶えてるでしょ、西川勇吉って」

「もちろんだ。しかし、あれはもう何もかも片付いただろう」

「それがね、誰かがあの事件を掘り起してるみたいなの」

「何だと?」

美香は、TVのニュースのとき、さとみが倒れたことを伝え、

「そのファックスに〈西川勇吉〉の名があったというんだな」

「ええ。――ともかく誰かがあの一件をむし返すつもりだわ」

「分った、当らせてみよう」

と、田渕は肯《うなず》いた。

「私の所へも手紙が来たの。――この膝の傷はそのときの」

「どういうことだ？」

「分らないから心配なの。そんな出来事で、今さら何か言われたら困るでしょ」

「よし、叩《たた》き潰《つぶ》すにしても、中途半端なのはいかん、徹底的にやろう」

と、田渕は言った。

闘うのが好きな父のことを、よく知っている美香は、その闘志に火をつけることに成功したのだ。

「お前だけの問題じゃない。俺がやらせたことだしな」

と、田渕はグラスのウイスキーを空にして、

「おい、もう一杯」

と、声をかけた。

よく通る声なので、遠くからウエイターが飛んで来た。

グラスを渡してから、田渕は考え込んで、

「しかし、誰がいる？　あのときのことを知っていた人間というと……」

「西川君の友人、知人……。でも、事実を知る立場にあった人は限られてるわ」

「うん……。よし、今、その連中がどうしてるか、当らせよう」

「慎重にね！　寝ている子を起すことになったら困るわ」

「心配するな。心得てる」

美香はホッとしていた。

自分がどんなに気を強く持って、見えない敵と闘う決心をしていても、相手の正体を知るための手足を持っていない。

父を「やる気」にさせたことで、美香は一気に有利な立場に立ったのだ。

「――忘れるな」

と、田渕は二杯目のグラスを手に、「敵はその『謎の人物』だけじゃないぞ」

「どういう意味？」

「あのときの仲間たちが、怖がって、余計なことをしゃべり出したら厄介《やっかい》だぞ」

「――まさか」

「みんながお前のように強くはない」

「ひどい言い方」

と、美香は苦笑したが、父の言葉に、新しい不安が生れていた。

父を味方につけたのはいい。小さな子供を抱えて、今の美香は自由がきかない。父は何とかしてくれるだろう。

しかし——父は「真実」を知っているわけではない。西川を死へ追いやったのは、西川が本当に娘を犯したと信じていたからだ。

だが、あの脅迫状の差出人は、西川のことを「無実の人間」と呼んでいる。単なる効果を狙ってか。それとも、西川が何もしていなかったことを知っているのか。

しかし、西川は死んでいるのだ。たとえ父が疑いを持っても、証拠立てることはできまい。

そうなれば、娘を信じる。——美香にはその確信があった。

大丈夫。三人の仲間たちが、告白する気持にでもならない限りは。

——大丈夫だろうか？

「あの後、あの事件の関係者に会ったりしたか？」

と、田渕が訊いた。

「関係者？」

「そうだ。誰でもいい。どこかでバッタリ会ったりしたか」

「いいえ」

と、美香は首を振って、「——待って」

「何か思い出したか」

「刑事さんが来てたって……」

「刑事?」

「ええ、あの事件を調べた刑事さん。確か……真野っていわなかった?」

田渕も、人の顔や名前は忘れない人間である。

「うん、憶えてる」

と、肯いて、「真野というのがいた。確か、西川の両親が死んでいるのを見付けたのがそいつじゃなかったか? その刑事と、いつ会ったって?」

「私が会ったんじゃないの。結婚式場へ来てて、小百合が会ったって言ってたわ」

「何の用で来たんだ?」

「さあ……。小百合には、ただ私の花嫁姿を見たかった、とか言ったらしいわ」

「刑事がわざわざ?」

「妙よね。でも式のときよ。何かやる気なら、こんなに待たないでしょ」

「うむ……。しかし、あいつなら、当時のことにも詳しいな。今どうしてるか、当ってみよう」

田渕はその場で加東へ電話し、真野が今どこに所属しているか、調べろと命じた。

「――お父さん」

と、美香は父の手を握って、「私たちが西川君やご両親を死なせた、と言われればそうかもしれない。でも、西川君が犯人だったのは事実なの。信じてね」

と言った。

美香は、自分の言葉に酔うことができた。自分の言っていることに、自分で感動することができた。

嘘でも、くり返し言い続ければ、自分で信じるようになるのである。

「分ってるとも」

田渕は、美香の手を軽く握り返して、「いいか。お前のことは俺が守ってやる。自分一人で闘おうと思うな。何でも俺に言え。分ったな」

「ありがとう。でも……」

「何だ?」

「私一人じゃなくて、夫と子供も守ってね」

田渕は笑って、

「当り前だ!」

と、美香の頬を軽く触れ、「心配しないで、ゆっくり眠れ」

「ありがとう」

美香は、父の頬っぺたに素早くチュッと唇をつけた。

30　密告

受話器を上げて、ボタンを押すぎりぎりまで、百代は迷っていた。

誰に連絡するべきか。

戸部へかけてもいい。番組のパートナーが、過去に無実の人間を死へ追いやっていることを知ったら、それが立証されようとされまいと、即座にあの女を切るだろう。

それとも、黒沼さとみ、本人に話してもいい。

「西川勇吉」という名前を目にしただけで失神するくらいだ。この話を突きつけたら、何でも言うことを聞くかもしれない。

それとも——。

百代は、ボタンを押した。

押した番号は、戸部でも黒沼さとみでもなく、アナウンサー部の部長だった。

自分をあの番組から外した責任者は部長だ。

単純に、百代は部長に、

「責任を取らせる」

つもりでかけたのである。

「——もしもし」

当人が出た。

「明石百代です」

「——何の用だね」

苦い口調を隠そうともしない。

「お話ししたいことがありまして」

「何だね。今、出かけるところなんだ。またの機会にしてくれないか」

逃げ出そうとしている。

部長は、むしろいつも百代をひいきにしていて、冗談抜きで、「男女の仲」になりそうな誘いまで受けたことがある。

それがこの変りよう。——百代は腹が立つより笑いたくなった。

「聞いて下さい。今のままだと、大きなスキャンダルに巻き込まれます」

「スキャンダル」という言葉が、お偉方は何より嫌いだ。

「何の話だね」

と、部長も乗って来た。

「戸部さんの枠です。黒沼さとみさんの過去が今、スキャンダルになりそうな気配なんです」

「何があったのかね」

「女子大生時代、無実の男性を自殺へ追いやっているんです。レイプされたと訴えて」

「何だと?」

「しかも、その男性の両親も自殺しています。さとみさんの証言で、三人の人間が死んでいるんです」

少し間があって、

「それは——無実だというのは確かなのか」

「間違いありません。当時のことをよく知っている友人の一人から話を聞きました。さとみさんは、四人でいつもグループを組んで遊び回っていたと。男はもちろん、マリファナなんか日常的にやっていて、大学では有名だったそうです」

「四人のグループか」

「他の三人も分っています。どこかがその中の誰かのインタビューを取れば、たちまち流れるでしょう。私は、情報源の人間に、ともかく一日は抑えておいてほしいと頼んでおきました」

さりげなく恩を着せる。

「それはまあ……厄介《やっかい》なことだな」

と、部長は言った。「その情報は誰からのものだ？」

「それは申し上げられません」

と、百代は言った。「誰にも言わないという約束で話を聞かせてくれたんですから」

「そうか……」

「手遅れにならない内に、何か手を打った方がいいと思います」

百代は、しばらく向うが黙ってしまったので、少し不安になった。

しかし、百代は経験から知っていた。黙ってしまった相手には、こっちも黙って対するに限るのだ。しゃべり出せば、それで弱味を見せることになる。

百代は待っていた。――「もしもし」さえ言わない。

長く感じたが、せいぜい一分くらいのものだろう。

「――分った」

と、部長は言った。「うまく対処するように考えよう。よく話してくれた」

「どうか、よろしく」

と、百代は言った。「あの番組を、そんなことで傷つけたくないんです」

「よく分るよ」

――百代は電話を切った。

これでいい。

あの女がどうなるか分らないが、ともかく今のままではいられない。

「見てるがいいわ」

と、百代は思わず呟いていた。


表札も出ていないアパートの古ぼけたドア。

でも、部屋番号は間違いない。

何度か確かめてから、小百合はドアを叩いた。

返事はなかったが、中で人の動く気配はしていたので、小百合は待っていた。

「誰？」

と、ドア越しに女の声。

「ちょっとお話があって」

と、小百合は言った。「小野寺さんのつかいよ」

少し間があってからドアが開いた。

「――チハルさん？」

と、小百合は髪を派手に染めた童顔の女の子へ言った。

「私だけど……小野寺って……」

「彼氏でしょ？　違うの？」

「そうだったけど……」

「今は違う？　もしかして——他の男がいるの、中に？」

「いないわ」

と、ムッとしたように、「私、あんな薄情な奴と違うの。そんなにすぐ乗り換えられないわ」

「じゃ、中へ入れて。頼まれて来たのよ」

「どうぞ」

肩をすくめて、小百合を入れる。

小さな部屋だが、意外に（？）片付いている。

「あの人……生きてるの？」

チハルというその女の子は言った。

「あなた、いくつ？」

と、小百合は訊《き》いた。「十八？」

「——十九よ、こう見えても」

と、チハルは口を尖《とが》らした。

「十九ね……。若いわね」

上って、勝手に座ると、「小野寺さんが、あなたのことを心配して、これを渡してくれって」

と、バッグを開け、封筒を取り出す。

「何、それ？」

「さあ、私は知らないわ」

チハルは、その封筒を受け取ると、封を切った。

中から一万円札が二十枚――小百合が、少し足した――出て来る。

「あなたのことが心配だったのよ」

と、小百合が言うと、

「嘘よ！」

と、チハルが叫ぶように言った。

「嘘？」

「私のこと、心配してるのなら、お金だけじゃなくて、手紙の一枚ぐらい入ってるはずだわ！」

そうなのだ。小百合も散々言ったのだが、小野寺は、

「女に手紙なんて、みっともなくって書けるか！」

と言い張ったのである。

「分るわ。でも、意地っ張りなのよ、あの人。分ってるでしょ？」

チハルはジロリと小百合をにらんで、

「あの人のこと、『あの人』なんて呼ばないで！　あなた、あの人の何なの？」

「え？　まあ……ちょっとした知り合いね。でも――」

と、あわてて付け加える。「恋人とか、そんなんじゃないの！　本当よ。信じて」

「――分ったわ」

「私は今、他の人の子を身ごもってるの。ね？　だから疑われるようなことは、決してないわ」

「まあ……。赤ちゃんを？」

チハルは急に進み出て、「ね、ちょっと触っていい？」

「え？――いいけど、まだよく分らないと思うわ」

「いいの。――お願い」

チハルは、小百合のお腹に手を当てて、じっと目を閉じていた。

小百合は、そのチハルの様子を見て、

「もしかして、あなたも？」

と言った。

「分らないの」

と、チハルはため息をついて、「ありがとう。ごめんなさい、ぶしつけなことお願いして」

「そんなこといいけど……」

「私も、あの人の子が欲しかった。でも、あの人は『ガキなんかいらねえ!』って」

「言いそうね」

と、小百合は肯《うなず》いた。

「でもね、酔って帰って来たときに、『今は絶対大丈夫』って、嘘ついて。――それから二か月来てないから、もしかしたら……」

「そう言った?」

「いいえ。だって――『俺は死んでくるからな』なんて言って、出てっちゃうんですもの。赤ちゃんのことなんか、話すどころじゃなくて」

と、涙ぐむ。「可哀そうに。もし生れて来ても、初めっから父のいない子なんだわ」

小百合は首を振って、

「男って仕方ないわね」

と言った。

「あの人は……どうしてるの?」

「人を殺して、逃げてるわ」

「殺して？」

「ニュースで見なかった？」

「怖くて見てない。もしあの人が射殺されたなんてニュースで言ってたら、私、死んじゃう！」

小百合は、ふと胸が痛んだ。

もちろん、小野寺と前田を比べても意味はないだろうが、世間的には前田の方が数等上の人間だろう。

でも、この娘の純粋な恋心を見ていると、自分のしていることは何なのか、と思ってしまうのである。

あんな「ろくでなし」を、ひたむきに恋することのできる、このチハルが、羨《うらやま》しくさえ思えたのだった。

「——何とか、小野寺さんを助けましょうよ、ね？」

と、小百合が言うと、チハルは大きな目をパチクリさせて、

「そんなこと、できるの？」

と、小百合の方へすがりつくように身をのり出して来た。

ピーッという電子音に、真也は濡《ぬ》れた髪を拭く手を止めた。

何だ？――今はどんな電気製品もああいう音を出すので、ややこしくて困る。

キョロキョロ見回して、ポットでもない、洗濯機でもない、とチェックしていると、

「何だ、ファックスか」

今は普通の家庭にもファックスが入っている。

清水家も、普通の電話と自動切り換えでファックスが受信できる。そのプリントアウトが終ると、ピーッという音がするのだった。

しかし、家に入ってくるファックスは、たいていが妻の美香宛である。同窓会だの、友だち同士の昼食会だの、主婦も結構忙しい。

美香は、先にお風呂を出たみちるを寝かしつけていた。

真也は、ファックスを手に取って――目を疑った。

一枚の写真。――ファックスされて、あまり鮮明ではないが、それでも顔は分る。

真也と、同僚の杉山あけみだ。

二人で肩を並べて歩いている。それだけのものだが、あけみが明るい表情で笑っている。

一体誰が？

その写真に添えて、一言、

〈奪った者は、いつか奪われる〉

とあった。

これはどういう意味だろう？

「ああ、一緒に寝ちゃったわ」

美香が伸びをしながらやって来る。

真也はそのファックスを手の中で握《にぎ》り潰《つぶ》した。

「なあに、それ？」

「間違いのファックスさ」

と、真也は、屑《くず》カゴへ放り込んだ。「ファックスは相手が違ってても分らないからな」

「そうね。送った方は届いたと思ってるし」

美香が欠伸《あくび》をした。

「風呂へ入って来いよ」

「ええ」

——真也はハッとした。

今のファックスは、美香宛だったのだ。

夫と若い女。

その写真に、〈奪った者は、いつか奪われる〉という一言。

一体誰が？

しかし、今の一枚は破り捨てても、同じファックスが、また送られてくるだろう。

真也は、

「待ってくれ」

と、美香へ声をかけた。


「――分るだろ？」

と、真也は言った。「ただの同僚だよ。休日出勤してくれたんで、一緒に帰った、それだけだ」

一旦、真也がクシャクシャに丸めて捨てたファックスが、しわを伸されてテーブルに置かれている。

「美香。――分ってくれるだろ？」

「もちろんよ」

美香は笑って、「こんな写真で、どうするつもりだったのかしら？」

真也はホッとした。

「妙な奴がいるよ、世の中には」

「この人、何ていう名？」

「杉山君だ。杉山あけみ」

「いくつ？　ずいぶん若いわね」

「二十……一かな、たぶん」

「真面目そうだわ。誘惑しちゃだめよ」

「よせよ」

真也は笑って言った。「――用心するよ。変な噂でも立ったら、彼女も気の毒だ」

「そうね。――このファックス、取っとけば？　この文字とか、後で何かのとき役に立つかも」

「うん」

真也はそれを眺めて、「何の意味だ？〈奪った者は、いつか奪われる〉って」

「大した意味はないのよ、きっと」

美香は立ち上って、「お風呂へ入ってくるわ」

「ああ。――こんなもの、忘れよう」

真也は、ファックスを小さくたたんだ。

美香は、浴室へ入ると、洗面台の鏡を見ながら、服を脱いだ。

自分の裸身に見入る。――子供は産んだが、まだ充分に美しい。

〈奪った者は、いつか奪われる〉

あの言葉は、自分へ向けられたものだろう。

ということは、あのファックスを送りつけて来た「誰か」は、美香が清水真也を小百合から奪ったと知っていることになる。

あの言葉が、それ以外の意味で書かれたのなら別だが。

――少しぬるくなったお湯に、熱い湯を足して、身を沈める。

真也が、あの杉山あけみという女性と浮気しているとは思えなかった。真也は、そんなことを、器用に隠しておける人ではない。でも、ある不安が、美香の心に忍び込んで来たのも事実だった。

真也の方は単なる同僚と思っていても、杉山あけみの方はそうでない。

あの写真に見える明るい笑いは、男に対して警戒心を解いている。自分の素顔を安心して見せている。

それは、真也に恋心を抱いているからだ。

女の直感で、美香はそれを確信した。

真也がそれに応えることはないだろう。――今は。

しかし、美香たちが西川勇吉を、そしてその両親まで死へ追いやったことを真也が知ったら……。

そのショックが、真也をあの杉山あけみへと近付ける可能性はある。

「今の内にやっつけなきゃ」

と、美香はひとり言を言った。

見えない敵。――でも、相手は少しずつ姿を現わしつつある。

向うが攻撃してくる前に、こっちから叩き潰してやるのだ。

たとえ――相手を殺しても。

捕まりさえしなければ、自分が平気でそうするだろうと、美香には分っていた……。

31　失業者

オフィス街。

昼休みの小さな公園は、制服姿のOLたちで一杯だ。

ベンチも、むろん「満席」なので、真野が一人で腰かけていると、

「ここ、いいですか？」

と、三人連れの若いOLたちが訊《き》いてくる。

真野は黙って肯《うなず》き、端の方へ寄った。

「すみません！」

と、三人は身を寄せ合うようにして座り、どうやら、どこかへ一緒に旅行したとき

の写真を見せ合っているらしい。

一枚ごとにキャーキャーとにぎやかな笑い声をたてている。

真野は、お弁当の残りをあてにして、野良猫がやって来るのを眺めていた。

野良猫か。――俺も似たようなものかもしれない。

こうして、昼休みに、大勢のＯＬやサラリーマンに混って座っていると、昼休みにのんびりしている勤め人に見えるかもしれない。

一応、背広にネクタイという格好はしているからだ。大分ボロでも、背広は背広である。

しかし、昼休みが終って、ほとんどの人がオフィスへと戻って行くと……。

ああ、もうじきだ。あと二分、三分。

「あ、もう戻らなきゃ！」

と、一人が言った。「午後の仕事、始まっちゃう」

「あ、本当だ」

三人は急いで立ち上り、

「――お邪魔しました」

と、真野へ声をかけていく。

「いや……」

一人、ベンチの端に座っていると、危い。急いでベンチの中央に戻った。

一時が近くなると、潮が引くように、ＯＬたちの姿がサーッと消えていく。

何人か残っているのは、決って男の方である。一時に戻っても、することがないのか、それとも、背広にネクタイは着けていても、本当は仕事もなく、時間を潰しているのか。

ともあれ、残った者同士は、何となく目を合せないようにして、ひたすら一人で座っている。

真野も例外ではなかった。

下腹に、複雑な痛みがある。――本当の痛みなのか、神経から来る痛みなのか、よく分らないのである。

ただ、立ち上って、何かやってみようと思うことがあっても、その痛む所に見えない穴でも開いているかのようで、力がスーッとこぼれ出てしまうのだ。

俺も終りか。――まだ五十にもならないというのに……。

ベンチから立ち上る気力すらない。

「――失礼ですが」

目の前に、いつの間にか背広姿の男が立っていた。

「はあ……」

「真野さんでいらっしゃいますね」

面食らって、

「真野ですが……」

「ご一緒においでいただけますか」

「どうして？」

「先生が、お話ししたいとおっしゃっておいでなので」

「先生……」

まあ、断ることもないだろう。——どうせ暇な身だ。

「分りました」

真野は、やっとの思いで立ち上った。

「では、こちらへ」

——真野は当惑した。

待っていたハイヤーに乗せられ、五分ほどのホテルへ。

「先生」が一体誰なのか、あえて訊かなかった。真野に声をかけて来た男も、助手席に座ったきり、話しかけられたくなさそうにしていたからだ。

ホテルの正面に着くと、そこから男に案内されて、フレンチ・レストランへ連れていかれた。

既に分っているとみえて、奥の個室へ通される。

「——ここで先生をお待ち下さい」

と、男は言った。「お仕事の都合で多少お待たせするかもしれません」

「はあ」

「では、私はこれで」

——結局、一人でテーブルについて、真野はため息をつくと、

「残酷だな、こんな所へ連れて来やがって……」

と呟いた。「せめて、飲み物くらい出せ」

すると、ドアがノックされ、「飲み物」が入って来た。

いや、むろんウエイターが入って来たのだが、真野の目には、その盆にのったシャンパンのグラスしか映らなかったのである。

「——すぐにご用意してよろしいですか？」

「え？」

「軽いお食事を、と申しつけられておりますので」

「あ……。そうですか。——ええ、すぐにご用意して結構です」

変な日本語になってしまった。

ナイフとフォークが五、六本も並び、すぐに前菜の皿が出て来る。

真野は、正直心配だった。

一体「先生」が誰なのか、知りもしないで、こんな接待を受けては……。

真野は笑った。

「もう刑事じゃないんだ！」

今の俺が誰におごられようが、とやかく言われる筋合はない！

真野は、その皿をアッという間に空にしてしまった。

——誰にせよ、その「先生」は、真野の胃袋の状態を良く知っていたに違いない。

「軽い」お食事は、しっかりとステーキまで出て、真野の胃袋をびっくりさせたのだった。

ワインも、白、赤、一杯ずつ。そして、デザートを食べ終え、デミタスのコーヒーをそっとすすっていると、

「——食事はどうだったかな？」

ドアが開いて入って来た人は——。

「田渕さん」

「憶えていてくれたかね」

「大蔵大臣の顔ぐらいは——」

「あのときは外務大臣だった。忘れてはいないだろう」

田渕弥一は、あのころと少しも変っていないように見えた。

「ともあれ、ごちそうになって、どうも」

と、真野は言った。

「なに。このところ、君が大分不自由していると聞いてね」

「調べたんですね」

「ああ。しかし、君が免職とは不当だね」

「決ったことです」

「それ以来、無職？」

「病気で入院しまして」

と、真野は言った。「女房は実家へ帰っちまうし、散々です」

「そうか。——まあ、人生には山も谷もあるよ」

「もう五十ですからね、すぐに」

「私は六十四だ。まだこれから、苦い思いをすると思うが、必ず立ち直ってみせる」

「政治家の先生方のパワーには、とてもかないませんよ」

「それはどうかな」

田渕は笑って、やって来たウエイターへ、「ミルクをくれ。温めて」

と、言った。

「ミルクですか」

「コーヒーは、胃に負担でね」

と、田渕は言った。「いくら我々が権力に執着していても、体の方は老いていく。一応は、これでも気をつかっているんだよ」

「胃が痛いですね」

と、真野はコーヒーを飲んで顔をしかめた。「でも、この痛さは快感です」

「君は、あのころから十歳も年齢《とし》をとったように見えるね」

「正直ですね、その言い方は」

「君に会いたかった理由は分るかね」

「いや、一向に」

「憶えているかね、西川勇吉の事件を」

真野は、コーヒーカップを持つ手を止めた。

「――もちろんです」

「西川勇吉の両親が死に、本人も自殺した。――あれはあれで、もうすんでしまったことだ」

「まあ、確かに……」

「君は、あの事件にすっきりしないものを感じてるんだろう」

「おっしゃる通りです」

と、真野は肯いた。「でも、私一人の考えでどうなるものでもない。まして、今では刑事でもないんですから」

「分っている。だから、君が適任かもしれないと思ったんだ」

「というと？」

「娘は結婚して、今は子供もいる。知っていたかね」

「結婚されたことは知っています」

「式場に君が来ていたと聞いた」

「そんなこともありましたね。今、言われるまで忘れてました」

「なぜ、わざわざそんなことをしたんだね？」

「あの日は非番でしてね。あの近くへ行く用があったんです。娘さんは――美香さん、でしたね。式の日取りや場所は知っていました。ふと思い立って、寄ってみた、それだけのことです」

真野は、懐かしそうに言って、「――そのことが何か？」

「最近、娘の所へ、西川勇吉の死について、脅迫めいた手紙が来ている」

真野は眉を寄せて、

「それはどういう……」

——田渕の話をじっと聞いていた真野は、

「すると、あのときの娘さんたちの所へ、連絡が入っているというわけですね」

「そうだ。君、何か心当りはないかね」

「いえ、全く……」

と、首を振って、「——私がやったと？」

「疑ってみた。しかし、どうやらそうではないらしい」

「今の私に、そんな余裕はありませんよ」

と、真野はコーヒーを飲み干して、「しかし、今ごろになって……。妙な話ですね」

「ええ。今どきそんなことをして、何になるのか。金を要求して来たわけでもないのでしょう」

「そう思うかね」

「それを君に調べてもらえないだろうかね」

真野が目を丸くした。

「——本気ですか？」

「もちろんだ。冗談で君に飯をおごるか」

「それはそうですが——」

「この誰かは、少なくとも西川勇吉のことを知っている。そして、事実ではないと思うが、彼の死を不当なものだと信じている」

「そうですね」

「君もそう思っているかもしれん。しかし、それとこれと、別のことと割り切っても
らえればいい」

「なるほど」

「できるかね？」

真野は、しばらく考えていたが、

「――報酬は、このランチですか？」

と訊いた。

「プラス、君が一年くらいは楽に暮せるだけのものを出す。そして、何か仕事も探そ
う」

「仕事ですか」

そのひと言は、真野の心を動かした。

「まだ、それきりで引退したくはあるまい？」

「ええ。――確かに」

「君も警察へ戻りたくはあるまい。警備会社など、どうだね」

「しかし――」

「ガードマンをやれと言っているのではないよ」

と、田渕は言った。「警備プランを立てるスタッフだ。——一応、既に話を通しておいた」

「気の早いことで」

「いい加減なことは言いたくない。請け合ったことは守る主義だ」

真野はゆっくりと肯いて、

「分りました」

と言った。「やりましょう」

「よろしい」

田渕は、上着の内ポケットから封筒を出すと、「仕度金だ」

と、テーブルに置いた。

「いただいておきます」

「新しいスーツでも買ってくれ」

「恐縮です」

と、真野は苦笑した。「では——西川勇吉の身近な人間から始めましょう。なぜ四年もたってから、という点も気になります」

「よろしく頼むよ」

田渕は腕時計を見て、「次の用があるので、失礼する」

と立ち上ると、

「忘れるところだった」

と、テーブルに携帯電話を置いた。「君のものだ。用があれば連絡する」

――真野は、一人個室に残ると、しばらく黙って座っていた。

すると、その携帯電話が鳴り出して、びっくりした。

間違いか？

しかし、鳴り続けているのを放ってもおけず、出てみると、

「――真野さん？」

その声に、聞き憶えがあった。

「君か」

「清水美香よ。父とは話がついたのね、これに出てるんですもの」

「ああ。こっちもぜいたくは言っていられない身でね」

「聞いたわ。大変ね」

「調査するのに、少し詳しい話を聞きたい。時間を取ってくれるかな」

「もちろん。何でも言って」

「あのときの子たち――他の三人の連絡先も知りたい。分るだろ？」

「ええ、分るわ」

「その三人に、僕が行くかもしれないと予《あらかじ》め話しておいてくれ」

「分ったわ。――真野さん」

「何だい？」

「やっぱり刑事さんね」

「元刑事だ」

と、真野は訂正した。

32　誤算

「やあ」

廊下へ出ると、戸部誠が待っていた。

「あら、どうしたの？」

明石百代はちょっと眉を上げ、「あなたもここへ回されたの？」

「そうじゃない」

と、戸部は笑って、「君を呼んで来いと言われてね」

「誰から？」

「社長だ」

「あら、そう。何かしら」

百代は、何くわぬ顔をしていた。

もちろん、あの黒沼さとみを巡るスキャンダルが、郡社長の耳に入ったのだろう。

「どこ?　社長室?」

今、百代が通って来ている教育センターは、局の本社から少し離れている。

「いや、この所長室だ」

と、戸部は言った。「さ、行こう」

廊下を歩いて行くと、アナウンサーの卵たちがにぎやかにすれ違っていく。

「——どうだい、先生業は?」

と、戸部が訊《き》く。

「昔の自分を思い出すわ」

「懐しい?」

「私たちのころは、あんなじゃなかったわね。——そう思ってるだけかしら」

「どうかな」

戸部は首を振って、「いつの時代も、生き残るのは大変さ」

「分ってるわ」

と、百代は肯《うなず》いた。「分ってる」

――〈所長室〉は、少し広めの応接室という造りである。

戸部がドアをノックして開けると、

「座れ」

と、郡社長が言った。

郡一人だ。――百代には少し意外だった。

「お呼びでしょうか」

百代は、ソファに浅くかけて言った。

戸部は、ドアのそばに立ったままだ。

「うん」

郡は、少しの間、百代を見ていたが、やがて内ポケットから書類らしいものを取り出して、テーブルに置いた。

「――何でしょう」

「これに署名したまえ」

と、郡は言った。

「署名といいますと……」

「君が部長へ持ち込んだ、黒沼さとみに関する愚にもつかぬ噂、一切を忘れるという誓約書だ」

百代の顔から、じわじわと血の気がひいていく。――やり方を誤ったのだ。

「社長――」

「何も言うな。黙ってそれにサインしろ。そして、黒沼さとみへ謝罪するんだ」

「お言葉ですが、私は番組のことを――」

「まず自分の身を心配しろ」

と、郡は突き放すように言った。「サインしろ。それがいやなら――」

郡は少し身をのり出すようにして、

「君は、この業界で二度と働けなくなる。どの局でも、プロダクションでも、君を雇う所はない。どこで何を言いまくろうと、活字になることはないし、電波にのることもない」

百代の体は屈辱に震えた。

「サインしないなら、この場で即刻クビだ。誰も君を守ってはくれん。サインすれば、今の通り、教育センターで働ける。その内には、もしかしたら、アナとして現場へ戻ることもあるかもしれん。――どうする？」

百代はじっと唇をかんで、テーブルの書類を見つめていたが、やがてボールペンを取り出し、書類の中を読みもせずにサインした。

「よろしい」

郡はそれをポケットへ戻し、「邪魔したな」

立ち上って所長室を出て行く。

百代は汗をかいていた。

「——どういうこと？」

「相手が悪い」

と、戸部は言った。「さとみ君のバックには、田渕弥一大蔵大臣がついている」

百代は唖然《あぜん》とした。

「どこでつながってるの？」

「さあね。田渕と社長の間は知ってるだろ？　あのさとみ君も、どこかでつながってたんだな」

「私……終りね」

百代はソファから立ち上ることもできなかった。体中の力が抜けてしまった。

「そうがっかりすることもないよ。ともかくこの局を辞めずにいれば、社長だっていずれは代る。そうなれば——」

「十年先？　それとも二十年？　私、すっかりおばあちゃんになっちゃうわ」

と、百代は言って笑った。

「元気出せよ」

「あら、私は元気よ。——だって、キャスターやってたころとは違って、ともかく早く帰れるし、ヒマなんですもの」

「何か好きなことをやれよ。カルチャースクールにでも通ってさ」

「ご忠告、承っとくわ」

「——じゃ、行くよ」

戸部が所長室を出て行く。

百代はしばらく身じろぎもせずにいたが、やがてテーブルに顔を伏せ、声を殺して泣き出した……。


地下の駐車場。

夜も大分遅くなって、人の姿はない。

そっとドアを開けると、小百合は左右を見回して、

「——いいわ。出て来て」

と、声をかけた。

小野寺がエレベーターホールから足早にやって来た。

「大丈夫。誰もいないわ」

と、小百合は言った。

小野寺はホッと息をついて、

「色々世話になったな」

「ちっとも。――楽しかったわ」

小百合は車のキーを取り出して、「こっちよ」

と促す。

駐車場の空きスペースに、レンタカーが停《と》めてあった。

「これよ。目立たない車にしたわ。あなたは不服かもしれないけど」

「ま、射殺されるよりゃいいや」

「やっとまともなことを言うようになったわね」

と、小百合は笑って言った。

キーを差し込んで、ドアを開けると――。

「待ってたわ」

と、チハルが中から顔を出した。

「おい！　びっくりさせるなよ！」

小野寺が目を丸くしている。「お前――」

「二人で一緒に逃げなさい」

と、小百合は言った。「チハルさん、妊娠してるかもしれないのよ」

「何だって？　どうして黙ってた！」

「だって、きっといやな顔すると思って……」

小百合は割って入って、

「ちょっと！　今はそんなこと言い合ってる場合じゃないでしょ。早く行って！」

「ありがとう」

チハルは、小百合の手を固く握った。

小百合は、二人の車が駐車場から出て行くのを見送って、フッと息をついた。

——これで、またいつもの日々が戻って来た。

小百合は、あんな妙な男でも、ともかく自分が救ってやれる誰かがいたことが、楽しかったのである。

あの二人がどうなるか、それは小百合にも分らない。うまく逃げ切って、どこか遠い小さな町で、新しい生活を始めるか。

それともどこかで見付かって、命を落とすか……。

そこまでは小百合にもどうしようもないことだった。

自分の部屋へ戻った小百合は、バスルームへ行って、バスタブにお湯を入れた。

今夜は、前田が来るかもしれない。その前に部屋を片付けておこう。

居間へ入った小百合は凍りついたように立ちすくんだ。

ソファに座っていたのは、桐山恵子だったのだ。

「何を驚いてるの？」

と、恵子は言った。

「だって、突然……」

「ここは先生のマンションなのよ。私は自由に出入りするわ」

恵子は、威丈高に言った。小百合もさすがにムッとした。

「私にもプライバシーってものがあると思いますけど」

と言い返すと、

「あら、それはごめんなさい。男を引張り込んでたってプライバシー？」

小百合は一瞬、恵子が小野寺のことを知っていたのかと思った。しかし、恵子が、

「先生がどう思われるかしらね。私は、あなたの気持、分らないわけじゃないけど」

と、意味ありげに付け加えたので、ただの「男」としか思っていないのだと分ってホッとした。

「男なんて――」

「屑カゴに、カミソリが捨ててあっても？　あなたにひげでも生えてれば納得してあげるわ」

小百合は、恵子が屑カゴの中までかき回しているところを想像して、苦笑した。

「男といっても、昔の友だちです。何人か呼んで、おしゃべりしただけです」

「先生にそう言ってみるのね」

と、恵子は言った。

玄関のドアがノックされる。

「先生だわ、きっと」

恵子は立ち上った。

違う。――前田ではない。

小百合はそう思っていた。

恵子はさっさと玄関へ出て、ドアを開けた。

小百合は、声がしないので、居間を出た。

玄関の上り口に、恵子が座り込んでいる。そして、ドアを後ろ手に閉めて立っていたのは、小野寺だったのだ。

拳銃を手にしている。

「――どうしたの」

と、小百合は言った。「行ったんじゃないの」

「忘れ物して戻った」

と、小野寺は言った。

「でも――」

「聞かれちゃまずかったんだろ？　ここで聞いてたよ」

「だからって――」

と言いかけて、小百合は目を疑った。

上り口に腰かけている恵子の背中にじわじわと赤いしみが広がっていく。

「あなた――撃ったの？」

「顔を合せちゃったからな」

小野寺は拳銃をしまうと、「心配するな。ちゃんと片付ける」

と言った。

恵子は、座ったまま動かない。

小野寺は、一旦上って奥へ入って行くと、すぐ戻って来た。タオルを持っている。

「血の跡が残らないようにする」

タオルを傷口の所へ当てて、小野寺は恵子の腕の一方を自分の首に絡ませて、力を込めてその体を持ち上げた。

「大丈夫なの？」

「心配いらない。あんたにゃ関係ない」

ドアを開けてやると、小野寺は外へ出て、「ここで別れよう」

「気を付けて」

「これで少しは恩返しができたかい？」

「――ええ、充分に」

「良かった」

小野寺はニヤリと笑って、「この女の持物を片付けときなよ」

「分ったわ」

「それじゃ」

――小百合はドアを閉めて、胸に手を当てた。

桐山恵子がいなくなった！

それは、小百合にとって大きな意味があった。

むろん、単なる行方不明としても、理由がない。前田も首をかしげるだろう。

しかし、現実にいなくなったものは仕方ない。

「そうだ」

小百合は居間へ入ると、恵子のバッグをつかんで、ともかく一旦戸棚の奥へとしまい込んだ。

他には？――念のため、他の部屋も見て回ったが、何も見当らない。

ホッと息をついているとき、玄関のチャイムが鳴った。

その鳴らし方で、前田だと思った。

小百合は、いつもと変らぬ笑顔でドアを開けた。

「来て下さると思ってました」

そう言って、小百合は前田に抱きついた。

33 良心

真野は、警察署の入口を入ろうとして、ためらった。

妙なものだ。——ほんのわずかではあるが、刑事という立場を離れている。それだけで、ここは既に「よそ」なのである。

といっても、ここは真野が勤務していた所ではない。

「失礼」

と、受付で声をかける。「山科署長にお目にかかりたいんですが」

「は？」

若い巡査はポカンとして、「署長——ですか？」

「山科署長です」

「あの……。どちら様で」

「真野といいます。以前、部下だった。そう伝えて下さい」

「——お待ち下さい」

わざわざ立って、奥へ入って行く。

何だか反応が妙だとは感じていた。しかし、自分がそう有名なわけもない。

そうさ。今じゃ、刑事のスキャンダルなんて山ほどある。誰も憶えちゃいられない。

「おい、急げ！」

バタバタと駆け出して行く二人。——大方捜していた犯人がどこかに現われたという連絡でも入ったのか。

「頑張れよ」

と、真野は呟いた。

「——おい、真野か？」

振り向くと、記憶の中より大分太った、かつての同僚がやって来る。

「やあ、久しぶりだ」

と、握手をして、「今、ここか」

「うん。今聞いたけど——山科さんに？」

「ここへ来たんじゃなかったか？」

「ああ、来たよ。だけど——今はいない」

「じゃ、どこに?」

「こっちへ来い」

と、真野を促す。

ロビーの椅子にかけると、

「山科さんのことは秘密にされてる」

「——何かあったのか」

相手は少し迷って、

「極秘だぞ」

「分った。約束する。しゃべらないよ」

「ま、お前だからな……。山科さんは、四年前のある日突然、おかしくなった」

「おかしく?」

「何日か前からノイローゼ気味だった。会議に出てもぼんやりしてて、何も聞いてないって様子でな」

「それで?」

「その日、朝から署長室にこもって、鍵をかけて一歩も出て来ないんだ。心配になって、合鍵でドアを開け、数人が中へ入ると——突然、山科さんが発砲した」

「何だって?」

「一人が重傷、二人が軽傷。——そして当人はこめかみに銃口を当てて、引金を引いた」

真野は青ざめた。

「亡くなったのか」

「いや、銃口が真直ぐ当てられていなかったらしい。弾丸は骨を削って、もちろん重傷だが、命は取り留めた」

「どうしてそんな……」

「見当がつかない。山科さんは廃人同様だよ」

「そうか……」

「署長が署内で発砲して四人負傷じゃ、あまりにひどい。——事故ってことにしてあるんだ」

「それで〈極秘〉か」

「頼むよ。黙っててくれ」

その口調から、その事件がいかに大きなショックだったたか、容易に察しがついた。

「分ってる。俺だって、そんな話、世間の噂話のネタにしたくない」

と、真野は言った。

るという。

それは本音だ。――しかし、同時に考えていた。田渕弥一の話では、最近になって、美香を初め、あの出来事に関与した人たちの所へ、様々な形でのいやがらせが来ている

あのとき、西川勇吉を犯罪者に仕立て上げたのは美香たちだが、真相が明らかになることを妨げたのは、西川の両親の死と、それを知った西川自身の死だった。

そこには、署長だった山科も絡んでいた、と真野は信じていた。

その時期に、山科が自殺未遂。――偶然だろうか？

「しかし、真野。お前、何の用で山科さんに会いに来たんだ？」

そう訊《き》かれて、真野は一瞬詰ったが、

「――なに、就職の相談にのってくれないかと思ってさ」

そのセリフは、不景気の昨今、説得力があった。

「なるほどな。しかし、山科さんは役にゃ立てないよ」

「分った。他を当るよ」

と、立ち上って、真野は、「しかし――あれだけ世話になって、放っとくのも気が咎《とが》めるな」

「どうするっていうんだ？」

「今、山科さんはどこにいるんだ？」

「よく知らない。入院してるか、それとも家族が自宅でみてるのか……」

「教えてくれないか。俺も、辞めるときのドタバタで、世話になった礼一つ言ってなかった。たとえ何も分らなくても、一目会っておきたい。——な、調べてみてくれないか」

「分ったよ。じゃ、分り次第連絡する」

「すまん」

真野は、かつての同僚の手を握り、「会えて良かった」

「しっかりやれよ」

——真野は外へ出ると、何となくホッとしている自分に気付いた。

それは意外なことだった。

ついこの間まで「身内」のはずだった場所が、今は一種の「息苦しさ」を与えるものになってしまっている。

かつて刑事だったころには、一般の人が警察というものに、一種敬遠するような気持を持っているのを苛立たしく思っていた。

だが、自分が一人の「民間人」となってみると、警察は容易に入ることを許さない、砦《とりで》のように思える。

「——仕事だ」

と、真野は呟いた。

今は、金になることをやらなくてはならないのだ。

真野は、信号が点滅し始めた横断歩道を、大股で強引に渡り切ったのだった……。


「誰か人をやったのか」

苛々とした前田の声が聞こえてくる。

小百合は、バスルームでシャワーを浴びると、ていねいに体を拭ってからバスローブをはおって出て来た。

「——何か分ったら、連絡しろ」

ベッドに腰かけて電話していた前田は、受話器を戻して、「言われんと何もしない。今の若い奴らは！」

と、腹立たしげに言った。

「私、朝食の仕度をしました」

と、小百合が言うと、

「——何だと？」

「言われないと何もしない、『若い奴』の一人ですけど、私も」

前田はちょっと笑って、

「お前のことを言ってるんじゃない」

と、手を伸して、小百合の腰を抱いて引き寄せた。

「何かご心配なことが？」

「桐山恵子がどこかへ消えてしまった。捜しても、どこにもおらんのだ」

「まあ。——いつから？」

「ゆうべ、俺の携帯へ連絡をよこせと言っておいたのに、連絡して来なかった。こんなことはまずない」

「心配ですね」

「俺が来る前に、電話でもなかったか？」

「いいえ。あれば必ず先生に伝えています」

「そうだな。——すまん。お前に言っても仕方のないことだった」

前田は立ち上って、「朝飯を食おう」

「ええ……」

小百合は情熱を込めて前田にキスすると、

「——私が一番幸せなときって、分る？」

と、訊いた。

「俺の腕の中にいるときだ」

「それは二番目」

「ほう、そうか？」

「一番は、泊って下さった翌朝、一緒に朝ご飯を食べるとき」

「そんなもんか」

「そうなんですよ。女心はね」

前田は笑って、

「可愛い奴だ」

と、バスローブの胸もとを開き、唇をつけた。

小百合はため息を洩《も》らした。

「その内、赤ちゃんが独り占めするようになります」

「せいぜいそれまで味わっておこう」

前田はそう言って、小百合の額にキスすると、「すぐ行く。先に食べていろ」

「待ってます」

小百合は、ダイニングのテーブルに、朝食の仕度をして、忘れているものはないかと見渡した。

――どんどん「名優」になっていく。

前田に抱かれ、その子を身ごもって、それが自分の心から望んだことだと――本当に前田を愛していて、幸せなのだと……。

それはいつしか演技を通り越し、自分への暗示となって、「真実の愛」のようにさえ思えてくるのだ。

実際に、この子が生れ出たら――それはそれで、きっと心から感動するのだろう。

「――何だ、先に食べろと言ったのに」

「ご一緒に食べたいんですもの」

小百合は、自分が、ほんのわずかの間に、前田のような「大物」を喜ばせるすべを身につけていることに驚いた。――私に、こんなことができるなんて！

ガウンを着た前田は、自分の携帯をテーブルに置いた。

「恵子からかかってくるかもしれん」

「何でもなければいいですね」

小百合はコーヒーを注いだ。

ふと、危険な「いたずら心」が頭をもたげた。

「彼氏とどこかに行ってらっしゃるのかも」

その言葉に、前田は呆気《あっけ》に取られて、

「彼氏だと？」

「あ、ごめんなさい！　何でもないんです」

と、早口に言って、「何か他に——」

「恵子に男がいるのか?」

「あの……」

「何か知ってたら、言ってくれ」

「知ってるってほどのことじゃ……。ただ、……たまにここへみえると、女同士で気楽だったんだと思いますけど、彼のことでグチを……」

「どんな男だ」

「そこまでは知りません。ただ、いつもこづかいをせびられるとおっしゃってたんで、たぶん年下の——」

「あいつが! 知らなかった」

前田が息をつく。

「先生。——お願い、私から聞いたなんて言わないで。もし分ったら、私、恵子さんに殺されちゃう」

自分でもびっくりするほど、真に迫った口調。

「分った、分った。——黙ってるよ」

前田は愉快そうに、「それにしても、よく時間があったもんだ」

「それを言うなら、先生の方が」

「全くだ」

と、前田が笑った。

前田の携帯が鳴った。

「噂をすれば、かな」

まさか。――まさか本当に桐山恵子から？

「――ああ、俺だ。――田渕か。どうした」

小百合は、そっと息をついた。

手短に話を終えると、前田は、

「かけてみるか」

と、携帯のボタンを押した。「その年下の男とベッドにでもいるんだったら、許さん」

小百合はちょっと笑った。

そして……。

「――出ないな」

ルルル。――ルルル。

ピピピ。――ピピピ。

どこかで電話が鳴ってるわ。

小百合はコーヒーを飲もうとして――手が止った。

桐山恵子のバッグ！　戸棚の奥へしまったバッグの中で、携帯が鳴っている！

「――何をしてるんだ」

と、前田は首を振った。

鳴り続けている。前田は気付いていなかった。

小百合は立ち上ると、寝室へ入って行った。

戸棚を開ければ、もっと大きく聞こえるだろう。

小百合は毛布をはがして丸めると、着信音の合間に、素早く戸棚を開け、毛布をバッグへかぶせ、また戸を閉めた。

小さくなった。でも、鳴っている。

前田が気付いたら？　どうしよう？

テーブルに戻ると、前田は諦めて携帯を置いたところだった。

「ま、苛々してても仕方ない」

「――そうですね」

「どうした？　気分でも悪いか」

「少し……。つわりです、きっと。たまに軽く……」

「横になってていいぞ。俺は勝手に出る」

「いえ、大丈夫です」

大丈夫。——大丈夫だ。

全身から、汗がジワリとにじみ出た。

——桐山恵子の死体は、どうなったのだろう？

34　敵味方

「轟先生ですか？」

と、事務室の窓口の子が言った。

「うん。ちょっと会いたいんだが」

と、真野は言った。

事務室の中で、コピーを取っていた女性が振り返ると、

「私にご用ですか？」

「え？」

「轟淳子ですけど、私」

真野は、ちょっとの間ポカンとして、

「——ああ！　そういえば」

「どなた？」

「真野という名を憶えてないかな」

轟淳子の目が、ちょっと見開かれる。

「——分りました。コピーを取ってしまうまで待ってて下さい」

「じゃ、そこのロビーで」

真野は、学生たちが足早に次の授業の教室へと移動する流れから外れて、立っていた。

女の子たちが、甲高い笑い声を上げながら通り過ぎていくのを、まぶしいような思いで眺める。

その流れを横切って、轟淳子がやって来た。

「——お待たせして。刑事さん」

「元刑事だ。聞いてない？」

「誰から？」

「田渕美香——いや、清水美香か」

「美香があなたに……」

「頼まれたんだ。西川勇吉のことでね」

「あなたが？」

淳子はちょっと笑った。

「忙しいかな？」

「次の時間は空いてるわ。コーヒーでも」

「付合うよ」

「こっちへ」

大学の中を歩いて行くと、学生が、

「先生、おはよう」

と、声をかける。

「おはよう」

と返す淳子は、二十五という年齢より、大分落ちついて見えた。

――学食の中はガランとしていた。昼休みには早い。

「セルフサービスなの」

「懐しいね」

と、真野が言って、「僕が運ぼう」

「ありがとう。私、朝食べてないから、パンでも口にしとくわ。お昼までもたない」

二人は、奥まったテーブルに落ちついて、菓子パンを袋から出して食べた。

「学生の気分だ」

「――西川君のこと、今でも忘れないわ」

と、淳子は言った。「でも、今はこの生活を守らなくちゃね」

「分るよ」

誰もが、今を生きていくので手一杯だ。

二人は、「大人同士」として向き合っていた。


「――聞いてるわ」

と、轟淳子は肯《うなず》いて、「でも、あなたが来るとは知らなかった」

「そうか。一応、君たち仲間内には知らせておいてくれと言ったんだがな」

真野はコーヒーをゆっくりと飲んで、「これはうまいな。大学の学食で、こんなコーヒーを飲ませるのか」

「今の学生たちは味にうるさいの。ずっとおいしいものを食べて育って来たのよ」

「君だってそうだろう」

「よして。私は美香や小百合と違うわ」

「しかし、あの当時は――」

「ええ。でも、私が美香たちのグループにいたのは、親への反抗心もあってのことなの。もともと、ああいう人たちは好きじゃない。こうして『大学』って塀の中で守られてるとホッとする。そういうタイプなの」

　それは嘘ではないだろう、と真野は思った。四年前の時点で見抜いていた、などと言うつもりはないが、今、こうして大学の空気の中にごく自然に溶け込んでいる轟淳子を思うと納得させられる。

「でも、大学生たちの味覚の発達が、コンビニのお弁当やファーストフードの店の味を向上させて来たのよ。学生たちを満足させなきゃ、やっていけない時代なの」

「刑事もその恩恵にあずかってるよ。張り込み中でも、熱くて、味も悪くない弁当が食える。こいつは大したもんだ」

「学生は刑事さんたちのことまで考えてなかったと思うわ」

　と、淳子は笑って言った。「――美香は忙しいわ。子育てがあるし。私、昨日までちょっと旅行に出ていて、留守にしてたから、向うは連絡してたのかもしれない」

「まあいい。――今、清水美香をおびやかす人間の心当りはあるかね」

「さあ……。だって、彼女の父親は大臣だし、それに西川君のことを今からつついても、当人が亡くなってるんじゃ……」

「確かにそうだ」

「じゃ、何が目的で?――父親の失脚?」

　正直、真野は聞いてハッとした。

そこまでは考えていなかったのだ。

娘が無実の人間を自殺へ追いやり、しかもレイプ犯の汚名を着せたままにしていたと分れば、たとえ法的には立証できなくても、田渕は道義的責任を取らされるかもしれない。

その可能性はある、と思った。

「僕は田渕大臣に雇われている。――むろん、あの事件について、真実を君らの口から聞きたいとは思ってるが――」

「それはできないわ」

と、淳子は首を振った。「いくら今は仲間じゃないといっても、友だち同士よ。裏切れないわ」

「そうだろうな。僕も、あくまで『あのとき何があったのか』じゃなく、『今、清水美香をおどしているのが誰か』を調べるのが仕事だ」

「さすがは刑事さん。厳密ね」

「元刑事だ」

と、念を押す。

「でも、美香が家庭を持って、夫と子供との暮しを守るために必死になるなんて……。人間、分らないものだわ」

「その点じゃ、池内小百合君だって、思ってもみない人生になったろう」

「本当ね！　小百合こそ……。彼女もしたたかになったわ。前田哲三の子を身ごもって、今は隠然たる力を持ってるわ」

「黒沼さとみ君は、時々ＴＶで見るよ」

「結局、私が一番パッとしない？　いやだわ！」

　と、淳子が笑った。「私の手もとにも、西川君名のレポートが来たってこと、聞いた？」

「何だって？　それは知らない。教えてくれ」

　と、真野が身をのり出した。

「美香がここへ私を訪ねて来たの。そのとき――」

　と、淳子が言いかけたとき、学生食堂の中にアナウンスが流れた。

「――お呼び出しを申し上げます。三年生の西川勇吉さん。西川勇吉さん。いらっしゃいましたら、事務室までおいで下さい」

　真野と淳子は無言で顔を見合せ、しばし席を立つこともできなかった……。

「――ああ、先生。西川君って学生、まだ来ませんけど」

　と、事務室の女の子が、淳子の姿を見て言った。

「待ってよ。——私が頼んだって？」

「え？　だって、先生、さっきお電話で……」

「私じゃないわ！　私、頼まないわよ」

「あら、そうですか？　変だな。しゃべり方とか声とか、てっきり轟先生だと思ってました」

聞いていて、真野は笑った。

「こいつは上出来だな」

「笑いごとじゃありませんよ」

と、淳子はむくれている。「でも、わざわざあなたが来ていると知っていて、やったみたいじゃありませんか」

「どうやらね」

真野は肯いて、「その電話は内線だった？」

「さあ……。そこまでは分りません」

と、事務室の女の子は当惑顔。「何かあったんですか？　この西川君って——」

「幽霊なのよ。もし本当に来たら」

淳子はそう言って首を振った。

「はあ？」

事務室の子は、ますますわけの分らない話の成り行きに、呆気に取られているばかりだった。

「——轟先生」

と、小走りにやって来たのは、スーツ姿が何となく合っていない娘で、「すみません、講義のことで、ちょっとご相談にのっていただきたいことが……」

「百合香さん。同い年よ、私たち。『先生』はよして」

「だって、何といったって、先生としては先輩ですし……。こちらは？」

と、真野の方を見て、「——ごめんなさい！　つい、余計なことを訊《き》いてしまって！」

と、急いで付け加える。

「なあに、赤くなって？　百合香さん——この人が私の恋人だとでも？」

「いえいえ、そんな」

と、首を振って、「たとえそうでも、私の口出しすることじゃないです。それはあ——多少、年齢《とし》くってるかな、って思いますけど」

それを聞いて、淳子はふき出しそうになった。馬場百合香を紹介して、

「こちらはね、元刑事さん。私の旧悪を調べにみえたのよ」

「はあ……。先生、子供のころ、万引きでもしたんですか」

「そんなことで、いちいち刑事さんがみえる？　それより、相談って？」

「――あ、そうだ！」

と、馬場百合香は声を上げて、「大変なんです。レポート出さない学生が三分の一もいて。私も学生のころ、出さないことなんて年中だったけど」

聞いていて、真野は笑ってしまった。

「いや、失礼。人間、誰でも相手の立場になってみないと分らないものだ」

「同感です！」

と、馬場百合香が実感を込めて言った……。

35　空の椅子

「お疲れさまでした」

かつて、深夜に聞いて、快い充実感を与えてくれた同じ言葉が、今の明石百代にとって、何と皮肉に響くことか。

ちっとも疲れてやしないわよ。

百代は、そう言い返しそうになるのを、必死でこらえた。

新米のアナウンサーの卵を相手に、アナウンサーの仕事のイロハを教えるぐらい、何の造作《ぞうさ》もないことだ。

午後四時半。——まだ外は明るい。

こんな時間に帰って何をしよう？

しかし、今の局の中に、百代が時間を潰す場所はなかった。

玄関前のロビー。そこへ出て、百代はしばしば足を止めていた。

出勤して来れば、ロビーではたいてい百代に用のあるスタッフが一人や二人、待ち構えていて、百代は、

「せめてコーヒーの一杯ぐらい飲ませてよ！」

と文句を言った。

だが——今はいない。百代に用のある人間など、誰もいない。

玄関の自動扉が開いて、顔見知りの男性が入って来た。局の子会社の専務で、四十代の半ば。百代と気が合って、よく飲みに行ったものだ。

百代は、ホッと救われたような気になって、

「——こんにちは」

と、近寄って行った。

「やあ、どうしてる？」

と、少しも変らない笑顔を見せて、握手すると、「少し太ったかな？」

「何しろヒマでね」

と、百代は言った。「一度、飲みましょうよ」

「いいね。夜は空いてることが多いの？」

「毎日よ。そちらに合せるわ。誘って」

「君がそんなことを言うとはね」

「今は辛抱の時よ」

当然、百代がなぜ番組を外されたか、耳に入っているはずだ。

「そうだね。まあ、その内――」

と言いかけた男の視線が、百代の肩越しに誰かを見付けた。

そして、サッと百代の前から姿を消すと、

「社長！　おはようございます！」

社長の郡がやって来たのだ。

百代は胸に刺すような痛みを覚えた。

「おお、君か。――明石君と何の話だ？」

郡の冷ややかな目が百代を見る。

「いえ、ちょっと挨拶をしてただけですよ」

「それならいいがな」

「ええ、もちろん」

と、わざわざ百代の方へ背を向けて、ペコペコ頭を下げている。

百代は、他の誰でもない、この男が自分に背を向けたことにショックを受けていた。

そして、郡が全く百代を無視して通り過ぎて行くと、相手の男は、もう百代とは係り合いたくないという気持をあからさまに見せて、一度も振り返らずに行ってしまった。

「何よ」

と、百代は言った。「――何よ」

誰も聞いていない。誰も百代のことなど見ていない。

受付の子が、チラッと目を上げて百代を見たが、表情一つ変えなかった。もう、百代は『過去の人』なのだ。

何だか雲の上でも歩いているような足どりで、百代は玄関を出ると、タクシー乗場へと足を向けて、ふと気が付いた。

バッグから財布を取り出し、中を覗くと、タクシーチケットが切れている。

仕方なく、一旦中へ戻って、庶務へ足を運んだ。以前なら、こんなことも若い子に言って取りに行かせたものだ。

「今日は」

顔見知りの男の子がいたので、声をかけた。

彼が新人のとき、イベントで一緒に働いたことがある。

「あ、明石さん。久しぶりですね」

「元気？」

「ええ、おかげさまで」

「私のおかげじゃないでしょ」

と、百代は笑って言った。「そういえば、彼女とは？」

経理の子と付合っていて、百代は何度か彼の嘆きやグチの聞き手をつとめてやったものだ。

「来年結婚することになりました」

「あら、おめでとう」

「明石さんも出席して下さいね」

「できればね」

いざ、そのときになれば、招待してもらえないだろう、と思ったが、今そんなことを言っても仕方ない。

「——ね、タクシーチケットが切れちゃったの」

「はい、待ってて下さい。すぐ」

と、席へ戻って行く。

百代は、壁にズラリと貼られた新番組のポスターを眺めていた。

「──明石さん」

「ありがとう」

「あの──」

と、口ごもって、「実は……課長が……」

百代にはすぐにピンと来た。

「私には出すなって？」

「今、うるさくなってるんです。でも、明石さんには出していいと思うんですけど……」

「いいのよ。ありがとう」

と、百代は急いで言った。「ごめんなさい、手間取らせて」

「いいえ……」

百代は、小走りに庶務を出た。

顔が熱い。──やり切れない怒りと屈辱感が込み上げて、百代を圧倒した。

玄関ロビーの少し手前に来て、足を止める。

玄関から出て、タクシー乗場へ向わず、地下鉄の駅へと歩いて行く？──むろん、そんなことは易しい。

しかし、今出勤してくるスタッフと出会うかもしれない。どうして百代がタクシーを使わないのかと思うだろう。そして、容易に察しはつく。

自分の金で乗ればいい。——そうなのだ。

しかし、チケットでタクシーを自由に乗り回せるという快感が、「花形アナ」のプライドを満足させてくれていたのも、また事実である。

どうしよう。——どうしよう。

毎日、自費で払って乗るか。却《かえ》って、そんなことをすれば噂になるだろうか。

迷って立っている百代に、

「明石さん！」

と、呼ぶ声がした。

振り向くと、さっきの庶務の子が追って来たのだった。

「——どうしたの？」

「これ、どうぞ」

と、タクシーチケットの束を差し出す。

「これ……どうしたの？」

「出して来ました」

「でも、あなたがまずいことになるわよ」

「大丈夫ですよ。散々お世話になったんですから、これぐらいのこと」

と、タクシーチケットを百代の手に握らせて、「それじゃ」

止める間もない。

百代は、しばらくの間、その場から動けなかった。――彼の気持は嬉しい。しかし、事の本質は少しも変らなかった。

百代は、向きを変えた。

足は、歩幅も歩数も憶えていた。たとえ目をつぶっていても、どこにもぶつからずに着いただろう。

ドアを開けると、

「おはようございます！」

と、いくつか声が飛んで来た。

しかし――すぐにスタッフルームは沈黙に包まれた。

百代は、椅子を引いて腰をおろした。

まだ、戸部も黒沼さとみも来ていない。――スタッフは、黙って座っている百代に戸惑いながら、再び仕事を始めた。

百代は、スタッフが忙しく右へ左へ動き、部屋から出入りするのを見ていた。

それはひどく懐しい——まるで幼いころの記憶のようにすら思えた……。

笑い声が聞こえた。明るく甲高い声。

黒沼さとみの声だ。

「今夜は、絶対に受けるぞ」

戸部誠がドアを開けて入って来る。

「自信過剰は良くないわ」

黒沼さとみが続いて入って来ると、先に百代に気付いた。「——百代さん」

戸部が驚いて振り返った。

「君……。何してるんだ」

百代は答えなかった。

スタッフルームの中が、再び凍りつく。

「——仕事をしろ！」

と、戸部が怒鳴った。

スタッフがあわてて動き出す。

戸部は、百代のそばへ来ると、

「ここはもう、君の来る所じゃないんだ」

と言った。「分ってるだろう、君も」

百代は答えなかった。戸部を見ようともしない。

「いいじゃないの」

と、さとみが戸部の腕を取った。「ここで見てるだけなんだから。——百代さん、お元気ですか？」

さとみは、百代を追い出したのが自分だという負い目を感じている。優しく声をかけた。

しかし、やはり百代は何も聞いていないかのように、ただ座っている。

「百代さん。——どうかしたんですか？　具合でも悪いんですか？」

「放っとけ」

と、戸部は言った。「こっちは忙しい。早く準備だ！」

「はい」

さとみは、言われるままに動いた。

百代はじっと座って、その目は遠くを見ているようだ。

スタッフも、初めの内、百代の方を気にしていたが、やがていつもの通りに忙しさを増した。

「——よし、行くぞ」

と、戸部が促す。

「はい」

さとみは、百代の方を見たが、自分の仕事が待っている。

二人が出て行き、スタッフも出て行く。

そして、百代はスタッフルームに一人残された。

百代は、深く息をつくと、スタッフルームの中を見回し、それからバッグを開け、携帯を取り出した。

さとみがニュース原稿を読んでいるとき、スタジオの中にざわつきが起った。

途中でやめるわけにはいかない。――平静を装って読み続けることぐらいは、さとみもできるようになっていた。

誰かが戸部にメモを渡す。戸部が息を呑むのが分った。――どうしたのだろう？

戸部が小声で指示を出す。

さとみが読み終えると、カメラが戸部の方へ向いて、

「では、コマーシャルです」

と言った。

まだＣＭには早い。カメラのトリーランプが消えると、

「どうしたの？」

と、さとみが訊《き》いた。

「TVを見ろ」

と、戸部が言った。

他の局が映っている。——画面に出ているのは、なぜか、このSテレビのビルだ。

「うちのビル？」

カメラが切り換ると、ビルの屋上の金網の所に立つ人影がアップになる。

「——百代さん？」

と、さとみは目を見張った。「何してるのかしら、あんな所で？」

「よく見ろ。金網の外側に立ってる」

と、戸部が言った。「畜生！　他の局へ、中継するように連絡したんだ」

「どうするの？」

「現にこのビルの屋上で起ってるんだ。今、他の局も駆けつけて来てる。うちが知らん顔はできない」

「それより——百代さんを助けないと！」

「今、消防署へ連絡してる。——おい！　屋上へ行くぞ！　カメラを！」

と、戸部は怒鳴った。「さとみ、君はここにいろ」

「でも、番組は？」

「CMが終ったら、事情を説明しろ。できるだけ早く屋上のカメラに切り換える。それまでつなげ」

「はい……」

「行くぞ！」

戸部がスタジオを飛び出して行くのを、さとみは呆然と見ていた。

「あと十秒！」

と、声が飛んだ。「席に座って！」

さとみは自分の席に戻った。

でも――何と言えばいいのだろう？

起っていることは、もう他局の画面に出ている。隠しようがない。

キューが出た。

「――突然ですが、お知らせすることがあります」

さとみの声が震えた。

他の局を映しているTVの画面だけが見えている。ライトが当てられ、百代のアップが映った。

あれが明石百代だということも、他局で流している。

さとみは、ちょっと息をつくと言った。

「今、このSテレビ屋上に、本局の明石百代アナがいます。屋上の金網の外側に立っていて、危険な状態です。何が起っているのか、今、戸部キャスターが屋上へ行っています。少しお待ち下さい」

スタッフが紙を見せる。〈他のニュースを読んでつなげ！〉とあった。

さとみは、渡されたニュースを手に、

「屋上がつながるまで、ニュースを続けます。今日午後一時二十分ごろ、東名高速道路の――」

読みながら、内容はさっぱり頭に入って来ない。

そして――唐突に、モニター画面が屋上に立つ戸部に切り換った。

さとみは原稿を置くと、自分も立ち上ってスタジオから駆け出した。

屋上へ。――屋上へ。

局の中が大騒ぎになっていた。

階段を駆け上る。――息が切れ、途中で休まなければならなかったが、何とか上り切った。

屋上へ出ると、風が凄い勢いで吹きつけてくる。

屋上の一角が、ライトで照らされ、カメラを肩にしたカメラマンや、他のスタッフが何人も集まっている。

さとみが近寄って行くと、

「来るな！」

と、戸部が気付いて言った。「戻ってろ！」

「待ってたわ！」

百代が金網を両手でつかみ、こっちを向いていた。さとみを見ると、

「あんたのせいで死ぬのよ！　これで、みんながそのことを分ってくれたわ！」

と、声を上げた。

「百代さん――」

「あんたなんか――すぐ忘れられるわ」

「明石君！　馬鹿はよせ！」

と、戸部が叫んだ。

「元気でね、戸部さん」

そう言って、金網から百代は両手を離した。

一瞬の内に、百代の姿は消えた。

どよめきがビルの下から聞こえてくる。

「百代さん！」

さとみは、よろけて、その場に座り込んだ。

「下だ！　急げ！」

戸部も、さとみに構っている余裕がなかった。

さとみは、そろそろと金網の方へ近付いて行った。

ビルの下は、見下ろすことができない。

それにしても――何てこと！

さとみは膝が震えて、立っていられなくなった。

ヘリコプターの音。――ライトが、屋上を這《は》い回る。

「――さとみさん！」

と、スタッフが駆けて来て、「戸部さんから、早くスタジオへ戻れって！」

「そんな……。私、できない！　できないわ！」

「早くして下さい！　立って！」

よろけながら立ち上ると、スタッフに支えられて、何とか歩き出す。

――スタジオまで、何とか辿《たど》り着いた。

「髪を直して！」

風で、髪の毛がめちゃくちゃになっている。

メークの係が飛んで来て、ブラシで髪を整えた。

「席に！」

「何をすれば……」

「原稿を読んで！　今、戸部さんが戻って来ます」

辛うじて自分の席に座る。

原稿？──原稿？

目の前に置かれた一枚を取り上げる。

「──行くよ！　五秒前！」

深呼吸した。──しっかりして！　あんたはプロなのよ！

トリーランプが点《つ》く。

「では、ニュースを続けます」

何とか声が出た。「四年前、女子大生らの嘘の証言で、西川勇吉さんは──」

凍りついた。

「──違うぞ！」

「早く差しかえろ！」

別のニュースが手もとへ来る。しかし、もう、読む力は残っていなかった。

「もうだめ……。もう読めない……」

両手で顔を覆うと、さとみは呻《うめ》くように言って、席を立つと、駆け出して行った。

36　償い

「もしもし……」

かすれて、怯《おび》えたような囁《ささや》き声が聞こえてくる。

「さとみ？　さとみね」

と、美香は言った。「――返事して。さとみでしょ？」

「うん……」

「良かった！　みんな心配してたのよ。今、どこにいるの？」

さとみは答えなかった。

「――どこでも私のことをやってるわね。先輩アナを追い出して、死なせたって」

「放っときなさい！　相手は大人よ。あなたのせいで死んだんじゃないわ。さとみは、いつもの通りにしていればいいのよ」

美香はそう言って、「――もしもし、聞いてる？」

「ええ、聞いてるわ」

「今、人を雇って調べさせてるわ。誰が、西川君の名を使って、あんないたずらをしてるか、もうじき分るわ。今、参ったら負けよ！」

少し間があって、さとみは笑った。

「――美香は強いわね。私はだめなの。昔から分ってるでしょ。私はね、人前で目立つようなタイプじゃないの」

「しっかりして！　今は何を言われても黙ってればいいのよ」

「もう疲れたわ」

と、さとみは言った。「今、ホテルなの。一人で泊ってるのよ。付合ってくれる男もいなくって」

「どこのホテル？　教えて。迎えに行ってあげるから」

「とんでもないわ！　そんなお手数かけちゃ申しわけないわ。大臣のお嬢様に」

「さとみ……」

「美香と付合ってさえいなかったら……。あんなことにもならなかったのに」

さとみの声が震えた。「あんたを恨んでやる！　あんたのせいだわ！」

美香は少し受話器を耳から離した。

興奮しているさとみに、今何を言ってもむだだ。

「分ったわ」

と、美香は言った。「私がしたことよ、何もかも。でも、あのときああしなかったら、あなたも私も刑務所行きだった。そっちの方が良かった？」

しばらくさとみは黙っていたが、

「――ごめんなさい」

と、やがて沈んだ声で、「美香のせいにしたって、何も解決しないのよね」

「さとみ。――今、どこ？　ね、教えて」

「ビジネスホテル。――〈K〉っていう。N駅の前」

「〈K〉ね。分ったわ。部屋は？」

「ええと……、〈605〉だわ」

「分った」

美香はメモを取ると、「迎えに行くから、そこにいて。日本を離れるのよ。いい？　今すぐ、父に頼んで手続きしてもらうから。明日の飛行機で日本を発《た》って、しばらく休むの」

「日本を離れる……」

「それが一番。ね、グアムとかサイパンとかで、何もかも忘れて過すのよ。マスコミはすぐ忘れてしまうわ」

「ありがとう、美香」

「待ってて。――ともかく今すぐ行くから。いいわね」

「うん……。美香、ありがとう」

その声は、いつものさとみに戻っていた。

電話を切ると、

「どうしたんだ?」

と、夫が居間を覗く。

「あなた……。さとみよ」

「ああ。——何だって?」

「放っとくと何するか分らない。今から迎えに行ってくるわ」

「もう夜中だぜ。僕が行こう。みちるについててやれよ」

美香は少し迷った。みちるが風邪で熱を出している。夫と二人で置いて行くのはためらわれた。

「そうね……。でも、あなた明日も早いのに——」

「構やしない。明日は新幹線だ。中で寝て行くさ」

「じゃ、お願い。ここに今いるの」

美香はメモを夫に渡した。

「ここへ連れて来るか?」

「そうね……」

美香は一瞬で考えをまとめた。「父に言って、明日海外へ発てるようにするわ。じや、成田のホテルへ連れて行ってくれる？」

「分った。——〈F〉かな、あそこの」

「電話しておくわ」

「ここへ着いたら、一度電話するよ」

真也は手早く仕度をすると、車のキーをつかんで、出て行った。

美香は、父、田渕の携帯にかけた。

よほどの緊急の場合にしか、かけることのない番号である。

すぐに父が出た。

「美香か。どうした？」

「お願いがあるの。さとみのことで」

「TVで見た。どうしてるんだ、今？」

美香は今の状況を説明した。

「——明日、発たせたいの。何とかしてあげて」

田渕は少し考え込んでいる様子だったが、

「そんな様子じゃ、パスポートも持っとらんだろうな。——分った。明日一番で手を打ってみよう」

「ありがとう！」

「明日中に何とか発てるようにしよう。しかし、もしあの子のパスポートを誰かが取って来れれば話は早い」

美香もそれは考えなかった。

「やってみるわ。今夜は遅い？」

「午前二時ごろまでは会合がかかると思う」

「また連絡するわ」

美香は電話を切った。

パスポート。――どこに置いているか、本人に訊《き》くしかない。

美香は、立ち上ると子供部屋へ行って、そっとみちるの様子を見た。

手を触れてみると、まだ体は少し熱いが、当人はよく寝ている。――これなら大丈夫だろう。

ゆうべは咳込《せきこ》んで眠れなかったのだが、今日は大分楽なようだ。

小さな体がカッカと熱くなって、苦しがっているのを見ると、神様を恨みたくなる。

自分が替ってやれるものなら、と思う。

――人の痛み、苦しみを引き受けたいという気持。

それはおそらく子を持って初めて美香が抱く気持だった。

美香は、そっと我が子の額に唇をつけた。

遠くから、そのホテル〈K〉のネオンサインは見付けていた。

しかし、駅前の道は細く、一方通行が多くて、車でそのホテルへ辿り着くのには大分手間取った。

やっとそのホテルの前に車を寄せ、真也はホッと息をついた。

「〈605〉だったな」

今、こういうビジネスホテルではフロントが無人化されていることが多い。ここも例外ではなかった。

エレベーターで六階へ上る。

扉が開いて、降りようとした真也は、目の前で中年のサラリーマンと女子高校生がキスしているのを見てギョッとした。

「あ……」

女の子が気付いて、「やだ！」

と笑い声を上げる。

真也と入れ代りにエレベーターに乗り、二人は下りて行った。

「──びっくりさせるなよ」

と、真也は呟いた。

〈605〉と……。

廊下を歩いて行きながら、今の二人を思い出していた。

中年のサラリーマンの方は、真也の視線にあわてて目を伏せ、そそくさとエレベーターに乗った。堂々としていた（？）のは女の子の方だ。

少しも悪びれた様子はなく、明るくカラッと笑っていた。もし真也が自分の通っている学校の先生だったとしても、同じように笑っていたかもしれない。

我が子、みちるのことを考える。

あの子も、あと十何年かたったら、あんな風に笑うのだろうか。

――ここか。

〈605〉のドアをノックして、真也は戸惑った。ドアが細く開いているのだ。

「黒沼君。――さとみ君」

と、声をかける。「清水だけど……。いるかい？」

ドアを開けた。

ビジネスホテルだから、部屋は狭く、ただ寝るだけという空間に過ぎない。ベッド以外にはほとんど隙間《すきま》と呼べる余裕しかない。

誰もいないことは、すぐに分った。念のため、小さなユニットバスを組み込んだバスルームも覗いた。

ベッドは寝た跡があり、スリッパが不揃いに脱ぎ捨てられている。

どこかへ出かけたのだろうか？　それにしても、ドアぐらい、ちゃんと閉めて行きそうなものだが。

——どうしたものか、真也は迷った。

うちへ電話してみよう。

携帯を取り出し、ボタンを押そうとしたとき、窓の外で何か物音がした。

何だ？——真也は、窓の方へ近付いて、外を見た。

スチールの階段が、ぼんやりと暗がりの中に浮んで見える。

非常階段だ。今の音は、何かが落ちて来て、非常階段の手すりかどこかに当った、といった音だった。

もしかすると……。

真也は、急いで〈６０５〉を出ると、廊下の突き当りの非常階段へ出るドアに目を留めた。

ロックされていたが、レバーを押すとドアは開いた。外へ出てみる。

ビルの外側に取り付けられた非常階段で、目の前を他のビルののっぺりとした壁面がふさいでいる。

「——さとみ君。——いるのか？」

真也は頭上を見上げた。

ホテルは八階建だ。スチールの非常階段の踊り場に立って、真也は上を見上げ、声をかけた。

誰かいる。――薄暗くて、定かではないが、動くものがあった。

「――誰？」

怯えたような声が頭上から聞こえた。

「清水だよ。美香の亭主だ」

と、真也は言った。「美香の代りに迎えに来た。黒沼さとみ君だろ？」

少し間があって、

「ええ」

と、返事があった。「あなたが、わざわざ？」

「娘が熱出しててね。美香が出られないんで、代りに来たんだ」

真也は呼びかけるように、「大変だったね。――でも、君は一人じゃない。大丈夫。下りておいで」

返事はなかった。

真也は階段を上り始めた。

「来ないで！」

と、叫ぶような声。

真也は足を止めて、

「落ちついて。――僕はここにいる。待ってるから。ゆっくり下りておいで」

と言った。

少し間があって、やがてすすり泣く声が聞こえて来た。

「さとみ君。――聞いてるか？」

「ええ……。ありがとう」

と、さとみが言った。「美香は幸せね。あなたみたいないい人と……」

「君だって、これから見付かるさ。そうだろ？」

「――私？　私はもうおしまい」

と、さとみは呻《うめ》くように言った。

「何を言ってるんだ。アナウンサーとしてはそうでも、他にやり直す道はいくらでもあるじゃないか」

「いいえ。もう……もうおしまい」

と、さとみは言った。「今、罰を受けてるんだわ、あのときの」

そして、さとみは、うずくまっていた姿勢から、ゆっくりと立ち上った。

「――清水さん」

「何も見なかった、知らなかった、ってことにして。行って。私一人にして」

「何だい？」

「さとみ君——」

「飛び降りれば一瞬。——怖いと感じる暇もないでしょう」

「さとみ君——」

「止めないで！」

と遮る。「せっかく決心したの。勇気を出したの。ここで挫《くじ》けさせないで」

「分った。分ったよ」

と、真也は言った。「一つ、教えてくれ。君がＴＶで読んだ原稿にあった、〈西川〉という男は何なんだ？」

「清水さん……」

「いや、美香が殺人犯だというのは、事実なのか？　お願いだ。教えてくれ！」

「どうしてそれを——」

と言いかけて、「そうなのね。あなたの所にも、何か来てるのね」

「本当にあったことなのか」

さとみは深々と息をついて、

「聞きたいの？　本当に？」

「——ああ、聞きたい」

非常階段を、風が吹き抜けていく。

長い長い間があった。そして——。


ただ待つことが、こんなに辛いものだと思ったことはなかった。

時計に目をやる。——もう午前三時になっていたが、真也から連絡はない。

やっぱり、私が行くべきだったんだわ。

——美香は悔んだ。

しかし、みちるを放っていくわけにもいかなかったのだ。仕方のない選択だった。

そう考えて、自分を納得させようとしても、あまりに長く、真也から何の連絡も入って来ないのは、いい徴候ではなかった。

電話が鳴る。——やっとかかって来た！

美香は飛び立つように、電話へと駆け寄った。

「もしもし、あなた？」

「ああ。遅くなってすまない」

真也の声は、疲れているように聞こえた。

「どうしたの？　さとみは？」

「うん、それが……」

と、真也は口ごもった。

「さとみが……」

「死のうとした」

美香は息を呑んだ。

「それで――」

「救急車で運んで、近くの病院に入ってる。今のところは何とかもってるが……」

「病院はどこ？　父に言って、どこか大きな病院で受け入れてもらうわ」

「うん、その方がいいと思う。それに、今はまだ彼女が誰なのか、知れてないが、いずれ分る。マスコミが押しかけるぞ」

「秘密は守らせるわ。待って」

美香は、メモ用紙を引き寄せて、真也から聞いた病院の名前と場所を書き取った。

「――あなた、悪いけど、そこにいてくれる？」

「もちろんだ。手配がついたら連絡してくれ。携帯を取ってもいいように、病院の表にいる」

美香は、

「ごめんなさいね。みちるはもう熱も下って来たわ。大丈夫よ」

と言った。

「そうか。良かった」

「あなた……。さとみと何か話した？」

「いや、止めようとしたんだけど、説得できなかったんだ。こっちはプロじゃないし」

「当然よ、そんなこと」

「ホテルの非常階段から飛び降りて死のうとした。でも、下に自転車置場があって、布のテントが張ってあったんだ。布を破って落ちたが、大分ショックはやわらげられたと思うよ。それで即死にならずにすんだ」

「ひどい話だわ。——じゃ、すぐ手配してみるから」

美香は、さとみのことを気づかうよりも、まず転院させるべく、考えなくてはならなかった。

父、田渕弥一へ電話してみると、会合が長引いて、まだ外にいた。秘書の加東も一緒で幸いだった。

父に事情を話すと、すぐに親しい病院長宅へ連絡して、さとみを受け入れる態勢を取ってくれると約束させた。

加東が細かいこと一切を任されることになり、深夜ながらさとみを移送する準備を整えてくれた。

加東に後を任せて、夫へ電話する。

「——ええ、二時間ほどで転院の手配がすむわ」

「さすがだな」

「後は加東さんがすべてやってくれるわ。任せて帰って来て」

「そうするよ」

「あなた、ありがとう」

美香は、自分の友人を、こんなにまでして構ってくれる真也に本心から礼を言った。

「よせよ。じゃ、加東さんを待ってるよ」

「ええ」

——電話を切って、美香は初めて胸が痛んだ。

さとみ。——さとみ。

美香と知り合いにならなかったら……。

さとみの言葉は、今になって、美香の胸を刺していた。

37　白い窓

「どういうご用件でしょうか」

かなりくたびれた白衣を着た医師は、白衣同様くたびれた感じだった。それほどの年齢ではないと思うのだが、印象からいえば老人である。

「真野と申します」

と名のって、「こちらに入院している山科さんのことで」

「山科……」

と、口の中で呟くように言って、「そんな患者、いたかな」

と、首をひねった。

とぼけているのではない。本当に分らないのだろう。

「元は警察署長でした。私は、その部下だったんです」

さすがに、そう言うと思い出した様子で、

「ああ、あの人ですか」

と肯《うなず》いた。「しかし——ここにいることをどうして……」

「署内の人間から聞きました」

と、真野は言った。「むろん、事情は承知していますし、他言するつもりはありません。山科さんには、ずいぶんお世話になった身です」

――かつての同僚から、山科がこの病院に入っていると聞かされ、真野はやって来たのである。

古い、快適とは言いかねる建物だった。

「まあ……どうしても会いたいとおっしゃるなら」

と、院長は言った。「しかし、何か他に目的はないでしょうね」

この院長は、真野の「部下だった」という言葉を聞いて、真野が現役の警察官だと思い込んでいるようだ。

これは都合がいい。

真野自身は、「もう警察を辞めた」とは言っていないが、「今も警官だ」とも言っていない。

相手が勝手に思い違いをしているだけなのだ。わざわざ訂正するにも及ぶまい。

「ありません。ただ山科さんにお会いしたいだけで」

「しかしね……」

と、院長は顔をしかめて、「はっきり申し上げて、お会いになっても、あなたのことは全く分りませんよ」

「そういう状態ですか」

「ええ。話しかけても反応がありません」

と、院長は首を振って、「それをご承知の上で」

「分りました」

真野は肯いて、「それでも結構です」

院長はため息をつくと、机の上のインタホンのボタンを押した。

――看護人に案内されたのは、細長い、広い部屋で、窓だけが大きく、日射《ひざ》しが白く射し込んでいた。

その部屋に――ざっと見ても二、三十人の患者が、椅子に座るか、床に座るかしていた。どう見ても、椅子の数は半分にも足らず、仕方なく冷たい床に座っている者も少なくないようだ。

「この中にいますよ。捜して下さい」

と言われて、

「どうも……」

と呟くように言ったものの、これではただ放置してあるだけじゃないか、と呆れた。

むろん、見付けるのは容易だ――と思っていた。しかし……。

真野は、一人一人の入院患者の顔を覗き込みながら、その部屋の奥へと足を進めた。

窓は汚れ切って、ほとんど外の風景など見えない。

「――いないじゃないか」

ついに部屋の隅まで行き着いてしまって、真野はため息をついた。

ちゃんと一人ずつ確かめたのだ。大方、向うの間違いで、別の部屋にいるのだろう。

仕方なく、真野は、また患者の間を縫って戸口の方へと戻って行った。

そして、床に座って立て膝を抱えていた男の患者が、通り過ぎかけた真野へ突然、

「誰を捜してるんだ?」

と言ったのである。

びっくりした真野はその男の、ひげが伸び放題になった顔をまじまじと見た。

「――山科さんという人です」

と、真野は言った。「でも、いらっしゃらないようなので――」

「山科なら、そこの椅子の男だよ」

と、顎《あご》でしゃくる。

その老人なら、真野も見ていた。

「じゃ、同じ名なんじゃないですか。私の捜しているのは、もっと若い……」

と言いかけて、真野は、白く汚れた窓ガラスを通して入ってくる光の方へじっと顔を向けて椅子にかけ、みじんも動かないその人の横顔に、ふと……。

でも、まさか……。そんなはずはない。

山科はまだ六十を二、三歳出たばかりのはずだ。あの老人は、どう見ても七十――いや八十になっていよう。

それでも、引き寄せられるように、真野はその老人の方へと足を運んだ。

そして、すっかり白く、薄くなってしまった髪、かさかさに乾いた肌、そして、今は何の感情も浮べていない、その眼を見た。

真野は身震いした。

「山科さん！」

思わず、その前に膝をつくと、「山科さん！　署長、真野です！　部下だった真野です！」

と、一気に叫ぶように言った。

しかし、相手は瞬《まばた》き一つしない。

「山科さん」

真野の目から涙が溢れていた。「何があったんです？　どうして変ってしまったんですか」

聞こえていない。

いくら目をこらしてみても、山科の顔に、表情らしいもの、感情のかけらも見出《みいだ》すことはできなかった……。

「色々お世話になりましたが、僕も今は浪々の身ですよ」と、真野は言った。「憶えてますか？　西川勇吉のことを。僕もだが、あなただって忘れられないでしょう」

真野は一方的に語りかけた。

「無実の男を死へ追いやった。その両親までも。——だけどね、山科さん。今、あの女子大生たちが復讐されてるんです。どうして、誰がそんなことをしているのか分りませんがね……」

話しかけても空《むな》しい。——真野は、ため息をつくと、立ち上った。

「山科さん。また来ます。どうか元気でいて下さい」

自分の言葉が、自分の耳にも何とも空虚に響く。

「あんた、見なさいよ」

さっき山科のことを教えてくれた男が、いつの間にやらそばへ来ている。

「え？」

「涙が」

山科の目から、涙が一粒、乾いた頬を伝い落ちて行った。

「山科さん！　分るんですか、僕のことが？」

思わず山科の肩をつかんで、その骨ばったやせた感触にハッとする。

「――泣いているのか、涙腺が刺激されただけなのかね」

と、男が言った。

それは、どっちとも分らない。

しかし、真野は信じたかった。自分の言葉に涙したのだと。

「しかし、娘さんが話しかけても、泣いたのは見たことがないからね」

と、男が言った。

「――娘さん？」

考えてみれば、山科の家族のことなど、全く知らずにいた。「その人は――よくみえるんですか」

「時々ね」

と、男が肯く。「その人も、ここへ入ったときは、そんなに老け込んじゃいなかった。しかし、何しろ、この状態だからね」

真野は、何とも言いようがなかった。

「――その娘さんに会ってみます」

「そうすればいい。何とか父親をここから連れ出せないか、とね。金の絡む話だ。そう簡単にはいくまい」

真野は男を見て、

「あなたは、そうやって普通にしゃべれるんですね」

「相手次第さ」

と、男はニヤリと笑って、「ここの連中には、決して話しかけたりせん。そうやって演技してると、ここの暮しも面白いものさ」

「なるほど」

真野は男と握手をして、「真野というものです」

「あんた、この人のことを『しょちょう』と呼んでたが……」

「警察署長でした」

「警官か！ すると、あんたも？」

「元部下です」

「人は見かけによらんね。いや、これは悪口じゃないよ」

真野は、もう一度山科の手を固く握って、その部屋を出た。

「どうも」

真野が病院を出ると、もう辺りは暗くなり始めていた。

真野はチラッと病院の方を振り向いて、

「強欲じじいめ！」

と、吐き捨てるように言った。

山科の「娘」のことを聞こうとしたのだが、何も教えてくれない。

そのために田渕から金を預かっているのだ。

真野が一万円札を何枚か、ふくらんだ札入れから抜くと、院長の態度がガラッと変った。

山科保江《やすえ》。それが山科の娘の名だった。

住所、電話番号を聞くのに、更に金を要求された。

――真野は、田渕に話して、山科をもう少しましな所へ移せないか、頼んでみようと思った。

むろん、娘さんと相談してのことだが。

真野が歩き出すと、

「ごめんなさい」

と、声をかけて来た女の子がいる。

「え？」

二十歳くらいの娘である。

「真野さん？」

「ええ。あなたは？」

「山科の娘です」

こんなに若い娘だったのか？

「驚いた。今、山科さん――お父さんに」

「よくお分りね、ここが」

「同僚だった者から聞いて」

と、真野は言って、「よく僕のことを」

「ええ。知ってるわ。あのころの署内の人はたいてい」

言われてみれば、その少女を見たことがあるという気がする。

「失礼ですが……。どこかで会ったことがありますか？」

「ええ、何度もね」

と、少女は微笑んで、「お時間があれば、お話を」

「ええ、もちろん！」

真野は、一緒に歩きながら、必死に記憶の糸をたぐり続けていた……。

いっそのこと、両手とも自由にならないのなら良かったのに。

――実際、そうなっていたら、むろん困ってしまう。少なくとも、ナースコールのボタンを押すだけのことはできなくては。

しかし、黒沼さとみは右手、両足を骨折していたが、左手だけは無事だったのである。もちろんベッドに寝たきりで、トイレにも立てない。

左手のすぐそばにナースコールのボタンがあったが、さとみの左手がいつも握っているのは、TVのリモコンだった。

「――レギュラーの座を巡って、女同士の争いがあったと見られています」

ワイドショーのキャスターの言葉が聞こえてくる。

実は、体をほとんど動かすことができないので、TVの画面は半分ほどしか見えていないのだ。それでも声は聞こえてくる。

半分の画面で、何度同じ映像を見たことだろう。――明石百代がSテレビの屋上から飛び降りる映像を。

それに続いて、ニュースを読むさとみ自身の映像。そこに必ずかぶさる、

「女の闘い」

のナレーション。

さとみはTVの画面が変って、別の話題に移ると、リモコンでチャンネルを替えた。

しかし、どの局もCMだ。

病室のドアをノックする音がした。

「――はい」

と、かすれた声で答える。

大きな声を出すと、頭の傷にひびく。

ドアが開くと、美香が入ってきた。

「どう？」

と、ベッドの方へやって来ると、「TVなんか見てるの？」

さとみはリモコンでTVを消した。

「明石さんが死んだときのビデオばっかり流してる。また、ずっとそれを追っかけて見てるの」

「どうしてわざわざ……」

「見たいの。――自分が何をしたのか、よく見ておきたい」

「さとみ――」

「おかしいのよ。必ずね、その絵に私のニュースを読んでる場面がつなげてあって、『女の闘い』ってナレーション。――呆れるくらい同じね、どの局も」

「勉強になる？」

「うん。――でも、もう勉強したって役に立たないわ」

と、さとみは言った。「美香、私のこと、助けてくれたの、ご主人だった？」

「助けたってわけじゃないわ。でも、助けようとしたの。あなたは飛び降りてしまって——」

「飛び降りた……」

と、さとみは呟くように、「やっぱり本当だったのね。私、夢を見たのかと思った」

「飛び降りたのよ。だから、そんな大けがしたんじゃない」

「そうだったのね。何だかもう分らなくなったの。ご主人が私に話しかけてくれたのも……」

「止めようとして、説得してたのよ。でも、だめだったって」

美香は、椅子にかけると、「もう忘れるのよ。この病院は、父の口利きだから大事にしてくれるわ」

「美香……。ごめんね」

と、さとみは言った。「面倒ばっかりかけるわね、私って」

さとみは涙を溢れさせた。発作のように泣き出して止らなくなってしまったのだ。

「泣けばいいわ、思い切り」

美香はティッシュペーパーを取って、流れる涙を何度も拭ってやった。「——辛かったわね。痛かったでしょう。もう大丈夫。誰もさとみを追いかけて来たりしないわ」

さとみはさらに五分以上も泣き続けた。そして、やっと落ちつくと、

「──美香」

「なあに？」

「私……ひどいこと言ったわね、電話で。許して」

「いちいち何か言われる度に気にしてたら、生きていけないわ、私なんか」

と、美香は笑った。

「でも──」

と言いかけて、さとみは言葉を切った。

「さあ、寝るのよ。のんびり休むの。時間を忘れるくらいにね。そしたら、いつの間にか手も足も、元の通りになってるわ」

と、美香は言って、「ね、おいしいゼリーを買って来てあげた。食べさせてあげましょうか」

「そんなことまでさせられないわ。後でいただく。冷蔵庫にでも……」

「分った。──ちゃんと頼んで食べさせてもらうのよ」

「うん。ありがとう」

美香はゼリーの箱を冷蔵庫に入れた。

「じゃ、私、用事があるから、行くわ」

「ありがとう。――何から何まで」

「友だちでしょ」

美香は、さとみの左手を握ると、「また来るわ」と言って、病室から出て行った。

――さとみは、閉じたドアをしばらく眺めていた。

美香は美香だ。

学生のころと同じだわ。美香がいつも私を引張ってくれた……。

さとみは、一旦死のうとしたときには、美香のせいでこんなことになった、と恨みさえしたのに、こうして命が助かってしまうと、やはり自分が頼っていけるのは、美香しかいないという気持にさせられるのだった。

「美香……」

でも――私は話してしまった。

止めようとした清水真也に、あの出来事のすべてを。

美香は知らないのだろうか？

真也は美香に何も言わなかったのか。

今の美香の様子を見ていると、そうとしか思えない。

もし美香が知ったら――。

さとみは不意に思わず青ざめたのだった。

38　通報

「先生」

と、小百合は言った。「どうなさったの？」

「何だ？」

前田はふっと我に返った。「ああ。——少し考えごとをしていた」

「それだけじゃないわ」

「じゃ、何だ？」

「とっても怖い顔をなさってた」

「そうか」

「何があったんですか？」

小百合は前田に寄り添って布団に入っていた。

前田は年齢もあるのだろうが、ベッドよりもこうした和室に布団で寝る方を好む。

小百合も今は慣れた。

小百合の妊娠が分ってからは、前田もあまり小百合を抱こうとしないが、それでもこうして時を過すときは、小百合の体をまさぐるのが楽しいようだった。

「――心配するな」

と、前田は言った。「あまり心配すると、お腹の子にさわる」

「聞かずにいる方が心配です」

小百合は前田の胸に耳を当て、「先生の心臓の音を聞いてるのが好き」

「いつまで動いてるかな。人間なんか、分らんものだ」

「そんなこと言わないで下さい」

「すまん」

前田は小百合の髪を指で触れて、「――昨日、警察から連絡があった」

「何のお話？」

「桐山恵子だ。――マンションの荷物などもそのままで、どこかへ出かけた気配もない」

「行方は分らないんですか」

「捜させていた。――昨日の電話で、五十前後の女の死体が見付かったと言って来た」

「まあ……」

「恵子とは限らんが、可能性はある。今、調べているところなんだ」

小百合は息をついて、仰向けになった。

「――恵子は死んでると思う。昨日の死体が恵子かどうかは別としてな」

「どうしてですか」

「何十年の付合いだ。あいつが黙って姿を消すはずがない」

「昨日見付かったっていうのは……」

「山の中で、崖から落ちたらしいということだ。キャンプしていた学生が見付けた。――谷川に浸《つ》かっていて、着ているものなどでは判別できない。顔も、岩に当ったのか、見分けられない状態だそうだ」

「そうですか……」

「歯医者の記録に当ってくれている。もし、恵子なら、それで分るだろう」

小百合はじっと天井を見上げていた。

「――恵子さんは、私に嫉妬していました」

「何だって？」

「私には分るんです。言葉の一つ一つに、その気持がにじみ出ていました。特に身ごもったと分ったときは、とても怒って……。先生の前では、決してそんな顔は見せませんでしたが」

「恵子が？――そうか」

前田は意外そうに、「俺は恵子を女として見たことがなかった」

「心の奥に秘めてらしたんですわ。私にだけ、その素顔を——」

電話が鳴って、前田は起き上った。

「出るからいい。寝ていろ」

と、布団を出て、寝衣の前を直しながら、受話器を取った。「ああ、俺だ。——どうした。——そうか。やっぱりな」

桐山恵子だったのだ、と小百合にも分った。

いつまでも見付からずにはいなかったろう。

「——何だ？」

前田の声が高くなった。「確かなのか。——分った。また知らせてくれ」

受話器を置いても、前田はしばらく動かなかった。小百合が起き上って、

「先生。——先生」

と、二度呼んだ。

それでもやや間があって、

「——うん？　ああ、すまん」

前田は、いつも謝ったりしない男だ。今日はいやに何度も「すまん」と言うのが、小百合には気になった。

「何のお電話?」

「ああ、やっぱり——恵子だった」

と言って、前田は布団へ入らず、タバコを手に取って火をつけた。

「お気の毒に……」

「葬式を出してやらんとな。あいつは身寄りがない」

と、煙を吐き出す。

「何かびっくりされることでも?」

「びっくりしたか?——もちろん恵子と分ったからな」

そうではない。恵子だということは予測していたはずだ。「やっぱりな」という言葉はそれへの反応だろう。

その後の驚き。あれは何を聞いてのことだったのか。

「何かお手伝いしましょうか」

と、小百合は起き出して言った。

「いや、後は秘書に任せる。お前は心配しなくていい」

「私——お葬式に出てもいい? もちろん、普通にお焼香してすぐ帰る。目立たないようにするわ」

「ああ、そうしてやってくれ。あいつはよくやってくれた」

前田はタバコを灰皿に押し潰すと、「シャワーを浴びてくる。秘書に連絡して、手配をすまさんとな」

「お葬式はいつごろですか」

「まだ分らん。警察の方で調べてからだ。知らせる」

「お願いします」

——そうか。

小百合にも、やっと分った。桐山恵子は射殺されていたのだから、恐らく検死解剖が行われるだろう。

前田は、恵子が殺されていたことにびっくりしたのだろうか？

しかし、それは変だ。もともと、何一つ持たずに姿を消したこと、そして死体が発見された状況からいっても、「殺されていた」ことは想像がつくだろう。あの当惑と驚きは、何か他の理由によるものだ。

銃で撃たれていたこと？——桐山恵子の死に方としては、意外ではあるだろう。

そこまで考えて、小百合はハッと気付いた。

あの銃。——恵子を撃った拳銃は、小野寺が小百合の目の前で男を撃ち殺したのと同じものだ。

死体から当然弾丸を取り出すだろうし、それがどういう拳銃のものか、分るはずだ。

小野寺の銃で恵子が殺されたこと。——それに前田は驚いたのではないか。

「確かなのか」

という言葉も分るというものだ。

小野寺には、恵子を殺す動機などない。単なる殺しの実行犯にすぎない小野寺が、なぜ恵子を撃ったのか。

小百合がそれに係っていることは、まず知られないだろう。小野寺が捕まって自白すれば別だが、小百合は自分でもふしぎなほど楽観していた。

「——そうだ」

桐山恵子の持っていた携帯電話。

あれを始末してしまわなくては。

バッグごと、まだ部屋に置いてある。——早くどこかへ捨てようとは思っているが、なぜか恵子の物を持っていたいという思いがあるのだ。

——ピピピ、と小百合の携帯電話が鳴った。

「——はい。——あ、美香」

「今、話して大丈夫?」

「先生と一緒なの。今シャワー浴びてるから。何か?」

「さとみのこと、知らせておこうと思って」

「ああ、大変だったわね。どんな具合？」

美香の説明を聞いて、小百合は「ふーん」と肯《うなず》いた。

「できたら一度見舞に行ってあげて」

「そうね。私も今、あんまり無理できない体だし」

「そうね。順調？」

「うん、問題なし。つわりも最近はほとんどなくて」

「羨しい。私はひどかったからね、結構」

と、美香は言った。「じゃあ、また」

「うん、ありがとう」

小百合は通話を切ると、「――困ったもんだわ」

と呟いた。

あの明石百代というアナウンサーを外させたのは、前田の電話である。もちろん、そんなことは公に知られないだろうが、それでも前田に頼んだ小百合の立場は微妙だ。

小百合はさとみに腹を立てていた。

せっかく、先生の力まで借りて、キャスターの座についたのに。――あんなことぐらいで自殺しかけるなんて。

「そんなことじゃ生きていけないわ」

と、小百合は肩をすくめた。「──先生。もう出られました？」

シャワーの音がしている。

「先生……」

戸を開けて、小百合は立ちすくんだ。

前田がタイルの上に裸で倒れている。シャワーノズルが細かく震えながら、お湯を放ち続けていた。

「先生。──先生！」

小百合は自分が濡れるのも構わず、前田の上にかぶさって呼んだ。「先生！　目を開けて！」

スピーチの最中だった。

スピーチといっても、たかが知れている。会ったこともない二人の結婚式に招《よ》ばれていたのだ。

花嫁の父親が、田渕の後援会の前会長。その縁での出席である。

出席といっても、十分ほど顔を出し、スピーチしてすぐに出る。次の予定が詰っていた。

しかし、秘書の加東の様子はただごとではなかった。いくら急いでいるといっても、スピーチの途中で目に付くような仕草はしないものだ。

「――また、お二人には一日も早く、お父さんを『おじいちゃん』にしてさし上げるよう、お願いしておきたいと思います」

少し唐突ではあったが、スピーチをはしょって終らせた。

一旦席につくと、また酒など注がれたりして手間取る。

田渕はそのまま退出することにした。

「花嫁の父」がやって来て、握手をしながら、

「ありがとうございました。――本当に」

と、頭を下げる。「お見送りを――」

「いやいや、もう勝手に行きます。娘さんの方へ戻ってあげて下さい」

と田渕は肯いて見せた。

それでも父親は、廊下で見送って、何度も頭を下げ続けていた。

「――どうした」

やっとエレベーターで加東と二人になると、田渕は言った。

「今、連絡が」

と、加東は言った。「前田先生が倒れました」

田渕も、さすがに一瞬絶句した。

「──容態は分りません」

「誰からの連絡だ」

「向うの秘書です。桐山さんがあんなことになったので、少し混乱したようですが」

「今はどこだ？」

「S病院です」

「かかりつけだな。あそこなら大丈夫だろう」

と、田渕は肯いた。「後の予定を延せ」

「手配してあります」

車は結婚式場の前につけられていた。

すぐに病院へ向う。

「マスコミの方は、お前からも手を回しておけ」

と、田渕は言った。

「分りました」

「どこで倒れたんだ？」

「小百合さんと別宅に」

「やれやれ。年齢《とし》を考えてくれんとな」

と、田渕はため息をついた。

「しかし、彼女の対応が早くて良かったそうですよ。救急車を呼ぶより、自分の手で、運転手と二人で先生を運んで、猛スピードでS病院へ。スピード違反で白バイに追っかけられたそうですが」

「あの子は人が変ったよ」

と、田渕は腕組みをした。

――最悪の事態を考える。これが政治家の本能である。

前田は年齢《とし》といってもまだ七十だ。当分は元気だと思っていたが……。

「派閥に招集をかけますか」

「様子がはっきりするまで待て」

加東の携帯電話が鳴った。

「――はい。――はい！」

加東の頬が紅潮した。「――前田先生です」

田渕が、ちょっと面食らって、すぐに受け取ると、

「もしもし、田渕です」

「心配かけてすまん」

前田の声はいつもと変らなかった。

「いかがですか？」

「大したことはない。風呂場で軽い貧血を起したただけだ」

と、前田は言った。「念のため、一週間ほどここにいる」

「良かったです。今、向ってますので」

「忙しいんだろう。無理しなくていい」

「いえ、お顔を拝見しないと」

「では待ってる。小百合の子が生れるのを見ないと死ねんよ」

と前田は笑って言った。

病室の前に、男が二人立っていた。

一人は田渕も知っている。前田の秘書の一人だ。

「入っていいかね」

と、田渕は言った。

「どうぞ。田渕様だけ」

「うん」

呆れるほど広い病室に、ベッドが間の抜けたような感じで置かれていた。

「一番のりだな」

前田がベッドから手を振った。

「びっくりしました。ですが、お元気そうで――。やあ」

ベッドの傍《かたわら》には小百合がついていたのだ。

「どうも」

小百合は立って、「じゃ、先生。私、行きます」

「ああ。恵子の告別式は出るから」

「はい。分ってます」

「いても構わんよ」

と、田渕が言うと、

「先生とのお約束で。お見舞の方が一人でもみえたら帰る、と」

「そうか。大変だったね。ご苦労様」

「じゃ、先生……。ちゃんとお医者様の言うことを聞いて下さいね」

小百合はかがみ込んで前田にキスすると、病室を出て行った。

「よくやっておられますね、あの若さで」

田渕はベッドのそばの椅子にかけた。

「うん……。車で運んでくれて、医者も賞《ほ》めていたよ」

「先生のことが好きなんですな」

と、田渕は笑った。

「考えたんだが――」

「何です?」

前田は少し間を置いて、

「後でいい。――一度、この病院で記者会見をやる」

「会見ですか?」

「いくら、医師や秘書が『お元気です』と発表しても、誰も信じん。その内、死にかけてることにされてしまうからな。自分が出席する」

前田は経験でよく分っている。

政治家の「死」は、普通の人間のそれとは少し違う。たとえ心臓は動いていても、意識はあっても、他への影響力が失われた時点で「政治家」としては死んだのである。

「先生」

と、田渕が身をのり出して、「私には何でもおっしゃって下さい」

「もちろんだ。何か隠していると言うのか?」

「いえ、そういう意味では……」

「分るよ。『本当は貧血なんかじゃあるまい』と思っとるのだろう」

「――先生」

「隠すつもりはない。軽い心筋梗塞だ。倒れた拍子に頭を打った。こぶがある」

と、頭へ手をやる。

「先生——。記者会見の席では、どう言いますか」

「その通り話すさ。医者に嘘をつけと言うのは気の毒だ。ありのまま、正直に病状を説明してもらう」

「しかし、マスコミは『発表』よりももっと悪いんだろうと考えますよ」

「思わせておくさ。いずれにしろ、しばらくおとなしくしておく。——その間に、色々面白い動きをする奴もいるだろう。見物してるよ」

「それは皮肉ですな」

と、田渕は笑った。

39　隠された顔

前田の病室を出た小百合は、ナースステーションに寄った。

「ご心配なく」

と、若い医師が小百合に応対して、「突発的な事態が起ることは、ほとんど考えられません」

「どうかよろしく」

「先生から言われています。お帰りでしたら、正面でなく、他の病棟を通って行かれた方が。マスコミもやって来るでしょうし」

先生、というのが、前田のことでなく、たぶんこの若い医師の上司のことだろうと気付くのに少しかかった。

「分りました。ただ——この病棟に父が入院していますので、見舞って行きたいと思います」

と、小百合は言った。

父、池内卓と同じ病院——というより、前田が、自分の自由がきくここへ父を入れてくれたのだ。

「ああ、池内さんですね。根気よくリハビリを続けるしかないでしょうが……。あまりやりたがらないので」

「そうですか」

「まあ、無理強《じ》いしても、却って精神的なストレスになると思いますし。——あなたからも、早くリハビリを進めないと、動かすのが一日ごとに辛くなりますから、そうおっしゃって下さい」

小百合は何も言わなかった。

おそらく、自分が言えばますます父は従うまい。——前田に助けられている自分がふがいなく、その苛立ちがやり場のない怒りになっているのだ。

フロアは違うが、一階だけなので、階段で行くことにした。エレベーターでは、マスコミと顔を合せる可能性もある。

——父の病室へ向う途中、給湯室から出て来た母、ひとみとバッタリ会った。

「小百合。——こんな時間に？」

「前田先生について来たのよ」

「どこかお悪いの？」

「大したことないの。念のための入院。静養って言った方が正しいかな」

「元気でいていただかないとね」

「お母さん、お父さんのそばについてるの？」

「ゆうべだけね」

ひとみはポットをさげて一緒に歩きながら、少し後ろめたそうだった。「でも——そばにいると、怒ってばっかりいて。却って、いない方がいいみたい」

「私の顔見たら、もっとかな」

「でも心配してたよ。——自分のために、あんたがそんなことになって、と」

「今さら、なったものは仕方ないでしょ。ドア、開けるわ」

ベッドから、唸り声がした。

何か言おうとしても、興奮すると、ますます言葉にならない。
「一人にしといたんで、怒ってるのよ。――あなた、小百合よ」
父が少し頭を上げて、小百合を見た。
「どう？」
近付いて、そっと父の手を取る。
父は手を握られるままにしていた。
小百合を見る目に、前のような怒りはなかった。
――小百合とて、内心は不安である。
前田の身に万一のことでもあれば……。
自分だけのことではない。生れてくる子、父親のこともある。
今夜はそんな話をする空気じゃなかった。
もう少し落ちついたら――。
でも、そのタイミングは難しかった。
皮肉なことだが、桐山恵子が生きていれば、小百合もそれほど心配しない。
反感を持ってはいても、桐山恵子は、前田に言われたことなら、完全にやってくれる。
「ちゃんとリハビリするのよ」

と、小百合は言って、「またね」

と、出て行こうとした。

「小百合……」

呼ぶ声はかなりはっきり聞こえた。

「その調子よ」

小百合は父へ笑いかけた。

廊下へ出ると、

「あ、池内さん」

と、看護婦が急いでやって来た。「良かった！　こちらだと思って……」

「何か……」

「前田先生がお呼びなんです」

「先生が？」

「戻っていただけると。――もう帰られたと思います、と申し上げたら、先生、とても怒って」

「何か忘れてたかしら。よく忘れものしちゃって……」

小百合は階段の方へと足早に戻って行った。

前田の病室のあるフロアに出ると、小百合は足を止めた。

すぐ目の前のナースステーションで、田渕が電話をかけていたのだ。

「――うん、一応見たところは元気だ」と、田渕は言った。「しかし、爆弾を抱えているのには違いない。色々影響は出るさ」

むろん、前田のことをしゃべっているのである。――小百合は廊下の隅に身を寄せて、見られないようにした。

立ち聞きするつもりではなかったが、

「今夜中に××と会いたい。何とか連絡を取ってくれ。頼む」

小百合は、田渕が挙げた名前を知っていた。やはり党の長老格の一人だが、前田とは仲が悪く、今までは前田の存在の陰で、あまり目立たなかった。

「――うん、今から一旦自宅に帰る。極秘だぞ。いいな」

田渕は電話を切った。

秘書の加東がやって来ると、

「先生、何かご用が……」

「いや、すまん。うちへ電話を入れてた」

加東にすら隠している！

小百合はドキドキした。――身を隠しているといっても、その気で見られたら容易に見付かってしまう。

「行こう」

田渕が加東を促して行ってしまうと、小百合はホッと息をついた。

病院内で携帯電話が使えないために、田渕はナースステーションの電話を借りたのだ。

小百合は、田渕たちの姿がすっかり見えなくなってから、前田の病室へと急いだ。

「——どうぞ。お待ちです」

秘書が小百合を中へ入れる。

「先生、何かご用でした？」

と、ベッドの傍に行くと、

「いたのか。帰ったと聞いて……」

「父の所に寄っていました」

前田の表情が、ふと曇った。

「そうか。——どうだ、父さんの具合は」

「ええ、少しずつですけど、良くなってます。もちろん、以前のようには戻らないと思いますけど」

「ちゃんと面倒はみる。心配するな。俺がもし死んでも、この病院から追い出されたりせん」

「先生、そんなことおっしゃらないで」

小百合は前田の手を取って、唇をつけた。

「――今、そこで田渕さんが」

「会ったか。あれはいい奴だ。田渕は心から俺を尊敬してくれている」

「ええ……」

「分るか。こういう世界でも、そんな信頼関係の持てる人間は貴重なんだ」

小百合は何とも言えなかった。

田渕が前田の「敵」と接近しようとしていること。

それは、政治家として当然の選択かもしれない。しかし、小百合には許せなかった。

「先生、ごめんなさい。私、ちょっとお手洗に。すぐ戻ります」

「うん」

病室を出ると、小百合は廊下の奥の公衆電話へと急いだ。

前田を通して、何人かの政治部の記者と知り合いになっていた。その一人の携帯電話へかけ、どこかで飲んでいるところを捕まえた。

前田が倒れたことさえ知らなかったので、向うは仰天した。

「それからね、記事にしてほしいことがあるの」

と、小百合は言った。「田渕さんがみえてたんだけど――」

田渕がもう一人の長老と会うことになっていると聞いて、

「うちのスクープにさせて下さい」

「ええ、今夜会ってるはず。書いてね」

と、念を押した。

秘密の内に、と思っていることを、機先を制してばらしてしまうのだ。知れ渡ってしまえば、田渕はそれ以上動きがとれまい。

小百合は、少し落ちついて前田の病室へ戻った。

「すみません。――お話って?」

「お前には良くやってもらった。今夜のことだ。大事に至らなかったのは、お前のおかげだ」

「先生ったら。――変ですよ、改って」

と、小百合は笑った。

「いや、しかし万一、ってことを考えたろう? 当然だ」

「先生――」

「俺も人間だ。いつどうなるか分らん。むろん、お前のお腹の子を、この目で見るつもりだがな」

「もちろんですわ」

「心配をさせたくない。——考えてはいたが、早い方がいい」

「何が？」

「結婚しよう」

小百合は、思いがけない言葉に、しばし呆然として動けなかった。

「そんなにびっくりするな」と、前田は言って苦笑した。「俺のことを、そんなに実《じつ》のない男だと思っていたのか？」

「とんでもない、そんな……」

小百合は、激しい動悸《どうき》を何とか抑えて、「でも、先生、奥様がどうおっしゃるか……」

「ちょうどいい時期だ」

「どうしてですか」

「女房から、先月連絡があってな。転んで足首を捻挫したそうだ」

と、前田は言った。「当人も不安になったらしい。今までは元気だからと一人で一軒家に暮していたが、高齢者用のマンションに入りたいと言って来た」

「じゃ、東京へ？」

「いや、地元でだ。しかし、周りの風景を愛《め》でているより、近くにコンビニや病院のある都会に住みたくなったというんでな。今、いい物件を探している」

「存じませんでした」

「何千万か分らんが、入居してからも月に何十万かはかかる。――それを出してやる約束をする。もちろん死ぬまでだ。その代り、離婚を承知させる」

「承知なさるでしょうか」

「得になると思えばな。――もともと、女房の実家はあの辺の名門だった。ところが、当代は孫に当るが、これが能なしでな。土地やら株やらに手を出して大損し、実家は破産同然だ」

「でも――」

「何か心配が」

「奥様の困っておられるのに私がつけ込んで追い出したように思われます」

「俺もそれは考えた」

と、前田は肯《うなず》いて、「しかしな、女房が向うへ引込んでもう二十年近い。あれのことを知っている者は、今政界にほとんどおらんのだ。知りもせん女のことなど、誰も気にしない」

「そうでしょうか」

「俺を信じろ。——お前に悪いようにはせんぞ」

「はい！」

「いいんだな?」

小百合は微笑んで、

「私が『いやです』って言うと思われたんですか?」

と、前田の手を取って、唇をつけた。「早く良くなって下さい。寂しくて、一人で寝ていたら、毎晩泣いてしまいそう」

「ここへベッドを持って来るか」

「そんな……。お医者様のお許しが出ませんわ」

「冗談だ」

「もちろん毎日来ます。できるだけ人目につかない方法を考えます」

「小百合……。お前は本当にいい子だ」

前田は手を伸すと、小百合の頰に当てた。

「内心は俺を嫌っているだろうと思っていた。お前は今まで俺の知っていたどの女とも違う」

——勝った、と小百合は思った。

私は勝った。

前田が小百合を手に入れたのではない。小百合が今、前田を手に入れたのだ。

病気で、多少は弱気になっている。いくら前田でも、目に見えない血管の様子まで「思いのまま」にはできない。

小百合は、その心の中の不安と弱さに後押しされた。

結婚。――妻の座につけば、怖いものはなくなる。

「先生、もうおやすみになって」

と、小百合は言った。「私も帰って寝ますわ」

「ああ……。何かあれば――」

「何もありません。あるわけがないわ」

小百合は前田にキスして、静かにベッドから離れた。

病室の前の秘書は、小百合が出て行くと、

「ご苦労様でした」

と、頭を下げた。

何かを感じているのだろう。――小百合はもう「囲われた女」ではなくなったのだと。

「お疲れさま」

小百合は会釈を返して、「適当に誰かと交替して下さいね」

「はあ」

「おやすみなさい」

小百合は、いつしか背筋を伸し、胸を張って、人気《ひとけ》のない廊下を歩いて行った……。

40 長い悪夢

「杉山君」

真也は、机の上を片付けている杉山あけみに声をかけた。

「はい」

あけみは真也の机の前に行って、「何かご用でしょうか」

「今夜、残ってくれ。打ち合せに、資料を探す人手がない」

真也は、手もとの書類を見たまま言った。

「あの……」

「何だ？」

「今夜は約束があって――」

「断ってくれ」

あけみは、ちょっと息をついて、

「――分りました」

「五時半から第三会議室だ」

「はい」

真也は一度も顔を上げなかった。

あけみは席に戻ると、片付けていたファイルをもう一度机の上に出した。

「――あけみ」

同僚の女の子がそばへ来て、「聞こえたわよ。ひどいわね」

「仕方ないわ。ごめんね」

「いいけど……。残らせるなら、三十分前までに言うのが決りでしょ」

「雇われてる身の辛さよ。この次、付合うわ」

「うん。それじゃお先に」

「お疲れさま」

バタバタと周囲の机の引出しが閉じられ、社員はほとんど帰って行く。

電話の鳴る音もほとんど途絶えて、五時十五分になると、真也は初めて顔を上げた。

「杉山君、会議室を見に行こう」

「はい」

あけみは立ち上ると、急いで真也について行った。

第三会議室のドアを開け、明りを点《つ》けると、

「六人には机が多過ぎるな。少し外そう」

「はい。――二つ外しますか？」

「一つでいい。図面を広げたりするからな」

二人で机を一つ外して壁の方へ寄せ、椅子も並べ直す。

「――ホワイトボードのマーカー、見といてくれ。書けなくなったのが置いてあったりする」

「はい」

ためし書きしてみると、五色の内二つはかすれてほとんど使えない。

「新しいのを出して来ます」

と、会議室を出ようとすると、

「杉山君。――悪いな、無理言って」

と、真也は言った。

「どうかなさったんですか」

「君に当っても仕方ないのに。すまない」

「そんなこといいんです。お気がすむんでしたら、怒鳴って下さい。殴られるのはち

よっといやですけど」

真也はやっと笑顔になって、

「そんなことしないよ。君には何でも言いやすくてね」

「嬉しいですわ。何でもおっしゃって下さい。決して人には洩《も》らしません」

真也がじっとあけみを見つめると、

「打ち合せの後、時間をくれるかい」

と言った。

「はい」

あけみはためらわず肯《うなず》いた。

「――打ち合せ、早めに切り上げよう」

と、真也は言った。「そろそろ来るころかな」

あけみは、手早く準備に駆け回った。

必要な資料をコピーし、更に打ち合せの途中でもすぐ対応できるように用意をした。

ビルの中の喫茶室に頼んでコーヒーを取り、伝票にサインしていると、ちょうど打ち合せのためのスタッフがやって来た。

「早めに切り上げる」とは言っていたが、一旦打ち合せに入ると、そう簡単にはいかない。

あけみは、少し離れた椅子にかけて、真也の指示をじっと待っていた。

「打ち合せの後」と彼は言った。

あの視線の意味は、誤解しようもないほどはっきりしていたように、あけみには感じられた。——考え過ぎだろうか？

でも、もしかしたら……。

その思いは徐々にふくらんで、打ち合せの終りが見えてくるころには胸苦しいほどのものになった。

「——お疲れさま」

スタッフがあわただしく帰って行くと、真也は立ち上って伸びをした。

「大変でしたね」

「なかなかまとまらないんで、苦労したよ」

「そうは見えませんでした」

「そうかい？　僕も大分ごまかすのが上手くなったかな」

と、真也は笑って、「——もう九時か。出よう」

「片付けが……」

「明日でいいだろ？」

——やはりそうだ。あけみは、真也の眼差《まなざ》しが胸を焼くのを感じて、

「明日にしますわ」

と言った。


「——何があったんですか？」

と、あけみは訊《き》いた。

「どうして？」

真也の答は答になっていない。

「こんなこと……。普通じゃないじゃありませんか」

あけみはすぐに続けて、「お気持を疑ってるわけじゃありません。でも、何かがあなたに踏み切らせたんでしょう」

「——まあ、そうだな」

真也はあけみを抱き寄せた。

ホテルのベッドの中で、二人はほてった肌を寄せ合っていた。

あけみは幸せだった。——この先に地獄が待っているとしても、少なくとも今は幸せだった。

「奥様に飽きたわけじゃないんでしょう？」

「飽きたんじゃない。——愛してはいるよ。しかし、あれには僕の知らない顔があった」

あけみは少し真也から離れて、毛布を顎まで引張り上げると、

「いつかのファックスのことですか」

と言った。「奥さんを殺人犯だと……」

「事実、その通りだった」

と真也は言った。「大学時代の友人の話を聞いたよ。――西川勇吉という学生が、彼女たちの嘘の証言のせいで逮捕され、自殺していた」

二人は少しの間黙っていた。

考えようによっては長い沈黙だった。

「その話を誰から？」

「ニュースで聞いたろ？　TVキャスターの黒沼さとみ」

「どこかで飛び降りたとか……」

「あのとき、僕はそばにいた」

「じゃ、彼女から――」

「そういうことなんだ」

真也は詳しくは話さなかった。しかし、それで充分だったろう。

「奥さんには？」

「言っていない。——黒沼さとみが、僕に話したということを美香に言ったかどうか、僕は知らない。たぶん言ってないだろう。美香の様子から見てね」

「でも……」

「美香にとっちゃ、もう終ってしまったことなんだろう、きっと。だが、それで死んだ西川という大学生はどうなる？　それだけじゃない。息子のことを苦にして、西川の両親も死んでる」

「まあ……」

「恨まれ、化けて出られても文句は言えないよ。だけど、美香はみちるの母親で、僕が彼女を警察へ突き出すわけにはいかない」

真也は、じっと天井を見上げていた。

あけみは真也の胸に身をあずけた。

「——君にはすまない」

「なぜ？」

「僕の苦しみをぶつけているようで……。だが、君のことは好きなんだ。それは本当だよ」

「信じていますわ。でも、そのお話がなかったら、きっとこうしてはいませんね」

「そうだな……。きっと自分を抑えていただろう」

「それなら――」

あけみは真也にしっかりと抱きついて、「私にとっては、きっかけなんてどうでもいいんです。こうなっただけで幸せなんですもの」

「ありがとう」

真也はあけみを抱いて唇を重ねると、「こんなに穏やかな気持になったのって、久しぶりだ」

その声音には心から安心し切った響きがあった。

あけみは、再び真也の腕に抱かれて熱く充たされながら、その一方、真也を冷めた目で眺めていた。

こうなっただけで幸せ。――その気持に偽りはない。

だが、それはいつまでもあけみが真也に譲り続けるという意味ではない。

男は、女の言葉を自分に都合のいいように解釈してしまうものだ。真也とて例外ではなかった。

こうなっただけで。――そのひと言で、真也はあけみが今の立場に満足していると思い込んでしまった。

そうではない。――真也はこれから長く苦しむことになる。一緒の食卓で、家族旅行や、ベッドの中で……。

真也はいつも思い出さなくてはならない。

この女が、つい何年か前、同じ大学の、何の罪もない男子学生を死へ追いやったのだということを。

それはこれから何十年も続くのだ。

果して、真也はその長いトンネルのようにどこまでも続く悪夢を見続けていけるのか。

――この人を私のものにできるかもしれない。

あけみの胸には、その言葉が響いていたのだ……。


「何か分ったか？」

加東の顔を見るなり、田渕は言った。

「いえ、何も」

加東は首を振って、「申しわけありません」

田渕は苛々と水割りを飲み干した。

「――何かあるはずだぞ。あの新聞のスクープなんだ。どこかから情報が流れたんだ」

「それは間違いありませんが、やはり情報源は明そうとしません」

田渕は舌打ちして、

「厄介なことになった」

と、ため息と共に言った。

ホテルのバーの一角。

「——加東。美香が来ることになってる。入口で待っててやれ」

と、田渕が言って、加東が返事をしない内に、

「ここにいたの」

と、美香が顔を覗かせた。

「やあ、呼び出してすまん」

「本当よ。母親は忙しいのよ。すぐ帰るって言って出て来た」

と、美香は座って、「コーラをちょうだい。——それで、用って？」

「前田先生が入院した」

「ニュースで見たわ。元気そうだったじゃないの。それがどうしたの？　もっと悪いの？」

「いや、そういうわけじゃない」

「だったら、何？」

「これだ」

田渕がポケットから取り出した新聞記事の切り抜きを、美香に渡す。

「前田先生が倒れたって記事でしょ」

「その最後のところだ」

美香が記事に目を通して、

「お父さんが誰だかと会ったってところ？」

「うん」

「これがどうしたの？」

「深い意味はなかった。ただ、もともと、その人は前田先生とはうまく行ってない。この機会に見舞に行けば、前田先生も喜んで下さると思ってな。そう勧めに行った」と、田渕は言った。「ところがその記事だ。前田先生の目に留って、先生はカンカンなんだ」

美香はその記事をもう一回読み直した。

「――お父さん」

「何だ」

「娘には本当のことを言ってよ」

「本当のことを言ってるじゃないか」

「違うでしょ」

と、美香は首を振って、「この記事がほのめかしてる通り、お父さんは前田先生に万一のことがあったときのために、この人に会いに行ったのよ」

田渕は娘を眺めて、

「どうしてそう思う」

と訊いた。

「入院の当日、それも夜に、なんて。不自然だわ。お父さんの言う用事なら、電話でも充分足りるじゃないの」

と、美香は言った。「前田先生が怒るのは当然よ」

「――やれやれ」

田渕は苦笑して、「お前にまでそう見抜かれてはな。前田先生が察しても当り前か」

「まだ当分は前田先生とうまくやっていかないと」

「それでお前を呼んだんだ」

「私にどうしろっていうの？　まさか前田先生に差し出そうっていうんじゃないでしょうね」

「冗談はよせ。――小百合君だ」

「小百合？」

「お前から話してくれ。今は彼女が前田先生に一番近い」

美香は驚いた。

「小百合にそこまで力があるの？」

「うん。前田先生は、奥様と別れて、小百合君と正式に結婚するつもりでいる」

美香は一瞬言葉を失った。

小百合が……。

あの、気弱で何一つ自分で決められなかった小百合が。

「友だち同士で話してみてくれ」

私が——小百合に頭を下げる？

美香は、しばし返事ができなかった。

コーラが来ると、美香は一気に飲み干して、

「そんなこと……。友だちだからこそ、言いにくいことだってあるわ」

と言った。

「分ってる。しかし、今の現実はそういうことなんだ。小百合君が前田先生の正式な妻になり、先生の子を産めば、怖いものはない。病気を抱えた先生に代って、小百合君がもっと前面に出てくるようになるだろう」

美香の中には激しい抵抗があった。

私がどうして小百合に「ものを頼む」の？

私は「頼られる側」なのよ。それなのに……。

「――あの刑事さんは？　元刑事か」

「真野か。俺も前田先生のことでバタバタして、連絡してない。早速、今どうなってるか訊く」

「お願いね」

少なくとも、何かとの「交換条件」でなければ、自分をごまかすことはできなかった。

「――小百合君に話してくれるか」

美香は小さく肩をすくめて、

「話してみるわ」

と言った。

「すまん！　助かるよ」

「その代り、新車を買ってよ」

「車か？　分った」

田渕がホッとした様子で言った。

金ですむことなら、父は気前がいい、と美香にも分っていた。

車でも買わせて、これで父の気が楽になるのなら――。

「携帯貸して」

と、美香は言った。「ここで小百合にかけてみる」

どうせ気のりのしない仕事だ。早くすませたかった。

「病室にいるかもしれん。——病室の直通番号だ」

メモをもらって、その番号へかける。

「——はい」

と、男の声が出た。

「私、田渕弥一の娘の美香と申します。小百合さんがいらしたら、お話ししたいんですが」

「大臣のお嬢さんですか」

「そうです」

「お待ち下さい」

——沈黙が二分近くも続いた。

何を話しているのだろう。

田渕の問いたげな目つきに、美香は小さく首を振って見せた。

「もしもし、美香?」

やっと小百合が出た。

「小百合、大変だったわね。でも、大したことなくて良かった」

「ありがとう。わざわざそれで電話くれたの？」

「それだけじゃないの」

美香はちょっと息をついて、「小百合、遠回しな言い方はやめるわね。父に頼まれてかけてるの。父が先生を怒らせたそうね。申しわけないって言ってるわ。あなたから、先生に取りなしてくれない？」

少し間が空いた。美香は、

「──もしもし。──小百合、聞こえてる？」

「ええ」

と、小百合は言った。「美香の頼みだから、聞いてあげたいけど、こればっかりは……」

「どうして？　父はずっと前田先生について来たじゃないの」

「だからこそ、先生は裏切られたって、傷ついていらっしゃるのよ。ね、美香、お父さんに伝えて。本当に詫《わ》びる気があるのなら、娘に頼んだりせずに、ご自分でここへいらして下さいって。先生の気が変って、会ってもいいとおっしゃるまで、何十回でもおいでになるべきよ。そうでしょ？」

小百合の言葉づかいは、ていねいで、しかし、冷ややかなものだった。

「小百合……」

美香の顔から血の気がひいた。

これが小百合か？　小百合にこんなことを言われるなんて……。

「そうお父さんに伝えて。――美香、分った？」

美香の手が震えた。それでも、

「――分ったわ」

と、何とか自分を抑えて言った。

「じゃあ、よろしくね。それから、あまりここへ電話して来ないでね。先生がやすんでらっしゃることもあるんだから。それじゃ」

小百合の方で切ってしまった。

美香は携帯を返すと、

「――むだだわ」

と言った。「小百合は、もう以前の小百合じゃない。別の女だわ」

41　遠い面影

「ただいま」

美香は玄関を上って、息をついた。

「——お帰り」

真也が出て来る。

「ごめんなさい、急に出かけて。伝言は——」

「メモを見たよ。みちるはもう寝てる」

「こんなに遅くなると思わなかったの」

美香は、ちょっとよろけた。

「大丈夫か？——酔ってるのかい？」

「少しね……。ごめんなさい」

「いいさ。たまには酔うのも」

居間のソファに美香を座らせ、真也はミネラルウォーターを持って来た。

「——ありがとう」

美香はコップ一杯の冷たい水を一気に飲み干してホッと息を吐いた。

「何かあったのか？」

「父に呼ばれて……。メモに書いたわね」

「うん」

「父が困ってるのよ。それで……」

美香は、少し迷ってから、父と前田との間がこじれてしまった事情を夫に説明した。

「──政治の世界は大変だな」

「ええ。それで私が小百合に電話したんだけど……」

美香は顔をひきつらせた。「あの小百合のしゃべり方！　思い出しても腹が立つわ」

「彼女は彼女で、自分を守ってるのさ」

と、真也は言った。「殊《こと》に、お腹に子供がいるんだろ？　前田先生の力が頼りなんだ。そう言うのも分るよ」

美香は、真也の言葉で、自分が一方的に小百合に対して怒っていたのを恥じた。

「──それはそうね」

「な？　小百合君の立場になってみれば」

「ええ。──あなたの言う通りだわ」

美香は、真也の方へ身をもたせかけた。「プライドを傷つけられたような気がしたのね。小百合はいつも私の言う通りにする子だったから」

そう言って、美香はふっと閉じていた目を開けた。

「そうだわ。前田先生の愛人にならないか、って小百合に話したのも、私だった。もちろん、前田先生がそう望んだんだけど、直接小百合に話をしたのは私だわ」

「忘れてたのか？」

「ええ。——勝手ね。自分のしたことはすぐに忘れて。小百合は仕返ししてるんだわ。自分をあんな人生の中へ追いやった私に」

美香の肩を抱いて、真也は、

「人間は変っていくのさ」

と言った。「弱い人間も、いつか生れ変ることがある」

美香は夫にしがみつくようにして、

「ねえ……。抱いて。お願い」

と言った。

真也は、迷いもせずに、

「今夜はもう寝るよ」

と言った。「明日、忙しいんだ。——ごめん」

美香は、無理に笑って、

「いいのよ。——私も、もう寝ないと」

「風呂に入ったら？」

「時間がかかるわ。シャワーだけ浴びる」

美香は立ち上ると、「先に寝て。朝、起きられないと困るわ」

「うん……。じゃ、おやすみ」

――真也が居間を出て行く。

美香は、体の力が抜けたように、ソファにもう一度身を沈めて、立ち上れなかった。

何かあったのだ。

何か。――でも、何が？

突然、真也との間に見えない壁が立ちはだかった。抱いてほしいと迫ったとき、真也は、何も感じていなかった。

疲れているから、とやめることはもちろん今までもあった。しかし、今の真也からは、美香への関心が全く失われてしまっているようだ。

何があったのだろう？

突然酔いがさめた。

そうか。――そうだ。

「きっとそうだわ」

と呟く。

真也は聞いたのだ。さとみから？　おそらく、そうだ。

あの出来事を。――西川の死のことを。

さとみ……。

美香の中に、さとみへの怒りがこみ上げて来た。

怒りが、美香の血をかき立て、目ざめさせた。

負けてなるものか。

さとみに、今の生活をかき回させたりしない。小百合に向って頭を下げもしない。

私は、あの子たちを救ってやった。刑務所へ入れられるのを、助けてやった。

それなのに――私のことを恨む？

筋違いだ。

「見てらっしゃい。――もう一度、私に泣きついて来るようにしてみせる」

美香は口に出して言った。

負けるということを知らない。

そのプライドが、美香を支えていた。


さとみは、ウトウトしていた。

入院というものは、人間を眠りに誘うふしぎな力があるようだ。

いつも「寝不足」の状態が当り前だったさとみにとって、「人間はこんなに眠っていられる」というのは、正に発見であった。

夜、たっぷり眠っているのに、朝になり、昼近くになると、また眠っている。

「――さとみさん」

と、声がした。

「え？」

目を開けると、若い娘が立っている。二十歳そこそこぐらいか。

入院患者というわけではない。――ちゃんとワンピースを着て、身ぎれいにしている。

時々、「TVに出てた人が入院してる」というので、ヒマな入院患者が病室を覗きに来たりするのである。

「――どなた？」

と、さとみは訊いた。

「憶えてらっしゃらないでしょうね」

と、その娘は言った。「私の方は憶えてます」

「――いつか、お会いした？」

「ええ。四年前にね」

「四年前……」

と、さとみは呟いた。「四年前っていうと……」

「あなた方が大学生だったときです」

「二十……一のとき？」

「ええ。あの事件があったとき」

さとみの顔が少し青ざめた。

「あなたは誰？」

「山科保江といいます」

「山科……。山科……」

さとみは必死で考えたが、「――思い出せないわ」

「そうでしょうね。私の父は、あのとき、署長でした」

「警察の？」

「ええ。父、山科昭治は自殺未遂を起して、今は廃人同様です」

さとみは、まだ混乱していた。

「――それが私たちと関係あるの？」

「もちろん」

山科保江は、椅子をベッドのそばに置いて腰をかけると、「父は、良心の呵責《かしゃく》に耐えられなかったんです。西川勇吉さんと、その両親まで自殺に追い込んだことで」

さとみは、じっとその娘の視線を受け止めた。

「そんなこと……。今さら言われても……」

「今さら？　たった四年前ですよ」

と、保江は言った。「西川さんの名誉は回復されるべきです」

「私は……」

「ごまかしてもだめです。私、あなた方が話しているのを、聞いていたんですから」

「――聞いた？　どこで？」

「警察の中で、あなた方は口裏を合せようと相談していたわ。私はコーヒーをあなた方に届けました」

さとみの脳裏に、ウエイトレスの制服を着た、高校生らしい女の子の姿が、ぼんやりと浮び上った。

高校生ぐらいじゃない？

初々しいよ。

――そう。そんなことを言い合ったような気がする。

「あなたが、あのときコーヒーを運んで来てくれた子？」

「ええ。父に頼んで、あそこに出入りしていたコーヒーショップでアルバイトしていたんです」

と、保江は言った。「でも、話を聞いたときは、何のことかよく分らなかった。後になって、自分が聞いたことの意味が分りました」

「やめて。もうすんだことだわ」

「すんでなんかいません。父は入院したまま、回復する見込みもない。それに、西川勇吉さんは死んでしまったんですよ」

「だって……」

「あなた方が殺したんです」

と、保江は厳しい口調で言った。「ご両親も同じ。三人もの人を殺したんですよ。

――忘れてしまって終りにするつもりですか?」

さとみは、山科保江の冷ややかな、それでいて怒りの火を思わせる眼差しにたじろぎながら、

「――あなたなのね! 私の読む原稿を差しかえたのは」

と言った。

返事は聞けなかった。

ちょうどドアがノックされて、看護婦が入って来たのだ。

「検査です」

保江は立ち上って、

「ご苦労さまです」

と、愛想良く言って、「じゃ、さとみさん、また来るわね」

当り前の見舞客のように言って、足早に病室を出て行く。

「お友だち？　若い方ね」

と、看護婦が言って、さとみの手首の脈をみた。「少し速いわね。——何かありました？」

さとみは、今ここにいた娘が、果して現実だったのかと思った。

いや、確かにここにいたには違いない。しかし、その話はあまりに唐突で、悪い夢のようにしか思えなかった。

——三人の人間を殺した。

そう言われればそうかもしれない。

けれども、まさかそんなことになるとは思ってもいなかったのだ。

美香。——そう、美香が決めたことだ。

私はそれに従っただけ。

私のせいじゃない。私を責めないで！

「——そっとね」

何人かで、さとみの体をストレッチャーへ移す。

痛みで、悲鳴を上げそうになった。

「じゃ、行きましょう」

ガラガラと廊下へ押し出されると、

「さとみ」

美香が立っていた。

「これから検査ですので」

と、看護婦が言った。

「どれくらいかかります？」

と、美香が訊く。

「一時間は、たぶん」

「そうですか」

美香は、さとみを見下ろして、「じゃ、また来るわ」

さとみは、美香の視線に、険しい怒りを見てとった。

ばれてしまったのだ。——清水真也に、四年前のことをしゃべってしまったことが。

廊下をガラガラとエレベーターまで押されて行く。

エレベーターへ乗り入れるとき、チラッと美香の姿が見えた。病室の前に立って、さとみを見送っている。

さとみは美香の声を聞いた。心の中で。

「命拾いしたわね。今度来たときは、覚悟しなさいよ」

その空想の脅しは、まるで現実の声のように、はっきりとさとみに聞こえた。

エレベーターの扉が閉る。

助けて。――許して、美香。

許して、西川君。許して……。

「大丈夫?」

看護婦が覗き込んでいる。

「え……」

「許して、許して、って言ってたわ」

いつしか、口に出して言っていたらしい。

さとみは目を閉じた。

何と美香に言いわけするか。――さとみはあの山科保江のことを、一瞬、忘れてしまっていた……。


さとみを乗せたストレッチャーがエレベーターの中へ消えると、美香はフッと夢からさめたような気分になった。

何か、張りつめていたものが消えていた。ここへ来るまで、体の中で煮えたぎっていた怒りは、対象が目の前から消えてしまったことで、まるで空中へ発散されたかのように、飛び散って行った……。

これでいい。――これで良かったのだ。

さとみを痛めつけ、苦しめても、少しも事態が良くなるとは思えない。むしろ、恐怖に怯《おび》えたら、さとみはまた何を真也に向って言い出すかもしれないのだ。

そう。――『真也にしゃべったの？』とひと言訊いてやるだけで、さとみは充分に口をつぐむだろう……。

私は何をするつもりだったの？

さとみを殺す？――まさか！

それこそ、直接手を下して殺せば、自分も生涯追われて生きることになる……。

「また来るわ」

と言ったのを、さとみは青ざめて聞いていた。

分っていたのだ。なぜ美香がここへ来たのかを。

帰ろう。

美香は、ちょっとさとみの病室を覗くと、

「お花がいるわね」

と呟いて、そのままエレベーターへと向った。

42　脇役

「そんなに偉い人だったのかね」

読経に来た住職が、びっくりしてそう訊《き》いたほどだった。

告別式そのものは、ごく質素なものだったのだが、式場となった斎場には、大勢の報道陣が詰めかけて、訪れる弔問客の一人一人の顔をにらみつけるように注視していた。

「――前田哲三議員の秘書で、何者かに射殺された桐山恵子さんの告別式が、今行われているところです」

斎場の前で、ＴＶカメラに向っているのはニュースショーのリポーターの一人だ。リポーターには、素人も多いが、この女性は本職のアナウンサーであり、言葉も歯切れよく、聞き取りやすかった。

「捜査は進展せず、今も容疑者を絞り込めずにいる捜査当局は、桐山恵子さん本人と係りのある人間の犯行か、あるいは前田議員への恨みから狙われたのか、二つの面から捜査を進めるとしています」

――車の中のＴＶも、このところは映像の乱れも少なく、よく映るようになった。

ハイヤーは、斎場での告別式が始まっていることを承知の上で、あと五分ほどで着くという辺りで停っていた。

「――先生、もう行きます？」

と、小百合が訊いた。

「いや、もう少し待とう」

前田はＴＶ画面に表示されている時刻を見ていた。

「ご気分は大丈夫ですか？」

「ああ、上々だ」

前田は、入院中の病院から、外出許可をもらって、恵子の告別式に出ようとしているのである。

後部座席に、前田と並んで座った小百合は黒いスーツ姿だった。

小百合は窓の外へ目をやって、

「よく晴れてますわ」

と言った。「きっと恵子さんが、先生のお体にさわらないようにして下さったんですね」

「かもしれん」

と肯《うなず》いて、前田はちょっと笑った。

「私、何かおかしいことを言いました？」

「いや、そういうわけじゃない。ただ、俺は葬式はもう少し曇ってる方がいいと思っていた。お前は何でも、いい方へ解釈しようとする」

「私、頭が単純にできてるから」

「いや、天気まで俺の体に結びつけて考えてくれる。ありがたいよ」

「先生は、ご自分の体のことをもっと心配して下さい。私、本当なら何も考えないで、ぐうたらしていたいんですよ」

「そのときが来たら、そうしろ」

前田の言っているのが、「妻になったとき」だと察して、小百合は胸が熱くなった。

「――あまり遅くてもいかんな」

と、前田は言った。「もう行こうか」

ハイヤーが動き出した。

「どこかおかしくないか？」

「いいえ、どこも。ご立派です」

「髪の寝ぐせには参ったぞ」

と、頭の後ろに手をやる。

「もう大丈夫です」

入院している身だ。どうしても寝ぐせがつく。

朝から、小百合はヘアムースだのスプレーだのを総動員して、寝ぐせを直すのに必死になった。

どんなに身なりをきちんとしても、髪に一目で分る寝ぐせがついていると、いかにも「病人」という印象を与えてしまうからだ。

前田当人が、それを最もいやがっていることを、小百合は知っていた。

「——あそこですね」

と、助手席に座った秘書が言った。

車の前方に、マスコミが群らがっているのが目に入った。

「車、停めて下さい」

と、小百合は言った。「じゃ、先生、私はここから歩いて行きます」

まだ、TVや週刊誌に顔を出すのはまずい、というので、小百合は単なる知人として、焼香をすませ、すぐに帰ることにしていた。

ハイヤーが停ると、小百合は秘書の男性に、

「先生をよろしくね」

と、声をかけた。「記者とか、近付けないようにして下さいね。転ばれでもしたら大変ですから」

ドアを開けて、降りようとした小百合の手を、前田がギュッと握って引き戻した。

「先生――」

「ドアを閉めろ。車を出せ」

戸惑っている小百合に構わず、前田は指示した。

ハイヤーが斎場の門を入ると、中を覗いて前田の姿を確認した報道陣がワッと車について来る。

「――よし、降りよう」

前田は肯いて言った。

小百合は急いで降りると、反対側へ回って、取材のカメラやマイクを手で押しやりながら、降りて来る前田をかばった。

「大丈夫。――大丈夫だ」

前田は降り立って、目の前のカメラを眺め回した。その目つき、力のある視線は、体調が回復していることを印象づけた。

体力が衰えていれば、どんなに虚勢を張っても、カメラの目はごまかせない。

秘書が受付の方へ先導して行く。

「――亡くなった桐山恵子さんについて、ひと言、お願いします!」

と、声が飛んだ。

前田は足を止めると、

「分った」

と肯いて、しっかりした声で言った。「桐山君は、私の秘書として、誰にも替えがたい、優秀な存在だった。殺される理由は見当がつかないが、一日も早く犯人が逮捕されるのを期待している。永い間の働きへの感謝の言葉を、もう聞いてもらえないことは残念だな」

淀《よど》みない言葉。

一部の週刊誌に、〈前田の病気は実は脳出血？〉と出たのを意識しての発言だろう。

前田は、それだけ話して、

「ではこれで」

と、手を挙げて見せ、再び受付の方へ歩き出したが――。

突然振り向くと、少し離れて歩いていた小百合の腕をとって引き寄せ、

「一緒に行こう」

と言った。

前田と、孫のような小百合の取り合せ。

カメラが一斉に回り、シャッター音が雨かと思うばかり。

小百合はカッと頬が熱くなるのを覚えた。

これは前田の「公の場」だ。そこで小百合を「同伴」したのだ。

むろん、事情通は小百合のことを知っているが、これで一般のマスコミに小百合は知れ渡ることになる。

前田が記帳し、小百合を見ると、

「お前の分も書いとこうか？」

「先生――」

「お前は若いから、毛筆は苦手だろう」

「お願いします。恥ずかしくて、どうしようかと思っていました」

「よし」

前田は再び筆ペンを取ると、達筆で書いた自分の名前の隣の欄に、〈小百合〉とだけ書いた。

「これでいい。中へ入ろう」

小百合は、前田の心づかいに、思わず目頭を熱くした。

自分自身の変り方に驚く。――前田のことを愛するようになるなどとは、考えたこともなかった。

あくまで、自分の置かれた状況の中で、有利な立場に立とうとする打算で動いて来たつもりだったのだ。

しかし、前田の子を身ごもり、前田が彼女を思いやる気持をはっきり見せるようになると、いつしか小百合の中に前田を愛しいと思う気持が湧いて来た。

それは激しい恋愛のようなものとは違っていたが、「この人を幸せにしたい」という願いだった。

前田と小百合が入って行くと、並べられたほんの二、三十の椅子にかけていた人々が一斉に振り向いた。

「先生」

と、小百合は小声で言った。「田渕さんが。それに美香も」

「分ってる。記帳してあるのを見た」

田渕も美香も、本来なら桐山恵子の告別式に顔を出す義理はない。せいぜい弔電かお花で充分だろう。

それが、父と娘、揃ってやって来たのは、前田と会えることを期待してであるのは間違いない。

「焼香しよう」

「はい」

——読経は続いていたが、もともと恵子に友人や知人は少なかったのだろう。二人の前には、焼香する客が二、三人いるだけだった。

前田と小百合は並んで焼香すると、恵子の遺影に向って深々と頭を下げた。

小百合も、自分自身が手を下したわけではないので、「自分が殺した」という思いはない。もちろん、あの小野寺が、小百合のためを思って恵子を殺したことは分っていた。

もし小野寺が逮捕されたら?

本当なら、その可能性を考えると、夜も眠れないほど心配しても当然かもしれないが、ふしぎに小百合は安心していた。

小野寺という男に、どこか自分と似たものを感じ、奇妙な信頼を寄せていたのである。もし逮捕されても、小野寺は決して小百合の名を出すまい。――そう信じていられた。

「――小百合」

と、前田が言った。「田渕と奥で話してくる。お前は座って待っていてくれ」

「はい」

小百合はやや不服だった。

田渕は、前田を裏切ろうとしたのだ。何も前田の方から折れて出ることはないのに。

小百合は空いた椅子に腰をかけた。

前田が田渕の方へ黙って肯いて見せると、式場の傍へ姿を消す。田渕もすぐそれを追って消えた。

小百合は、黒いリボンをかけた写真の恵子が、どこか皮肉っぽい目で自分を見つめているように思えてならなかった。

「――小百合」

隣の椅子に、美香が座った。

「美香、どうしてここへ？　桐山さんのことなんか、そう親しいわけでもなかったでしょ」

「分ってるでしょ。父について来たのよ。あなたと前田先生がみえるかと思って」

「先生、今、田渕さんとお話を――」

「ええ、見てたわ。――父のこと、何かおっしゃってた？」

「別に。何も聞いてないわ」

「そう」

美香は、周囲へさりげなく目をやると、「あなたに話しておきたいことがあるの」

「ここで？」

「誰も聞いてないわ、大丈夫」

誰かに、どこかでこそこそと話すより目立たないかもしれない。

「話って？」

「さとみのこと。自殺未遂をやって入院中なんだけど、一人で悩んでるの。四年前のことをね」

「西川君のこと？　今さら……」

「でも事実なの。さとみ、私の主人にも話してしまったのよ」

「ご主人が何か言ったの？」

「態度で分るわ。さとみが、罪の意識を持つ必要なんてないと納得しない限り、第三者にもすべてをしゃべってしまうかも」

美香はそう言って、「もし、新聞にでも出たら、小百合だって困るでしょう？　前田先生の立場もあるし」

小百合は、美香の言葉に、一瞬ハッとした。

確かに、小百合が「愛人」でいる限り、何があっても大きな問題にはなるまい。

しかし、前田の「妻」となると話は別だ。

あくまで否定することはできても、西川の死をめぐって、疑惑を取り沙汰《ざた》されるだけでも前田に迷惑をかけることになる。

「――だから、小百合からもさとみに口をつぐんでいるように、釘を刺しておいてほしいの」

美香はさすがに利口である。

小百合が前田の夫人になることは、弱味を持つことでもあるのだ。

「分ったわ」

と、少し考えてから小百合は言った。「さとみに、余計なことをしゃべらないよう念を押しておく」

「よろしくね。私が言うより、小百合の言葉の方が効果あると思うから」

その美香の口調は、心底そう思っているようにも取れるし、皮肉なとげを隠しているようにも聞こえた。

――前田が田渕と連れ立って席に戻って来た。

「先生、お疲れでは？」

と、小百合が訊くと、

「大丈夫だ。しかし、病院の方でやきもきするといかんな」

医師には、焼香だけすませてすぐ帰ると言ってある。

「帰られますか」

「うん。お前、すまんが――」

「私は、ちゃんと最後までいます」

「そうしてくれ。俺のしてほしいことは、すぐ分ってくれるんだな」

前田は穏やかな笑顔を浮べた。

その笑顔は、病いに倒れる以前には、小百合の見たことのないものだった。

「後で車を回そうか」

「いいえ。電車で帰ります。少し歩いた方が体にもいいですし」

「そうか」

前田はチラッと田渕が美香と話している方へ目をやって、「今、田渕と一緒に出る。不仲説を打ち消しておかなくてはな」

「よろしいんですか？　田渕さん、ちゃんと謝って来ました？」

もちろん、田渕や美香の耳には届かない小声で、小百合は言った。

「もちろんさ。しかし、人間、心の中まで読めるものじゃない。田渕が何を考えていても、そこまでは分らん」

「でも……」

「しかしな、お前と結婚して子供が生れた後のことだ。どう考えたって、俺の方がお前より先に死ぬ」

「先生――」

「それは自然なことだ。そのとき、お前の味方についてくれる人間が必要だ。分るか？　今のところは、田渕がやはり一番力のある人間なんだ。今、奴に恩を売っておいて損はない」

小百合は言葉を失った。

思ってもみないことだった。——前田が簡単に田渕に妥協してしまうのを、歯がゆいような思いでいたのが、恥ずかしかった。

「分りました」

と、小百合は言った。「ありがとう、先生」

「人間、誰しも一〇〇パーセントは信用できないもんだ」

と、前田は言った。「しかし、七〇パーセントぐらいは信じていい人間もいる。それを見分けるのが肝心だ。——もちろん、俺はこれだけ生きて来たから分る。お前も、これから少しずつ分ってくるさ」

「はい……」

「じゃ、先に出るぞ」

前田が立ち上ると、田渕も立って肯いた。

前田に従うように、田渕が続いて、二人は外へ出て行く。

小百合は、一気に切られるシャッターの音を聞きながら、それをわがことのように誇りに感じていた。

美香も立って、小百合の方へやってくると、

「あなたはまだ残るの？」

「ええ。先生の代り」

「ご苦労様。――父と、何とかうまく行ったようね」

「そのようだわ」

「それじゃ、またね。小百合」

美香が出て行く。

小百合は、ふっと自分に戻った気分で息をついた。

そして――美香と入れ違いに入って来た、黒いネクタイのメガネをかけた男に何となく目をひかれた。

誰だろう？　会ったことがあるような気がする。

その男は、足早に進んで、焼香もアッサリすませると、戻りかけて小百合と目が合った。

男の口もとにちょっと笑みが浮び、メガネを外す。

小百合は、思わず声を上げるところだった。

それは――桐山恵子を殺した当人、小野寺だったのだ。

43　打ちのめされて

「七〇パーセントの信用」

前田の言葉を思い出していた。

あんな男を信用していたなんて！——小野寺は殺人犯なのだ。

小百合は、告別式が終って出棺を見送ると、周囲を見回した。

桐山恵子の縁者は棺《ひつぎ》と一緒にバスで出ている。他の客たちは一斉に帰って行って、たちまち人気《ひとけ》がなくなった。

小百合は、もう報道陣が一人も残っていないことを確かめると、

「——もう大丈夫よ。どこなの？」

と、呼んだ。

「びっくりしたろ？」

駐車してあった車の陰から小野寺が現われた。

「ええ、ちょっとね」

「マンションへ行くよりいいかと思ってね」

小野寺はちょっと窮屈そうに肩を揺って、「借りもののスーツで、少し小さいんだ」

「わざわざ何しに？」

と、小百合は言った。「危いわ。あなただって分ってるでしょう」

「もちろん」

小野寺は肯《うなず》いて、「話してて大丈夫か？」

「少し歩きましょう。いつまでもここにいたら目立つわ」

小百合は小野寺を促して斎場を出ると、午後の通りを歩き出した。

「——妙なもんだ」

と、小野寺は少しまぶしげに空を見上げて言った。「自分で殺した女の葬式に出たのは初めてだよ」

「——チハルさんは？」

と、小百合は訊《き》いた。

「元気だよ。あんたによろしくってさ」

屈託のない口調だった。

小百合は混乱していた。

「なぜ来たの？　お金？」

小野寺は目をパチクリさせて小百合を見ると、

「いや、とんでもない。——まあ、そう思われても仕方ないか」

と笑った。

「どういうこと?」

「チハルに叱られたんだ。あんたに肝心のことを隠してたと言ったら」

「肝心のこと?」

「俺が桐山恵子って女を撃ち殺したのは、あんたのためじゃない」

小百合は足を止めた。

「それじゃ——」

「あの女と顔を合せて、すぐにお互い分ったんだ。相手のことを知ってるってね」

「恵子さんを知ってたの?」

「俺にあの男を殺させたのは、桐山恵子だよ」

小百合は愕然《がくぜん》とした。

「でも、あなたは、命令されただけだって——」

「もちろんそうさ。だけど、上の方に仕事を頼みに来たあの女を憶えてる。向うも、俺がやることになると分ってた」

「恵子さんがどうして……」

と言いかけて、「恵子さんが頼みに行ったってことは……」

「どうした?」

「いいえ。そのことだけ言いに？」

「あんたは知りたがっていた。あの男がどうして殺されたのか」

「ええ。——知ってるの？」

「立ち聞きした。桐山恵子が話してるのを」

「何と言ってたの？」

「あの男の口をふさぐ必要があったそうだ。自分の会社が潰れて、金のためなら何でもやると言ってたらしいが、実際にやると、怖くなって自首して出ると言い出した」

「あの人が——何をやったの？」

あの男は小野寺に撃たれる前に言った。

「あなたのお父さんは——」

と……。

「あの男はな、誰かを駅の階段から突き落としたんだ」

小百合は、立ちすくんでいた。

日がかげったのかと思った。それほど体が急に冷えて行った。

「——駅の階段から」

「そうだ。たぶん、それって……」

「父だわ。——『あなたのお父さんは、私が突き落とした』。そう言おうとしてたんだわ」

「やっぱりそうか。そんなことをされる理由があるのかい？」

――小百合には分かった。

桐山恵子が一人でそんなことをするわけはない。当然、前田の指示を受けてのことだったのだ。

前田は、小百合を自分の思い通りにしたかった。父が重傷を負って、経済的に小百合が前田に頼らざるを得ないようにしたのだ。

そんなひどい……。そんなことが……。

小百合は、気が遠くなって、その場に崩れるように倒れた。

ひんやりとした感触が、小百合の肌にゆっくりとしみ込んで来た。

目を開けると、父が覗き込んでいた。

「お父さん……」

小百合は、少しかすれた声を出した。「どうしたの？　元気になったの？」

「もちろんさ。こっちじゃ、みんな元気だ」

と、池内は言った。

「こっち？」

「ここじゃ、もう死ぬこともない。年齢《とし》もとらない。母さんも早く来りゃいいのにな」

「お父さん……。まさか、『こっち』って――」

「何だ、知らないのか？　俺は死んだ」

「嘘……」

小百合は起き上った。「そんなことって……」

「何をびっくりしてるんだ」

と、池内は笑って、「お前だって、承知してたんじゃないか」

「いいえ！　いいえ、知らないわ！　何も知らなかったわ！」

と、小百合は叫んだ。

「だけど、お前は今、幸せなんだろ？　それが俺の死のせいなら、俺もまあ安心して死ねるってものさ」

「やめて！　私は……お父さんのためだと思って……」

「今さら言ってもむださ。母さんだって、そのせいで遊んでられる。俺の看病なんかろくにしないでな」

「お母さんも知らないんだわ。お父さんをこんなひどい目に遭わせたのが、前田先生だったなんて」

小百合は胸に引き絞るような痛みを覚えて思わず体を折って呻《うめ》いた。

「どうした? 大丈夫か?」

「胸が痛いの。苦しい。——自分のしたことが、辛い」

涙が溢れて来た。

「泣くな。お前の痛みなんか、俺に比べりゃささいなもんだ」

「お父さん……」

「思うように動けず、言いたいことも言えない。その辛さが分るか」

小百合には、何も言えなかった。何か言ったところで、父には何の慰めにもなるまい。

「お父さん。——私、仕返ししてやる。お父さんも私も、こんなひどい目に遭って、黙ってなんかいられない!」

すると、池内は冷ややかに笑った。

「——お父さん。何がおかしいの?」

「お前に何ができる? お前があの年寄に抱かれて声を上げていたのを知らないと思うのか?」

「やめて! だって……」

「お前のお腹には奴の子がいる。そうだろう。そいつはどうするんだ?」

「堕ろすわ。産めっこないでしょう。あの人の子なんか」

「できるかな？」

「できるわ。――できるわよ」

小百合の言葉は弱々しく消えた。

「お前は生きて行かなきゃならないんだ。この先、何十年もな。一時の感情で突っ走るな」

「じゃ、どうしろって言うの？」

「それはお前の人生だ。お前が考えろ」

「お父さん……」

「忘れるな。自分の手が、俺の血で汚れてることをな」

「お父さん……」

小百合は自分の両手を見た。手首まで血だまりに浸していたように、真赤に濡れている。

この血。――この血のついた手で、私は赤ん坊を抱き、乳を含ませなくてはならない。おしめを換え、お風呂へ入れなくてはならないのだ。

そんなことが……。そんな残酷なことが……。

「お父さん。――お父さん！」

小百合はハッと起き上った。

「大丈夫かい？」

心配そうに見ていたのは、小野寺だった。

「――ここはどこ？」

と、小百合は訊いた。「頭がクラクラする……」

「突然倒れたんだ」

と、小野寺が言った。「ちょうどこの喫茶店が目に入ったんで、かつぎ込んで寝かせてもらった」

喫茶店は、他に客の姿はなく、小百合は奥の方の長椅子に横になっていたのである。

「ありがとう……。ごめんなさいね」

「いや、俺の方こそ、突然あんな話をすりゃ、びっくりするよな」

小野寺は、ちょっと困ったように、「チハルを待たせてるんだ。夕方の列車で東京を離れる」

「もう行って。ありがとう。もう大丈夫だから」

「だけど――どこかへ連絡してやろうか？」

「あなたが？」

「妙だけど……。まさか俺がかけてるとは思わないさ」

小百合は、ちょっと笑った。

「いい人ね、あなたって」

「これから、いい人になろうと思ってるよ。生きてられりゃな。――本当に大丈夫？」

「ええ。――行って」

「じゃあ……。体を大事にしろよ」

「ありがとう。――あ、待って」

小百合はバッグを手に取ると、中の札入れから、あるだけの現金を抜いて、小野寺へ渡した。

「おい……」

「チハルさんのためよ。――列車じゃ見付かるわ。少しお金がかかっても、他の方法で」

「すまねえな」

と、小野寺は札をポケットへ入れた。

「いい？　絶対に逃げのびて。チハルさんを泣かせないで」

「うん……」

「行って。――早く」

小野寺が足早に店を出る。

小百合は、カウンターの奥で店の主人が居眠りしているのを見て、自分の携帯を取り出した。

「――もしもし。――先生、小百合です。すみません。帰りに気分が悪くなって……」

前田が大げさに、「大丈夫か」「すぐ迎えをやる」と言うのを、小百合は冷ややかな思いで聞いていた。

「――ええ、〈K〉っていう喫茶店です。通りすがりの方が親切に連れて来て下さったの」

「そりゃ良かった。今すぐ秘書を車で行かせる。待ってろ」

「お願いします。それと、倒れたときに、バッグからお財布が落ちたらしいんです。お店にお礼をしたいんですけど。――はい、分りました」

「小百合。子供は大丈夫か？　念のために診てもらえ」

小百合は少しの間、答えられなかった。

「――小百合。聞いてるか？」

「ええ。おっしゃる通りにします」

これで流産したと言えば……。怪しまれまい。

小百合は、父の病院へ電話した。

さっきの、あの「夢」が気にかかっていた。

父は本当に……。

ナースステーションへ直接かけると、よく知っている看護婦が出た。

父の容態に変りはなかった。

ホッとすると同時に、もし前田と別れてしまえば、父をあの病室へ置いておけなくなることも確かで、小百合の気持を重苦しくさせた。

前田がやらせたことだ。こちらに遠慮する義理はないが、しかし、そのことをなぜ知ったか、説明できない。

どうしたら？

だが、このまま忘れることはできない。それだけは確かだった……。

44　しがらみ

何かあった。

美香は、不安げに目を伏せて歩いている看護婦を目にして、すぐにそう察した。

ナースステーションに顔を出すと、

「あ、清水さん」

と、若い看護婦があわてて立ち上った。

「どうしたんですか？　黒沼さとみに何かあったんですか」

と、美香は訊いた。

「いえ、別に……。でも、大したことじゃないんですけど……」

と、わけの分らないことを口走ると、「ちょっと待って下さい。今、婦長を呼びますので」

「はい」

やはり、何かあったのだ。でなければ、この対応はないだろう。

やや不安を覚えながら、美香は立って待っていた。

「まあ、お待たせして」

きびきびした動きで、婦長がやって来る。

「お世話になって」

「いいえ。——まだ何もお話ししてないのね?」

と、若い看護婦に念を押すと、「こちらへ」

と、美香を促した。

「——何かあったんですか」

美香は歩きながら訊いたが、婦長は答えなかった。

「──どうぞ」

小部屋へ入ると、婦長は椅子をすすめ、「これは、病院上層部から、一切口外するなと言われているんですが……」

「私のことでしたら、外には洩らしません」

と、美香は言った。「さとみに何かあったんですね」

婦長は肯《うなず》いて、

「何があったのか、ご本人から聞けない状態なので、はっきりしないのですが、ゆうべ、数時間にわたって、黒沼さとみさんが病室から連れ出されたんです」

「連れ出された？　で、今は──」

「病室に戻っています」

「──どういうことでしょう？」

「もちろん、本人が歩いて出て行くことはできないのですから、誰かが連れ出したと思わざるを得ません」

「誰も気付かなかったんですか」

「ゆうべは交通事故での急患が多くて、当直の先生、夜勤の看護婦も、ほとんど駆け回っている状態でした。そして午前三時ごろ、様子を見に行った看護婦が、黒沼さとみさんのベッドが空になっているのを発見したんです」

「捜索は？」

「もちろん、手分けして病院中を捜し回りましたが、発見できませんでした。たぶん、救急車が着いたときの混乱に紛れて、外へストレッチャーで運び出されたんでしょう」

婦長は、額に深くしわを刻んでいた。疲労が表情ににじんでいる。

「それで……」

「朝六時、救急受付の看護婦から、ストレッチャーに患者が乗ったまま、放置されていると連絡があり、駆けつけると、黒沼さとみさんでした」

「意識は？」

「眠っていました。たぶん軽い麻酔薬を注射されたのだと思います」

「他には――」

「すぐに全身、調べましたが、どこも新しい傷などは発見できませんでした。脈拍や血圧も正常でした」

「それじゃ、今は？」

「麻酔による眠りからはさめたのですが、何を訊いても返事をしていただけません。一種のショック状態だと思われます」

婦長は、職務的な口調でそこまで話していたが、疲れた様子で息をつき、「――本来なら、これは一時的とはいえ誘拐されたと同様なのですから、警察へ届け出るべきだったんですが……。何かの手違いで別の病室へ移されたんじゃないかとか、緊急手術の患者さんと取り違えたんじゃないかとか……。色々可能性を考えている内、朝になって」

「分ります」

「上に報告しましたが、患者さんは戻ったのだし、今さら表沙汰《おもてざた》にすることはない、ということになったんです。――私は不服ですが、何分、上の決定で」

「よく分ります」

と、美香は言った。「話して下さってありがとう」

「いずれにしても、私どもの不注意です。申しわけありませんでした」

婦長は頭を下げた。

「とんでもない。――さとみが落ちついたら、何があったのか、訊き出してみたいと思います。どうか、気になさらないで下さい」

と、美香は言った。

美香の言葉に、婦長は大分重荷を下ろした様子で、

「よろしくお願いします」

と、くり返し頭を下げた。

婦長は、とっくに帰宅していい時間になっていたのだろう。美香と別れて歩いて行く足どりは、疲れ切っていた。

美香は、さとみの病室へ足を向けた。

――何があったのだろう？

美香は、父に言ってさとみにボディガードをつけてもらおうと思った。今さら手遅れかもしれないが。

そっと病室のドアを開け、

「さとみ。――入っていい？」

と、声をかける。

返事はなかった。

美香は、ベッドのそばまで行ってみた。

さとみは目を開けている。

「――さとみ。美香よ。分る？」

覗き込むようにして言ったが、さとみの目はじっと真上を向いて、しかし何も見ていなかった。

美香はさとみの手をそっと取った。すると――さとみはバッと反射作用のように手を引込めてしまったのである。

「さとみ……」

そこへ、看護婦が入って来た。

「失礼します」

「あ、どうも……」

美香は少しわきへさがった。

「どうですか？」

「話しかけても、分らないみたいです」

「――脈拍は正常ですね」

看護婦は、さとみの手首を取って、脈拍を数えるとメモを取った。

「採血して、検査します」

と、注射器を取り出す。「何か薬品など使われていれば分るはずですから」

「よろしく……」

看護婦がさとみの腕の血管を出すと、注射針を刺した。――美香は、こういう場面を見ているのが苦手だ。

つい目をそらしてしまう。

注射器に血液を吸い上げて行くのを、チラッと見やると――さとみが、針の刺さったときの痛みのせいか、初めて自分のいる場所に気付いたかのようで、病室の中を見回す目には、意識が戻っていた。

「さとみ。――気が付いた？」

美香がかがみ込んで話しかけると、さとみの目が美香のそれと合った。「分る？

私よ。美香よ」

突然、さとみの目がカッと見開かれると、顔から血の気が一気にひく。

「許して！」

と、さとみが怯えた声で言った。

「ごめんなさい！　仕方なかったの！　話したくなかったのよ！」

「さとみ……。しっかりして！　どうしたっていうの？」

美香は、さとみの様子に困惑した。

「ああ、お願い！　殺さないで！」

さとみが手を振り回して、採血していた注射器が飛んで行った。

「さとみ！――何を言ってるの？　私のことが分らないの？」

「ごめんなさい！　怖かったのよ！　しゃべらなきゃどうなるか分らなかった。美香、許して！　殺さないで！」

美香は、看護婦が冷ややかな目で自分を見ているのに気付いた。

さとみは怖がっている。――美香も、さとみがあの事件のことを夫にしゃべったと知ったとき、確かにさとみを脅してやろうと思った。

さとみはその恐怖から、美香のことを怖がっているのだろう。

しかし、看護婦は、さとみの今の反応を見て、ゆうべさとみを連れ出したのが美香だと思っている。

その表情は、はっきりそう言っていた。

「この子は混乱してるんです」

と、美香は言った。

「お引き取り下さい」

と、看護婦は言った。「患者さんがこんな状態では困ります」

「でも、これは――」

「お帰り下さい」

美香はちょっと息をつくと、

「分りました」

と言った。「何か変ったことがあれば連絡して下さい」

看護婦の冷たい視線を感じながら、美香はさとみの病室を出て行った。

ない。

病院を出て、美香は足を止めると、バッグから携帯を取り出し、電源を入れた。

父へ連絡して、力を借りよう。さとみに何があったのか。何としても知らねばならない。

だが、父へかける前に、着信があった。

「——はい」

「田渕美香さんですね」

若い女の声だ。

「清水美香です。そちらは？」

「田渕美香でしょう。四年前、西川勇吉さんを罪に陥れたときは」

美香は周囲を見回した。——どこか近くからかけている、という気がした。

病院を出るのを待ってかけたのではないか。タイミングが良過ぎる。

タクシー乗場の辺りで足を止め、

「あなたは誰？」

向うは答えず、

「黒沼さとみさんは、正直にすべて話して下さいましたよ」

「さとみを連れ出したのね」

「何も暴力は加えていません。四年前の真実を、ＴＶカメラの前で語っていただいただけです」

「何が目当てなの？」

「真実です」

と、相手は言った。

「今さら何をしようっていうの？　西川君は帰って来ないわ」

「だからといって、あなた方が幸せに、何ごともなかったように暮しているのは間違ってます。さとみさんも心から悔いて泣いていましたよ」

「脅したくせに！」

「それはあなたの方でしょう。さとみさんはあなたに殺されると言って怯えていましたよ」

「そんなことが――」

「覚悟を決めておいて下さい。責任を取らなくてはならないんです、人間は」

「誰なの、あなたは！――もしもし？」

切れていた。

美香は周囲を見回した。

車が一台、駐車場から出て行く。

直感だった。美香はタクシーに素早く乗り込むと、

「今出て行った車について行って下さい」

と言った。

運転手はチラッとふしぎそうに振り返ったが、肩をすくめて車を出した。

うまく見失うことなく、その車の後ろにつけられた。

後ろ姿で見る限り、その車を運転しているのは若い女のようだ。

「どこまで?」

と、運転手が訊く。

「前の車が停るまでです」

と、美香は言った。

「——停りましたよ」

と、運転手が言った。

アパートの前で、その車は停っている。中の女はもう降りてしまって姿が見えない。

「ありがとう。ここでいいです」

美香は料金を少し余分に払ってタクシーを降りた。

二階建の、大分古くなったアパートだ。

この中へ入ったのだろうか。

美香は、建物の入口の郵便受を見た。

住人の名札を見て行くと、〈杉山あけみ〉という名に目が留った。

杉山あけみ。――夫と同じ課にいる女の子だ。

では、あの車の女が？

二階の〈205〉が杉山あけみの部屋だった。――美香は階段を上って行った。

廊下に洗濯機が出ていたりする。乳母車も置いてあった。

〈杉山〉の表札。足を止めた美香は、廊下に面した台所らしい窓の細い隙間から、明るい笑い声が聞こえて来て、耳を寄せた。

「――切れちゃったわ。買って来ましょう」

と、杉山あけみらしい声。

「じゃあ、ついでに何かつまむものでも」

「太るわ」

「大丈夫。運動してる」

と言って笑ったのは――夫、清水真也だった。

玄関に物音がして、美香はとっさに洗濯機の陰に隠れた。

杉山あけみがサンダルをはいて小走りに出かけて行く。

美香は立ち上って、足音が階段を下り、遠ざかるのを待ってから、その部屋のドアを開けた。

「――忘れもの？」

と、真也が顔を出して、立ちすくんだ。

美香の顔に血がのぼった。後ろ手にドアを閉めると、

「そんな格好で出て来ないでよ！」

と、上ずった声で言った。

ランニングシャツとブリーフだけの真也は、

「ごめん」

と、口の中で呟くと、急いでズボンをはいた。

狭い六畳間。シングルベッドが乱れたままなのが、玄関に立つ美香の目にも見える。

「彼女は今、近くのコンビニに――」

「知ってるわ」

「杉山君を責めないでくれ。僕の方が無理に……」

「そんなわけないでしょ」

と、美香は笑った。「あの子はあなたを好きだった。あなたも分ってたはずよ」

「――そうだな」

「私のせいだって言いたいのね」

「いや、僕は……」

「さとみから聞いたんでしょ。――そんなひどい女を女房にして、自分は何て不幸なんだろうって思ったのね。それで、優しい杉山あけみさんに救いを求めた。ちゃんと筋が通ってるわ」

真也は黙っていた。

美香は部屋へ上ると、

「よく片付いてるわ」

と、中を見回して、「ベッド以外はね」

「美香。――僕らのことは、家で話そう。すぐ仕度するから、帰ろう」

「彼女が戻る前に？　大丈夫よ。私、杉山さんを刺したりしないわ」

「美香、僕は――」

「話は早いとこつけた方がいいのよ」

美香は畳の上に腰をおろした。「特に、今、私たちの暮しは崖っぷちにある。守るつもりなら、私とあなたで力を合せないと。こんな所で浮気してる暇はないのよ」

「何のことだい？」

美香は、ふと思い付いて、

「杉山さんって、車を持ってる？」

と訊いた。

「車？　いや、免許もないと思うよ」

では、あの女は……。

美香が後をついてくると読んでいた。そして、夫の浮気現場へと案内してくれたのだ。

誰なのだ？　一体誰が……。

弾むような足音がして、

「走って来ちゃった！」

と、息を弾ませ、杉山あけみが玄関を入ってくる。

美香を見て、一瞬動きが止った。

「お邪魔してるわ」

と、美香が言った。

「――いらっしゃいませ」

杉山あけみは、小さく肯くように頭を下げた。

「アパートの前に車は停ってた？」

「車？　いえ、何も……」

やはり、あの女が美香をここへ連れて来たのだ。

「分ってるわね」

と、美香は言った。「会社はすぐに辞めてちょうだい。お金はあげるわ。どこかへ引越して、他の仕事を見付けるのに充分なくらいにはね」

そして真也の方へ、

「仕度して。帰りましょう」

「うん」

真也が身仕度するのを、あけみはじっとたたずんで見ていた。

「――行こう」

真也が促す。――あけみの方を見ようとはしなかった。

そのとき、突然あけみが飛び出して真也の前に立つと、美香の方へ向き直って、燃えるような目で、

「この人は帰さない！」

と、叫んだ。

「何ですって？」

「この人は、あなたを憎んでるのよ。『これから一生、殺人犯と暮すのかと思うと、死んだ方がましだ』って、そう言ったのよ！　そうでしょう、あなた？」

あけみが真也を「あなた」と呼んだことが美香の怒りに火をつけた。

「ふざけないで！」

美香は思い切り力を込めてあけみを突き飛ばした。あけみの体は床を転って、頭をベッドの脚へ打ちつける音がした。

「――おい！　やり過ぎだぞ」

と、真也が言って、急いであけみの方へかがみ込んだ。「あけみ。――あけみ、大丈夫か！」

美香はぼんやりと眺めていた。夫が、他の女を抱き起し、声をかけているのを。

夫の心は、もう私から去って行った。――美香は虚脱感の中で呆然と立ち尽くした。

夫が青ざめた顔で振り向き、こう言ったときも、少しも驚かなかった。

「――死んでる」

45　闇の中へ

「いいのか？――本当に」

と、田渕が言った。

美香は答えなかった。

「お願いします」

と、真也が言った。「隠しても、いずれ分ります」

「それはそうだ。――分った」

田渕は机の電話へ手を伸した。

美香は、父のオフィスへやって来ていた。

真也と二人だ。みちるは友人の所に預けてある。

「――うん、ここにいる。これから自首して出ると言ってる。――分った。よろしく頼む」

田渕は受話器を置くと、「今、弁護士がここへ来る。詳しい話をしてから、一緒に出頭するんだ。いいな」

真也は頭を下げて、

「ご迷惑かけて申しわけありません」

と言った。

「まだ、事件そのものが発覚していないのなら、自首したことになる。扱いは全く違うんだ」

「知りませんでした」

「争った弾みで、突き飛ばしたんだね。打ち所が悪くて死んだ。――殺意はなかったわけだ。過失ということになれば、そう大した罪になるまい」

「でも、人を一人、死なせたわけですし」

と、真也は言った。「美香と——離婚した方がいいでしょうか」

美香が真也を見て、

「そんなのだめよ！」

「しかし、お義父《とう》さんに迷惑がかかる」

「そんなこと……」

「形だけでも、一旦別れてくれるか。罪を償ってから、また再婚すればいい」

「分りました」

「ともかく、ここで待っていなさい」

田渕は立って部屋を出て行った。

——美香はじっと床へ目を落としていた。

「みちるを頼むよ」

と、真也が言った。

「あなた。——こんなの間違ってるわ。私がやったのに……」

「いいんだ。元はといえば、僕が杉山君とあんなことになったからだ。僕がやったことにするのが一番いい」

「でも……」

「みちるのためだ。あの子には今、母親の方が必要だよ」

美香は夫の手を握った。

「ごめんなさい……」

「大丈夫。僕がやったと言えば、誰も疑わないさ」

——卑怯者。卑怯者。

美香は、またしても他の人間に罪を負わせようとしている。それも、愛する人に。娘のためだ。

真也のその言葉は、美香にとって正に口実になった。申し分のない口実に。

「弁護士さんが、できるだけのことをしてくれるわ」

「うん。——僕のことは心配するな」

真也は、美香の手を握り返した。


車を運転していると、美香は胸の痛みをいくらか忘れることができた。

「——これから行くから。ごめんなさいね」

みちるを預かってくれている友人の所へ電話して、車を走らせる。町は夜になっていた。

弁護士の話では、「争っていた弾みで女性が倒れて頭を打った」のなら、事故と認められるかもしれない、ということで、美香はいくらか救われた思いだった。

過失致死なら、自首したことでもあり、執行猶予がつくかもしれない。

死んだ杉山あけみの家族には、父が充分な補償をする。——それですべてがうまくいくかもしれない。

携帯が鳴った。

美香は車を脇《わき》へ寄せて停めると、携帯を手に取った。

「——もしもし」

「何度同じことをぐり返すの？」

あの女だ。

「——何の話？」

「自分が一番よく分ってるでしょ」

と、女は言った。「今度のいけにえは夫？　大した女ね、あなたも」

「あなたの知ったことじゃないわ」

美香は、相手がこの通話を録音しているかもしれない、と用心していた。自分がやったとは決して言うまい。

「でも、もうあなたの夫は二度とあなたを愛しちゃくれないわ。自分の妻がどんな女か、身にしみて分ったでしょうからね」

美香は黙っていた。——相手の言うことは、美香自身も分っていたことだ。

たとえ父のためとはいえ、一旦離婚したら、もう真也と再び一緒に暮すことはないだろう。

「あなたは可哀そうな人ね」

と、女は言った。「西川さんとそのご両親、そして、杉山あけみさん。——四人もの人を死なせておいて、罪を逃れている。西川さんのことだって、あなたを法律的に罰しようとしても、偽証や名誉毀損《きそん》ぐらいにしか問えない。それなのに、親友を失い、夫を失い、そして父親の名誉も。——後に何が残った？」

「父の名誉って、何のこと？」

「もちろん、黒沼さとみさんの告白よ。今夜から明朝にかけて、複数のTV局で流れるわ。もう止められないわよ。あなたのお父さんの力の及ぶ局は限られてる」

「あなたは誰なの？　卑怯だわ！」

美香の声が震えた。

「あら、さとみさんから聞いてない？　少しあの人には薬が効き過ぎたかしら」

と、女は笑って言った。「さとみさんは知ってるわ。そして——轟淳子さんもね」

「淳子が？」

「さとみさんが当分しゃべりそうもなかったら、淳子さんに訊《き》いてみることね」

通話が切れた。

美香は、車のエンジンを入れると、強引にUターンさせた。

「——西川勇吉さんは留置所内で自殺しています。四人の女子大生の心ない嘘によって、三人の人が死へ追いやられたのです」

TV画面で、ニュースキャスターが深刻な顔でしゃべっていた。

「田渕大蔵大臣は、先ほど辞表を提出したとのことです……」

——美香は、教室の開いたドアから中へ入った。

教室のTVが、ニュースを告げている。カメラの前で、泣きながらしゃべっているさとみの顔のアップ。

「——気が付かなかったわね」

と、淳子は言った。「美香、憶えてた？　あのとき、コーヒーを運んで来た女の子」

「何の話？」

空いた教室。淳子は学生の席に座って、TVを見ていた。

「聞いてないの？」

「教えて」

「山科保江っていう子。——あのときの署長の娘だったんですって」

淳子から話を聞いて、美香も愕然とした。

「あの女の子が――署長の娘？」

「私、正面切って問い詰められて、はねつけることができなかった」

「でも、なぜ――」

と、美香が言いかけたとき、足音がして、

「私が、西川君のレポートを出したんです」

「あなた……」

「講師の馬場百合香です。西川君と同じクラスにいて、彼があんなことをするわけないと分っていたんです。それなのに、西川君は死んでしまった。――私はここへ講師として来る前から、調べていました。轟先生は、四年前のことを後悔している。ですから、最終的には力を貸していただきました」

「――淳子」

「ごめんね。美香」

淳子は立ち上って、「私はどうしても忘れてしまえなかったの」

「友だちを裏切ったのね！」

「確かに、あのとき美香のおかげで、私たちは無罪放免になった。でも、人を三人も死なせて……。私は美香ほど割り切れなかったの」

「それなら、自分で勝手に自殺でもすれば良かったでしょう。私たちを巻き込まないで」

「それは無理だわ。あの山科さんの娘さんの話を聞いて、やはり黙っていてはいけないと思ったの」

「さとみを脅して？」

「ＴＶで名の知れているさとみ、父親の力で守られてる美香。――こうして、真相が話題になるには、こうするしかなかったのよ。西川君の名誉を回復する必要があったの」

「死んだものは生き返らないわ！」

と、美香は言った。

「それが間違いなんです」

と、馬場百合香が言った。「たとえ死んだ人でも、生きている人たちの記憶の中に生きてます」

「――好きにすればいいわ」

と、美香は言った。「私は否定してやる。みんなさとみの妄想だと言ってやるわ」

「自分はごまかせませんよ」

――別の声が教室に響いた。

振り返った美香は、二十歳そこそこの若い女の子と向き合っていた。

「山科保江です」

電話の声だ。「父は一生、病院暮しでしょう。罪の意識に苦しんでの結果です。

――あなたは、それに負けないほど強い。自分がすべての中心だと思える人です。だから、あなたの大切なものを奪うしかなかったんです」

「私には子供がいるわ」

と、美香は言い返した。「子供は失わないわ」

「でも、子供はいつか大人になるんです。そのとき、どう説明します？　お父さんがどうして恋人を死なせたか。それとも、本当はお母さんが殺したのよ、と言いますか？」

「そんなのは先のことよ。――ずっと、ずっと先のことだわ」

美香にも分っていた。

それは決して「遠い先」ではない。

父の失脚で、真也の裁判もどうなるか。――もし実刑になれば、すべては変ってくる。

父も、もう美香の話を信じないだろう。

失脚した政治家は哀れだ。

未来には、何の光もなく、ただ暗い闇が口を開けていた。

しかし、立ち止ってはいられないのだ。

生きていかなくては。――みちるのためにも。そして、真也のためにも。

「娘を迎えに行くの。そこをどいて!」

と、美香は胸を張って言った。


「――おそらく」

と、医師は言った。「もう意識は戻らないと思います」

「そうですか」

池内ひとみは、放心したような様子で言った。

小百合は、意外な気がした。――母にとって、もう父は死んでいるのも同じだと思っていたのだ。

しかし、容態が急に悪化し、口を開けてただ呼吸しているだけの父を見る母の目には、紛れもない悲しみがあった。

「――点滴で、生命を維持することはできます」

と、医師は言った。

ひとみは医師の言葉を激しく遮り、

「生きてるんでしょう、主人は？　それなら、生かしておいて下さい！　一日でも長く」

と言った。

「分りました」

医師は面食らったようにひとみを見ていた。

——小百合は、母を見直した。全く別の女のようだった。

「失礼します」

看護婦が病室のドアを開けた。「前田先生が」

小百合の顔から血の気がひいた。

前田が入ってくると、

「具合は？」

と、誰にともなく訊く。

医師が説明する前に、ひとみが前田の方へ歩み寄ると、その手を取って、

「お願いです。生きられる間、生かしておいてやりたいんです。どうか、ここへ置いてやって下さい！」

小百合は、母の姿が哀れでならなかった。

父を、こんな状態にしたのが、他ならぬ前田なのだ。

「心配はいりません」

と、前田は、ひとみの手を優しく包んで、「言われるまでもない。この世には奇跡も起る。ご主人には、必要なら何年でもここにいていただこう」

「ありがとうございます!」

ひとみは涙にくれながら、前田の手を握りしめた。

「――小百合、話がある」

「はい」

前田について、病室を出る。

――あの、さとみの「告白」と、田渕の辞任に伴うごたごたの間、小百合は一度も前田に会わなかった。

むろん、四年前の事件に関連して、小百合の名も出ていた。

しかし、どこのマスコミも、前田との係りについては触れていなかった。それは打ち合せたかのようだった。

「――座れ」

前田は、休憩所のソファに腰をおろした。

車椅子の年寄が一人、TVを見ている。

「やっと少し落ちついた」

と、前田は言った。「あのビデオにはびっくりしたぞ」

「美香の言うなりだったんです。あのころは」

「マスコミが騒ぐのは、ほんのしばらくだ。しかし、お前と結婚するとなれば、また再燃するかもしれん」

「はい」

「ともかく、少し先へ延ばそう。——田渕が失脚して、次を決めなくてはならん。それにも少し時間がかかる」

小百合は黙って肯《うなず》いた。

「——心配するな。俺の気持は変らない。少し先へ延びるだけだ」

前田は微笑んだ。

「はい」

「久しぶりに、今夜はそっちへ行く。大丈夫だな?」

「はい」

「よし。——まだ当分死ねんな」

前田は実際、若くなったように見えた。

政治家にとっては、「自分が必要だ」という気持ほど、活力になるものはないのだ。

前田は立ち上って、

「病室へ戻ろう」

と歩き出した。

前田の背中が目の前にある。——無防備な背中が。

小百合は、二、三歩遅れて歩きながら、バッグの中へ手を入れた。

今なら。——今なら簡単だ。

ナイフをつかみ、前田の背中を一突きする。——何秒とかかるまい。

父を廃人にし、小百合を思いのままにして、それで「善人ぶっている」ことが許せなかった。

自分のしたことの報いは受けなければならないのだ。

小百合は前田の背中へと足を速めて近付いた。

その瞬間——小百合の中で、何かが動いた。

それは明らかに生命を持って、自分の意志を持って動いた。

小百合は足を止め、ナイフを反射的にバッグの中へ押し込んだ。

「——どうした？」

前田が振り向いた。

「今……赤ちゃんが動いたんです」

と、小百合は言った。

「そうか」

前田の顔が紅潮した。「――そうか」

これは私の子だ。この子には将来がある。

小百合は前田に肩を抱かれて、息をついた。

今、前田を殺せば、この子はどうなるだろう？

今でなくてもいい。――復讐は、殺すことだけではない。

いつか――いつか、前田が死の床についたとき、その耳もとで言ってやろう。

「あなたを憎んでいました」

と。

それは前田にとって、一番の打撃になるだろう。

今でなくても。――そうだ、今でなくてもいい。

「大丈夫か？」

と、前田が訊く。

小百合は前田の腕の中に身を任せ、静かに微笑んで見せた。

解説

山前 譲

二〇一九年一月、中華人民共和国の探査機が月面の裏側に着陸した。月探査はこれまでずいぶん行われてきたので驚く人は少ないかもしれないが、月の裏側は地球からは見えない（正確に言えば約五十九パーセントは見ることができる）。それはすなわち、地球から直接的に電波が届かないことを示している。探査機をコントロールするには高度な技術が必要になるのだ。

月の裏側の写真なら、一九五九年にソビエト連邦の探査機が初めて撮影に成功している。アメリカ合衆国のアポロ計画では、人類が初めて肉眼で月の裏側を見た。日本も月周回軌道衛星を送り込んで月の裏側を観測している。しかし、月面に着地して直接得るデータが貴重なものであることは言うまでもない。

昭和の初め、月の裏側を念写する実験が日本で行われている。念写による写真乾板にはそれらしい像が写し出されているが、当時はその真偽を確かめる術《すべ》がなかったのはいうまでもない。だからそもそも怪しい実験なのだが、それだけ人類には見ることのできない月の裏側への興味があったのだろう。

ただ、裏と表があるのはなにも月だけではない。人の心や社会においても裏と表がある。我々が見ているのは日の光が当たっているところだけ、まさに氷山の一角だと断言して間違いないだろう。そして月の裏側と同様に、隠された世界に興味を持ってしまうのが人間である。そんな隠しておきたい出来事にしだいに光が当てられてしまうのが、二〇〇一年に幻冬舎より刊行されたこの『闇が呼んでいる』だ。

物語の中心にいるのは、同じ大学に通っていた仲良しの四人組、田渕美香《たぶちみか》、池内小百合《いけうちさゆり》、黒沼《くろぬま》さとみ、轟淳子《とどろきあつこ》である。

美香が連れて行った六本木のクラブでマリファナを喫《す》った彼女たちは、気がつくとクラブの上のフロアで寝ていた。なんとみんな裸ではないか。逃げだそうとした時、警察の家宅捜索が入る。捕まるわけにはいかない！　美香は「私たちは被害者なの。分る？　騙されて薬で眠らされ、ここで気が付いた。それで通すの」と他の三人に言うのだ。そして犯人は誰かと警察官に問われた美香は、同じ大学に通う西川勇吉《にしかわゆうきち》だと——。

美香の父で大臣の田渕が警察に圧力をかけ、さらに手を回して西川が犯人だとＴＶで報道させた。刑事の真野《まの》は西川が無実だと思っていたが、訪れた西川の実家で彼の両親が自殺しているのを発見する。それを知った西川もまた、留置場で自殺してしまう。

それから数年、事件の真相を隠し通したまま、四人は大学を卒業してそれぞれの道を歩んでいた。美香はドイツの音楽大学に留学していた清水真也《しみずしんや》と結婚し、さとみはテレビに入ってアナウンサーの卵となり、淳子は出身校の大学の講師になっていた。そして小さな商社のOLをしていた小百合は、田渕の派閥の大物である前田哲三《まえだてつぞう》に見《み》初《そ》められる。

そんな四人に迫ってくるのが西川勇吉の影だった。彼のことを思い出させるメッセージが届きはじめるのだ。いったい誰が？　もしその真相が暴かれたならば、今の生活は崩壊してしまう……。

現在は過去の延長線上にある。だから、過去に動機を秘めたミステリーは数多く書かれてきた。もちろん赤川作品も例外ではない。たとえば『招かれた女』（一九八〇）と『裁かれた女』（一九八九）である。女子中学生が殺されたことに端を発する連続殺人事件はいったん解決する。だが十五年後、法の裁《さば》きを逃れた犯人の周辺で不可解な事件が起こり始めるのだった。

急死した財閥の当主の手紙が波紋を投じる『晴れ、ときどき殺人』（一九八二）、池の底に沈んでいるはずの鐘《かね》の音が鳴り響く『沈める鐘の殺人』（一九八三）、家族全員が集まった晩餐《ばんさん》の席で衝撃の事実が明らかになる『真実の瞬間』（一九八四）、三十年間もタイム・カプセルに閉じこめられていた秘密が明らかになる『冒険入りタイム・カプセル』（一九八五）も、過去がなければ起こらなかった事件である。

白昼の公園で主婦が殺害されたことから七年ぶりに悪い仲間たちが集う『悪の華』（一九九〇）、互いに名も知らないままに三億円を盗み出した五人組に償《つぐな》いの時が訪れる『いつか他人になる日』（二〇〇九）、十五年前の自殺が甦《よみがえ》る『月光の誘惑』（二〇一四）も、忘れてしまいたい過去を振り返ることになるミステリーだった。

記憶喪失、つまり何らかの理由で失ってしまった過去が意味を持ってくる長編には、『追憶時代』（一九八六）や、『グリーンライン』（一九八九）がある。『校庭に、虹は落ちる』（二〇〇二）の高校生の朝野さつきは、中学時代の忌《い》まわしい出来事によって記憶をなくしていた。

『おやすみ、夢なき子』（一九九九）は古びた空き家を解体中に発見された白骨が、封印されていた過去を解き放っている。『友に捧げる哀歌』（二〇〇一）の神尾《かみお》はるかは大学の入学式で、十数年前に行方不明になった幼馴染みに似た女子とすれ違ったことから、過去を思い出すことになる。

『乙女に捧げる犯罪』（一九八八）の小久保友紀《こくぼゆき》は、雑踏のなかで、七年前に誘拐犯から助けてくれた殺し屋に再会していた。一方、『清く正しく、殺人者』（一九九七）の氷川《ひかわ》は、殺し屋という過去に脅かされている。『7番街の殺人』（二〇一七）の彩乃《あやの》は二十一年前に祖母が殺された団地を偶然に訪れているが、その事件は未解決だった。そして『忘れな草』（一九九三）は洞窟の中に過去が封印されていたホラーである。

十年前の殺人の現場に居合わせた人々が再び集う『三毛猫ホームズの黄昏ホテル』（一九九〇）のような設定は、ミステリーではお馴染みだろう。かつて明らかにならなかった事実、すなわち秘密が「今」を刺激していくのだ。

美香、小百合、さとみ、淳子の人生も、過去の秘密に翻弄《ほんろう》されていく。安寧《あんねい》の時間が脅かされていくのだ。それは現実的な恐怖であり、決して逃れることのできない恐怖である。過去をどうやって償えばいいのか。いや、再び闇のなかに閉じこめてしまうことができるのかもしれない。『闇が呼んでいる』は四人の葛藤《かっとう》と新たな事件で彩られたサスペンスフルな物語だ。

それぞれの人生や家族間で、あるいは会社などの組織のなかで、隠したいこと、すなわち闇に葬《ほうむ》ってしまいたいことは色々あるのではないだろうか。淳子は美香の結婚披露宴の会場で、「式に出る人、帰る人。恋を成就させた人、破れた人、祝福する人、妬《ねた》む人……。みんなニコニコして挨拶《あいさつ》してるけど、心から祝ってる人なんて、どれだけいるか」と、醒《さ》めた視線を投げかけている。

一方、政界の大物である前田は、〝今、日本のＴＶ局の経営者が「ジャーナリスト」の自覚など持ち合せていないことをよく知っている〟のだった。真実を報道する勇気のないことを見透かしているのである。この『闇が呼んでいる』は人の心の、さらには社会の闇に光を当てている。隠蔽《いんぺい》や捏造《ねつぞう》、そして虚言がはびこっている今の日本と重ね合わせてみれば、この長編の読後感はまた違ったものになるだろう。

プログレッシブ・ロックの代表的なバンドであるピンク・フロイドに、『狂気』(一九七三)と題されたアルバムがある。原題は〝The Dark Side Of The Moon〟だ。我々が持つ潜在意識の探索がテーマとなっている。心の奥底に深く潜んだ意識を、地球から見ることのできない月の裏側を比喩的に用いていた。

美香たちは、忌まわしい出来事であるが故に、西川を陥れたことは封印していたに違いない。月の裏側は永久に見えないものだと思っていたのだ。しかし実際には、月の裏側は闇の世界ではない。地球から見て新月の時には、全面に太陽の光を浴びている。過去を闇に葬ろうとしても、それは不可能なのである。

父の威光《いこう》で何事も思いのままにしてきた美香は、西川の影に怯える。闇を闇のままにしておくことはできるのだろうか。それともすべて光のもとにさらされてしまうのか。その美香だけでなく、小百合、さとみ、淳子もまた、過去と真っ正面から対峙《たいじ》しなければならないのだ。

二〇一九年四月

この作品は２００３年10月幻冬舎文庫より刊行されたものを底本としました。なお、本作品はフィクションであり実在の個人・団体などとは一切関係がありません。

徳間文庫

闇《やみ》が呼《よ》んでいる

2019年5月15日 初刷

著者 赤《あか》川《がわ》次《じ》郎《ろう》

発行者 平野健一

発行所 株式会社徳間書店

東京都品川区上大崎三-一-一 目黒セントラルスクエア 〒141-8202

電話 編集〇三(五四〇三)四三四九 販売〇四九(二九三)五五二一

振替 〇〇一四〇-〇-四四三九二

印刷 製本 大日本印刷株式会社

ISBN978-4-19-894461-2 (乱丁、落丁本はお取りかえいたします)

徳間文庫の好評既刊

赤川次郎

さびしがり屋の死体

　深夜、自宅の電話が鳴った。「今、踏み切りのそばなの。電車がきたわ。じゃあ……」恋人の武夫を交通事故で亡くしたマリは、幼なじみの三神衣子に最後の言葉を残し、自殺してしまう。ところが、死んだはずの武夫が生きていたのだった……。その出来事を皮切りに武夫の周囲で奇妙な連続殺人事件が起っていく……。まるでマリがあちら側でさびしがっているようでもあった。ミステリ短篇集。